講談社文庫

潔白の法則(上)

リンカーン弁護士

+リー｜古沢嘉通 訳

講談社

THE LAW OF INNOCENCE
By Michael Connelly

This edition published by arrangement with
Little, Brown and Company, New York,
New York, USA
Through Tuttle-Mori Agency, Inc., Tokyo

目次

潔白の法則　リンカーン弁護士（上）

ハートフォード病院ブッククラブの会員マイクル・ハリゼー医師およびケーシー・ローズ・ガジェスキー正看護師を含む、とてもおおぜいの人々のために身を挺《てい》してきた最前線で働く方々に捧《ささ》ぐ

潔白の法則

リンカーン弁護士（上）

●主な登場人物〈潔白の法則　上巻〉

マイクル（ミッキー）・ハラー　刑事弁護士
デニス（シスコ）・ヴォイチェホフスキー　ハラーの調査員
ローナ・テイラー　ハラーの前妻でマネージャー。シスコの妻
ロイ・ミルトン　メトロ分署巡査
ヴァイオレット・ウォーフィールド　判事
ダナ（デスロウ）・バーグ　検察官
ジェニファー（ブロックス）・アーロンスン　ハラーの事務所のパートナー
マギー・マクファースン　ハラーの最初の妻。検察官
ヘイリー　ハラーとマギーの娘
サム・スケールズ　詐欺師
ビショップ　ツイン・タワーズの被収容者
モーリス・チャン　保安官補
ケンドール・ロバーツ　ハラーの元恋人
アンドレ・ラコース　ハラーの元依頼人
リサ・トランメル　ハリーの元依頼人
ハリー・ボッシュ　元ロス市警刑事。ハラーの異母兄
マディ　ボッシュの娘
ケント・ドラッカー　ロス市警刑事
ルイス・オパリジオ　ラスベガスのマフィア
リック・アイエロ　ＦＢＩ捜査官
ドーン・ルース　ＦＢＩ捜査官

　殺人事件裁判は木に似ている。背の高い木に。オークの木に。検察によって細心の注意を払ったうえで植えられ、世話をされている。必要に応じて水やりや剪定《せんてい》をされ、あらゆる種類の疾病や寄生虫の有無を調べられる。たえず監視されているなか、根は地中で成長し、しっかり大地を捉える。この木を守るために惜しげなく金が注がれる。木の世話をする人間には、木を守り、木に奉仕するための強大な権力が認められている。

　やがて枝が育ち、みごとに広がっていく。その枝は真の正義を求める人々に深い日陰を提供する。

　枝は太く、頑丈な幹から生えている。直接証拠、状況証拠、法医学、動機、機会。木は自分に向かってくる風に負けぬよう、しっかり立っていなければならない。

　そこでわたしの出番となる。わたしは斧《おの》を手にした男だ。わたしの仕事は木を切り倒し、燃やして灰にすることだ。

第一部　ツイン・タワーズ

1

十月二十八日月曜日

弁護側にとっていい日だった。わたしは裁判でひとりの男の無罪を勝ち取った。陪審員のまえで、重罪である暴行容疑を覆し、正当防衛にした。いわゆる被害者には、自身、暴行の犯歴があり、検察側証人と、元妻を含む弁護側証人双方が、反対訊問《じんもん》で熱心に説明をしたがった。わたしは被害者を証言席に呼び戻し、順を追って問いただして追い詰め、ノックアウト・パンチをくらわした。彼は冷静さを失って、わたしを脅した。自分とわたしだけしかいない外で会いたいものだ、と言ったのだ。

「もしそうなったら、わたしがあなたを襲ったと主張するのですか、本件の被告といっしょにいたときのように？」わたしは訊《き》いた。

検察官が異議を唱え、判事はそれを認めた。だが、必要なのはそれで充分だった。判事はわかっていた。検察官もわかっていた。法廷にいるだれもがわかっていた。三十分足らずの陪審評議ののち、わたしは無罪評決を勝ち取った。個人的に史上最速の評決ではなかったが、それに近いものだった。

ダウンタウンの非公式な刑事弁護士界隈《かいわい》では、ゴルファーがクラブハウスでホールインワンを祝うように、無罪評決を祝う神聖な義務がある。すなわち、全員に酒を奢《おご》るのだ。わたしの祝賀会は、祝賀者を集める裁判所が三つもあるシヴィック・センターからほんの数ブロックのセカンド・ストリートにある〈レッドウッド〉でひらかれた。〈レッドウッド〉はカントリークラブではないが、使い勝手がよかった。パーティー――つまり、無料の仮設バー《オープンバー》だ――は、早くにはじまり、遅くまでつづき、勘定をつけていたタトゥだらけのバーテンダーであるモイラが被害額をわたしに手渡した。釈放させたばかりの依頼人から支払われる弁護料ではけっして見ることがないであろう金額がわたしのクレジットカードに請求されたと言って過言ではない。

ブロードウェイの駐車場に車を停《と》めていた。運転席に乗りこみ、駐車場を左に出て、さらに交差点を左折してセカンド・ストリートに戻った。青信号がつづいて、バンカー・ヒルの下を通るトンネルに入る。途中まで進んだところでトンネルの排気ガスに汚れた緑のタイルに青い明かりが反射しているのに気づいた。ミラーを確認したところ、ロス市警のパトカーがうしろにいた。わたしはウインカーを点灯して、パトカーをやり過ごすため、低速車線に移った。ところが、パトカーはわたしにつづいておなじ車線に入り、すぐそばまで迫った。そこで、はたと気づいた。停車させられようとしているのだ。

トンネルを抜けるまで待ってから右折してフィゲロア・ストリートに入った。車を路肩に寄せて停め、エンジンを切り、車窓を下ろす。リンカーンのサイドミラーに制服警官が運転席側のドアに近づいてくるのが見えた。その警官のうしろにあるパトカーにはほかの人間の姿は見当たらなかった。近づいてくる警官はひとりで任務に当たっていた。

「免許証と車両登録書と自動車保険証を見せてもらえますか？」警官が訊いた。

わたしは横を向いて、警官を見た。名札にミルトンと記されている。

「もちろんですよ、ミルトン巡査」わたしは言った。「だけど、停車させた理由を教えてもらえます？　自分がスピード違反をしたわけでなく、信号が青だったのもわかっているので」

「免許証」ミルトンは言った。「登録書。保険証」

「まあ、最後には教えてくれるんだろうね。免許証は上着の内ポケットに入っている。ほかの書類はグローブボックスのなかだ。まずどっちを先に取りだせばいいかな？」

「免許証からはじめましょう」

「了解」

財布を取りだし、カードスロットのひとつから免許証を抜き取ろうとしながら、自分の置かれている状況を再検討し、ミルトンが〈レッドウッド〉を見張って、わたしのパーティーから出てくる弁護士たちのなかで、酩酊《めいてい》して運転できなくなっている人間をあわよくば検挙しようとしていたのだろうか、と訝《いぶか》った。無罪評決獲得の祝いがおこなわれ、刑事弁護士がさまざまな交通違反で挙げられる可能性がある夜にパトロール警官がそういうことをしているという噂《うわさ》があった。

わたしはミルトンに免許証を渡してから、グローブボックスに手を伸ばした。まもなく巡査は要求していたものをすべて手にした。

「さて、これがなんの件なのか話してくれるかい？」わたしは訊いた。「自分がなにか問題を起こしたとは――」

「車から降りて下さい」ミルトンは言った。

「おいおい、本気か？」

「車から降りてもらいます」

「仰せのとおりにするよ」

わたしはドアを勢いよくひらき、強引にミルトンを一歩下がらせてから、外に出た。

「念のため言っとくが」わたしは言った。「四時間まえから〈レッドウッド〉にいたんだが、アルコールは一滴も口にしていない。五年以上禁酒しているんだ」

「よかったですな。あなたの車のうしろに向かって下さい」

「車載カメラをオンにしといてくれよ、恥をかくことになるだろうから」

わたしはミルトンのかたわらを通りすぎてリンカーンの後部へ向かい、そのうしろに停まっているパトカーのライトを浴びた。

「まっすぐ歩かせたいかい？」わたしは言った。「数字を十から一まで数え、指で自分の鼻に触れ、それからどうする？　わたしは弁護士だ。ゲームのやり方はなんでも心得ているし、このゲームはでたらめだ」

ミルトンはわたしのあとから車のうしろへついてきた。彼は背が高く、痩せぎすな白人で、ハイアンドタイトな髪型（サイドとバックを刈り上げて頭頂部を少し伸ばす髪型）をしていた。肩にメトロ分署のバッジ、長袖に四本の袖章が見えた。五年ごとに一本の袖章がもらえるのをわたしは知っていた。つまり、ミルトンは、メトロ分署の筋金入りベテラン弾丸頭《がんこもの》だった。

「停車させた理由がおわかりですか？」ミルトンは言った。「ナンバー・プレートがついていません」

　わたしはリンカーンの後部バンパーを見おろした。ナンバー・プレートがなかった。

「くそっ」わたしは言った。「あー……これは悪戯《いたずら》みたいなもんなんだ。祝勝会をしていた——きょう、裁判に勝って、依頼人を無罪にした《ウオークド》。この車のナンバー・プレートは、ヴァニティープレートで、ＩＷＡＬＫＥＭと記されている。つまり、わたしが彼らを無罪にします《アイ・ウオーケム》だ。参加者のだれかが、ジョークとして、そのプレートを取ってやろうと考えたにちがいない」

　自分よりまえに〈レッドウッド〉を出ていった人間で、こんなことをするのが面白いと思ったのはだれなのか考えようとした。デイリー、ミルズ、バーナード……だれでもありえた。

「トランクを確認して下さい」ミルトンが言った。「そこに入っているかもしれない」

「いや、トランクに入れるにはキーが必要だ」わたしは言った。「いまから連絡して、確かめて――」

「ここが済むまで連絡させるわけにはいきません」

「いい加減なことを言わんでくれ。こっちは法律の専門家なんだ。わたしは身柄を拘束されているわけじゃない――連絡はできるんだ」

そこで言葉を切り、ミルトンがなおも挑んでくるかどうか確かめようとした。相手の胸にカメラが備え付けられているのに気づいた。

「携帯電話は車のなかにある」わたしは言った。

わたしはあいているドアに向かって戻りかけた。

「ちょっと、そこを動かないで」ミルトンがわたしの背中に呼びかけた。

わたしは振り返った。

「なんだ?」

ミルトンは懐中電灯を点《つ》け、車のうしろの地面に光線を向けた。

「それって血じゃないですか?」ミルトンが訊いた。

わたしは引き返して、ひび割れたアスファルトを見おろした。警官の明かりは、わたしの車のバンパー下にある、なにかの液体の染みに向けられていた。それは中央が濃いえび茶色で、縁はほぼ透明だった。

「どうだろう」わたしは言った。「でも、なんであろうと、最初からそこにあったんだろう。わたしは――」

わたしがそう言った矢先、バンパーからあらたな一滴が落ちて、アスファルトに当たるのをふたりとも目にした。

「トランクをあけてもらえませんか」懐中電灯をベルトのホルスターに納めると、ミルトンは要求した。

さまざまな疑問が頭のなかを巡っていた。トランクのなかになにが入っているのかにはじまり、もし要求を断ったらミルトンにトランクをあけさせる相当の理由があるのかどうかにいたるまでの疑問が。

いまではなんらかの体液だと推測がつくものがさらに一滴、アスファルトに当たった。

「ナンバー・プレートに対する違反切符を切ってくれ、ミルトン巡査」わたしは言った。「だけど、トランクをあけるつもりはない」

「では、あなたを逮捕します」ミルトンは言った。「トランクに両手を置きなさい」

「逮捕だって？　理由はなんだ？　わたしはなにも――」

ミルトンは近づいてきて、わたしをつかむと、車のほうを向かせた。全体重をぶつけ、わたしがトランクに向かって体を折るようにさせた。

「おい！　こんなこと――」

一度に一本ずつ腕を手荒く背中にまわされ、わたしは手錠をかけられた。そののちミルトンはわたしのシャツと上着の襟にうしろから手を入れ、グイッとわたしを車から起き上がらせた。

「あなたは逮捕された」ミルトンは言った。

「理由はなんだ？」わたしは言った。「こんなことできるわけが――」

「あなたとわたしの安全のため、あなたをパトカーの後部座席に乗せます」

ミルトンに肘をつかまれ、再度方向を変えさせられると、パトカーの後部座席のドアまで歩かされた。ミルトンはわたしの頭に手を置きながらうしろの硬いプラスチックの座席にわたしを押しこむと、身をのりだしてシートベルトを締めた。

「トランクをあけられないとわかっているだろ」わたしは言った。「きみには相当の理由がない。あれが血かどうか、きみにはわからないし、車の内部から出てきたものかどうかもわからない。あれがなんであれ、車で駆け抜けたときについた可能性があるんだ」

ミルトンはパトカーから体を引き抜くと、わたしを見おろした。

「緊急事態だ」ミルトンは言った。「助けを必要とする人間がなかにいるかもしれない」

ミルトンはドアを叩《たた》き閉めた。わたしは彼がわたしのリンカーンに戻り、トランクの蓋を調べて、なんらかの開閉機構の有無を確認しているのをじっと見ていた。それが見つからず、ミルトンはあいている運転席側のドアに向かうと、手を伸ばしてキーを抜き取った。

ミルトンはキーのリモコンを使ってトランクをあけるとき、だれかがトランクから飛びだしてくる事態に備えて、脇へ退いていた。蓋が持ち上がり、インテリア・ライトが灯《とも》った。ミルトンはその明かりを自分の懐中電灯で補強した。左から右へ移動し、横歩きをしながら、トランクの中身から目と光線を離さずにいた。パトカーの後部座席の角度からだと、トランクの中身はわたしから見えなかったが、ミルトンが動いている様子や、トランクのなかにあるものをもっとよく見ようとして屈《かが》みこむ様子から判断できた。

ミルトンは首を傾けて、肩の無線マイクに話しかけ、通報をした。たぶん応援を呼んだのだ。たぶん殺人担当部署を。ミルトンが死体を発見したことを知るのにわたしはトランクのなかを見る必要はなかった。

2

十二月一日日曜日

エドガー・ケサダは娯楽室のテーブルでわたしが彼の裁判記録の最後のページを読んでいるあいだ、隣に座っていた。自分の状況に役立つなにかをわたしが見つけられたり、手を打ったりできることを期待して、事件記録に目を通す便宜を図ってくれるよう、わたしに頼んでいたのだ。われわれはロサンジェルスのダウンタウンにあるツイン・タワーズ矯正施設の要注意被収容者《ハイパワー》用モジュールにいた。そこは裁判を待っていたり、あるいは、ケサダの場合のように、州刑務所服役の判決が下ったりして、隔離状態におかれた者を収容している場所だった。十二月はじめの日曜日の夜で、監獄のなかは寒かった。ケサダは青いつなぎの囚人服《ジャンプスーツ》の下に白いズボン下を着て、両袖は手首まで下ろしていた。

ケサダは慣れ親しんだ環境にいた。この道を以前にもたどっており、それを証明するタトゥを入れていた。彼はメキシコ系住民最大の居住区として知られるボイルハイツ出身のホワイト・フェンス・ギャング団の第三世代で、同ギャング団や、カリフォルニア州の郡立および連邦刑務所のなかで最大最強のギャングであるメキシカン・マフィアへの忠誠を示すタトゥをたくさん入れていた。

わたしが目を通した書類によれば、ケサダは、ホワイト・フェンス団のほかのふたりの構成員を乗せた車を運転していた。ふたりのギャングは、イースト・ファースト・ストリートにある食料雑貨店《ボデガ》の板ガラス窓に自動小銃の弾を叩きこんだ。店のオーナーがほぼ四半世紀にわたってホワイト・フェンス団に絞り取られていたみかじめ料の支払いを二週間遅らせていたのだ。銃を撃った男たちは、上向きに狙いをつけていた。この襲撃が脅し目的だったからだ。だが、跳弾が下向きに跳ね、カウンターの奥でうずくまっていたボデガ・オーナーの孫娘の頭頂部に命中した。孫娘の名前は、マリソル・セラノだった。わたしが読んでいる検屍官補《けんしかんほ》の証言によると、マリソルは即死だった。

発砲犯の身元を確認した目撃者はいなかった。いるとすれば致命的な蛮勇の発露になってしまうだろう。だが、交通監視カメラが逃走車両のナンバー・プレートを捉えていた。そのプレートの登録先は、事件現場に近いユニオン駅の長期駐車場から盗まれた車だった。そして駐車場の防犯カメラは、車の窃盗犯の姿を捉えていた——エドガー・ケサダだった。ケサダの審理はたった四日で終わり、彼は殺人共謀罪で有罪判決を受けた。量刑言い渡しが一週間後に迫っており、少なくとも懲役十五年、あるいはさらに長くなる可能性があると目されていた。それもこれも、走行中の車からの脅しが転じて殺人になった事件で、ケサダが車を運転していたからだった。

「で？」わたしが最後のページをめくるとケサダが訊いた。

「そうだな、エドガー」わたしは言った。「きみはドツボにはまっていると思う」

「おい、そんなこと言うな。なにもないのか？　まったくなにもないのかよ？」

「きみにやれることはいろいろある。だけど、成果の期待できないものだ、エドガー。あえて言うなら、ＩＡＣ申立ての要素はたっぷりある——」

「なんだそれは？」

「弁護人による効果のない支援《イネフェクティヴ・アシスタンス・オブ・カウンセル》だ。きみの弁護人は審理のあいだ、手をこまねいていた。異議申立てをまったくおこなっていない。ただ検察官に——ほら、ここだ、このページを見てくれ」

わたしは裁判記録をめくって、角を折っていたページに戻った。

「ここで判事は、『異議はないのですか、セガン弁護士？　あるいは、あなたになりかわってわたしが異議を申立てねばなりませんか？』とすら言っているんだ。これはまともな弁護活動とは言えないんだ、エドガー。ＩＡＣを証明することを試してみてもいいかもしれないが、要するに――せいぜいのところ、申立てを認められ、審理やり直しを勝ち取るくらいで、そうしたところで証拠を変えることにはならない。おなじ証拠であることに変わりはなく、新しい陪審団を相手にしてきみはまたしても裁判に負けるだろう。新しい弁護士が担当検察官の行きすぎを抑える術《すべ》を熟知している人間であったとしても」

　ケサダは首を左右に振った。彼はわたしの依頼人ではなかったため、その人生の詳しいところは承知していなかったものの、彼は三十五歳くらいで、この先の長く辛《つら》い人生を目にしていた。

「いままで何回有罪判決を受けた？」わたしは訊いた。

「二度だ」ケサダは答えた。

「重罪で？」

　ケサダはうなずき、わたしはそれ以上なにも言う必要がなかった。もともとのわたしの評価は有効だった。彼はドツボにはまっていた。たぶん永遠とも思える時間、娑《しゃ》婆《ば》とはおさらばだろう。ただし……。

「ギャング・モジュールじゃなく、この要注意被収容者《ハイパワー》用モジュールに入れられていた理由をわかっているよな？」わたしは言った。「いますぐでもきみはここから連れだされ、部屋に入れられて、重要な質問をされるだろう。あの日、きみといっしょに車に乗っていたのはだれだ、と」

わたしは分厚い裁判記録を身振りで示した。

「ここにはきみを助けてくれるものはなにもない」わたしは言った。「きみにできるのは、刑期を短縮する交渉をすることだけだ、名前を打ち明けて」

わたしは最後の部分を小声で言った。だが、ケサダは静かな声では反応しなかった。

「ふざけんな！」ケサダは叫んだ。

わたしは頭上の監視室の鏡張りの窓を確認した。その奥が見えないのはわかっていたけれど。それからケサダを見て、首の血管が脈搏《みゃくう》っているのを把握した――首を取り巻いている墓石のタトゥ越しにでも見えた。

「落ち着け、エドガー」わたしは言った。「ファイルを見てくれと頼んだのはきみだ。それをわたしがやっているだけにすぎない。わたしはきみの弁護士じゃない。きみが話をすべきなのは、彼であって――」

「おれはあいつに相談できないんだ」ケサダは言った。「ハラー、あんたはなにもわかってない！」

わたしはケサダをまじまじと見つめ、ようやく合点《がてん》がいった。彼の弁護士は、彼が告発することを求められているまさにその当事者たちに支配されていた――ホワイト・フェンス団に。その弁護士に相談すれば、要注意被収容者《ハイパワー》用モジュールに入っていようがいまいが、ほぼ確実にメキシカン・マフィアによる密告者処刑システムを稼働させるだろう。エメの名でより非公式に知られているメキシカン・マフィアは、カリフォルニア州のどの矯正施設にいるだれにでも手を伸ばせる、と言われていた。

文字どおり、ゴングの音で救われた。就寝時間五分まえを知らせる警笛が鳴った。ケサダはテーブルに手を伸ばし、乱暴に自分の書類をつかんだ。彼はわたしを見限ったのだ。バラバラのページをきちんと揃《そろ》えながら腰を上げた。「ありがとう」の言葉も「くたばれ」の言葉もなく、自分の独房に向かって立ち去った。

そしてわたしも自分の独房に向かった。

3

　午後八時になるとわたしの独房の鋼鉄の扉が自動的にスライドして閉まった。その金属的なガシャンという音がわたしの体全体を揺さぶった。毎晩、その音は列車のようにわたしのなかを駆け抜けていく。牢屋《ろうや》に入ってからもう五週間になるが、慣れることができず、またけっして慣れたくない事柄だった。八センチ弱の薄さのマットレスに腰を下ろすと、目をつむる。頭上の照明はあと一時間は灯っており、その時間を利用しなければならないのはわかっていたが、これはわたしの儀式だった。過酷な音や恐怖のすべてを消し去ろうとするための。自分が何者であるかを忘れないようにするための。父親であり、弁護士である——だが、殺人者ではない。

「ひどくQをカッカさせたな」

　わたしは目をひらいた。隣の独房にいるビショップだ。われわれの独房を隔てる壁には、高い位置に格子つきの換気口がある。

「そんなつもりじゃなかった」わたしは言った。「次にここでだれかがお抱え弁護士を必要とするときには、パスしようと思う」

「いい考えだ」ビショップは言った。

「ところで、きみはどこにいたんだ？　悪い話を聞かせて襲われるかもしれなかったんだぞ。まわりを見まわしたが、ビショップはどこにもいなかった」

「心配するな、相棒、ちゃんと守ってたさ。上の階の手すりのところから見守ってた。しっかり見張ってた」

　わたしはビショップに週四百ドルを払って、守ってもらっていた。その支払いは、イングルウッドにいるビショップのガールフレンド兼彼の息子の母親に現金で届けられている。彼の保護は、われわれが収容されている要注意《ハイパワー》被収容者用オクタゴン区画全体の四分の一に及んでいた——二階建て、二十四の独居房、未知と既知を問わず、さまざまな理由からわたしにとって脅威である二十二名のほかの被収容者がいる。

　収監初日の夜、ビショップは守られるか、傷つけられるか、どちらかを選べと言ってきた。わたしは交渉なんかせず、すぐさま飛びついた。娯楽室にいるとき、通常、ビショップはわたしのすぐそばにいるのだが、ケサダに彼の事件に関する悪い知らせを告げたとき、二階通路の手すりのところにいたというその姿を見かけなかった。ビショップについては、ほとんどなにも知らない。拘置施設ではあれこれ質問しないものだからだ。漆黒の肌はタトゥを隠しており、なぜわざわざタトゥを入れたのだろうと不思議になるほどだった。だが、両手の指関節をまたいで「クリップ・ライフ」という文字が刻まれているのを見分けることができた。クリップ団の人生。

わたしは自分の事件関係書類を収めた段ボール製のファイル収納箱を置いているベッドの下に手を伸ばした。まず、輪ゴムを確認する。書類の四つの束をそれぞれ二本の輪ゴムで束ねており、縦横一本ずつかけて、一番上の紙の目立つ箇所で交差するようにしていた。こうすることで、ビショップあるいはほかのだれかが忍びこんで、わたしの私物を調べたかどうかわかるのだ。かつてわたしが担当した依頼人があやうく第一級謀殺の罪を着せられそうになったことがある。刑務所内の密告者が依頼人の舎房にあったファイルに手を伸ばし、開示資料を読み、依頼人が自分に打ち明けたという、信憑性《しんぴょうせい》が高いが、でっちあげの告白をおこなえるほどの情報をつかんだのだ。そこから教訓を学んだ。わたしは輪ゴムのトラップをしかけ、だれかが書類を読んだかどうかわかるようにしていた。

わたしはいま第一級謀殺の容疑をかけられており、本人訴訟をおこなおうとしていた――自分自身を弁護するのだ。リンカーンの言葉や、彼以前および以降の多くの賢人たちが言ったであろう言葉も知っている。ひょっとしたらわたしは依頼人として愚かかもしれないが、自分の未来を自分自身以外の他人の手に委ねることはできないと思った。そのため、カリフォルニア州対J・マイクル・ハラー事件の裁判において、弁護側の作戦司令室は、ツイン・タワーズ矯正施設隔離房舎《K-10》の十三号独房になった。

　箱から申立て書一式を取りだし、書類がいじられていないことを確認してから輪ゴムを外した。申立て審理があすの午前中に予定されており、準備をしておきたかったのだ。保釈金の減額を求める申立てからはじまる三件の要請を出していた。罪状認否手続きでわたしの保釈金は、逃亡のおそれがあるだけでなく、地元司法制度の内情を知悉《ちしつ》していることから、本件の証人たちを脅かす存在であるという検察の主張が認められて五百万ドルに設定された。罪状認否手続きを担当する裁判官が、以前わたしが引き受けた控訴審で二度判決を覆させたことがあるリチャード・ロリンズ・ヘイガン判事であることもまずかった。ヘイガンは、第一級謀殺の罪に対して妥当とされている二百万ドルという保釈金を倍以上にせよという検察側の要請を認めることで、わたしに手ひどい仕返しをした。

　そのとき、二百万ドルと五百万ドルの違いは問題ではなかった。持てるすべてのものを自分の自由に注ぎたいのかあるいは自分の弁護に注ぎたいのか決めなければならなかった。わたしは後者に決め、ツイン・タワーズの住人となった。法曹関係者としてどの一般被収容者監房にも潜在的敵がいることから隔離状態に置かれるのがふさわしいとされた。

だが、あすになれば、わたしは異なる判事——一度もすれ違ったことがない判事だと信じている——のまえに立ち、保釈金の減額を求めるのだ。ほかに二件の申立てがあり、判事をまえにして用意した文章を読み上げるのではなく、主張し説得できるよう、メモを読み返していた。

保釈金減額の申立てよりも重要なのは、わたしに開示されるべき情報や証拠を検察が渡さずにいると訴える開示申立てと、わたしの逮捕につながった警察の停車措置の相当の理由に対する異議申立てだ。

本件を輪番で担当することになったヴァイオレット・ウォーフィールド判事は、これらの中立ての審議に時間制限を設けるだろう、と推測せざるをえない。わたしは準備万端整え、簡潔に、しかも要点を押さえておく必要がある。

「なあ、ビショップ？」わたしは言った。「まだ起きてるかい？」

「起きてるよ」ビショップが言った。「なんだ？」

「練習させてもらいたいんだ」

「なんの練習だ？」

「主張のさ、ビショップ」

「それはおれたちの契約に含まれていないぞ」

「わかってる、だけど、もうすぐ消灯だが、まだ準備ができていないんだ。聴いてもらって、意見を聞きたい」

ちょうどそのとき、この階の照明が消えた。

「わかった」ビショップが言った。「聞かせてみろ。だけど、その分の追加料金はもらうぞ」

4

十二月二日月曜日

朝食としてボローニャ・サンドイッチと傷のついた赤い林檎《りんご》を食べてから、わたしは裁判所に向かう第一便のバスに乗った。毎朝おなじ朝食であり、しかも昼食もおなじものが供される。ここに入って五週間経《た》ったが、内容が変わったのは、感謝祭の日だけだった。ボローニャ・ソーセージが七面鳥のスライスに換わり、三食ともおなじものが供された。ツイン・タワーズの食事に嫌悪感を抱いていた時期はとっくに過去のものとなった。ルーティンとなり、いまでは毎朝、毎昼、さっさと手早く片づけていた。とはいえ、投獄されているあいだに五キロから九キロは体重を落としており、わたしはそれをかならずやわが人生の一大勝負になるであろう戦いのために減量しているのだとみなした。

バスでは、三十九名のほかの被収容者といっしょだった。大半が午前中の罪状認否法廷に向かっていた。弁護士として、初出廷時の協議で依頼人と顔を合わせた際、目を見開いた恐怖の表情を何度も目にしてきた。だが、それはつねに法廷内でおこなわれ、つねにわたしはこれから待ち受けているものに対し、依頼人を落ち着かせ、用意させてきた。いま、バスのなかでわたし自身がその恐怖に囲まれていた。獄中生活の最初の経験に直面する男たち。以前に何度も投獄された経験を持つ男たち。新人であれ、常習犯であれ、彼ら全員が発する絶望感が手に取るほど明らかだった。

裁判所とのバスでの往復は、自分にとって最大の恐怖の瞬間であることにもわたしは気づいていた。どのバスに乗せられるかは、無作為に決められた。ビショップはいない。ボディーガードはいないのだ。わたしの身になにかが起こったとしても、刑務官たちは前方の鉄格子の向こうにいる――運転手、それに名ばかりの保安官補。彼らの役割は、どんなものであれ発生した事態が終わったときに死者と死にかけているものを片づけるという単純なものになるだろう。彼らは守り、仕えるためにこの場にいるのではない。司法制度の裏面で人々を動かすためだけにいた。

今回は座席が区切られた新型のバスだった。それを見て、わたしはさらなる恐怖を覚えた。この新型バスは、バス内で制御不能の暴動が何度も起こったあとで設計された。被収容者の安全には保安官事務所が責任を負っていることから、暴動は、負傷したり、殺されたりした被害者たちを守ることに失敗した当局に対する無数の訴訟に発展した。わたし自身、そうした訴訟を二件起こしたことがあり、そのため、新旧のバスの設計の弱点に気づいていた。

新しいバスは被収容者が八名ずつになるよう座席を鋼鉄のフェンスで仕切っていた。そうすることで、もし喧嘩《けんか》が起きても、最大で八名の戦闘員に抑えられる。バスにはそうした仕切りが五つあり、まず最後尾のセクションから順にまえに向かって埋められていく形になっていた。被収容者たちは手錠をかけられ、四人ずつ一本の鎖につながれ、それぞれの仕切り区画で通路を挟んで一グループずつ向かい合う形に座らされる。

この設計は、重大な問題が生じる青写真でもあった。もしバスが移動中に最後尾の区画で喧嘩が勃発すると、武装していない保安官補は、五番目の区画の喧嘩を止めるのに、五枚の扉の鍵をあけ、四つの区画を通っていかなければならない――なんらかの暴力犯罪容疑がかかっている被収容者たちがひしめきあっている狭い四つのスペースを通り抜けて。それはあまりにも不合理で、わたしの考えでは、その保安官事務所の解決策は実際には問題を倍増させていた。後方の区画での喧嘩は、バスが目的地に到着するまで放置されるままだった。自分の足で歩ける者はバスを降りていき、歩けない者は、手当を受けることになる。

バスはクララ・ショートリッジ・フォルツ刑事司法センターの下にある広大な駐車場に入って停まり、われわれは降ろされると、二十四のそれぞれの法廷に対応している、建物内の垂直の迷宮である待機房へ連れていかれた。

本人訴訟の弁護士として、わたしはバスから降りる男女の大半には提供されない若干の法的優遇措置を受けていた。わたしは個室の待機房に連れていかれた。そこでわたしは調査員と代理弁護人――書類作成と申請をおこない、場合によっては、訴訟の一環として作成された中立て書やその他の書類の微調整をおこなうため、わたしのバックアップとして任命された弁護士――と打合せができた。わたしの調査員は、デニス・〝シスコ〟・ヴォイチエホフスキーであり、代理弁護人は、わたしの弁護士事務所のパートナーであるジェニファー・アーロンスンだった。

収監中はあらゆることがゆっくり動く。ツイン・タワーズで午前四時に起床した結果、トータルの移動距離は四ブロックしかないのに、個室の会議室にたどり着いたときには、午前八時四十分になっていた。わたしは輪ゴムで留めた書類の束――中立て書だ——を持参しており、わがチームが九時ぴったりに拘置施設担当保安官補に連れられて姿を現すと、金属製のテーブルの上に書類を広げた。

シスコとジェニファーは、テーブルを挟んでわたしと向かい合う形で座ることを求められていた。だが、握手もハグもダメだ。この打合せは弁護士依頼人間の秘匿特権に守られていた。だが、天井の片隅に監視カメラがあった。われわれは見られているだろうが、あのカメラはそれをモニターしている保安官補に音声は伝えていない——あるいは、伝えていないことになっていた。わたしはそれを百パーセント信じてはおらず、これまでのチーム・ミーティングで、連中が違法に盗聴している場合、検察側に骨折り損をさせる目的での言及や命令の発出をときどきおこなっていた。かかる策略に対して、わがチームに警告を与えるため、「ババ」という符牒《ふちょう》を含めて発言した。

わたしはシャツの前後にステンシルで「LAC DETENTION」（ＬＡ拘置所）と入れられたダークブルーのジャンプスーツを着ていた。昨晩のエドガー・ケサダ同様、わたしは下着にズボン下を穿《は》いていた。郡拘置所に入ってすぐに早朝のバス移動と裁判所の待機房には暖房が入っていないのがわかり、それに合わせた服装をしていた。

ジェニファーはチャコールグレーのスーツとクリーム色のブラウスという出廷に合わせた服装だった。シスコは、いつものように、ヴィンテージ物のハーレー・ダビッドソン・パンヘッドにまたがり、ヘルメットのステレオからコーディー・ジンクスを爆音で聞きながら、パシフィック・コースト・ハイウェイを夕陽《ゆうひ》を浴びて疾走するのにふさわしいいでたちだった——ブラック・ジーンズにブーツとTシャツ。シスコの肌は、打合せ部屋の冷たい湿った空気を感じていないように見えた。それは彼がウィスコンシン州出身であることもなにか関係があるのかもしれなかった。

「けさのわがチームの調子はどうだい？」わたしは陽気に言った。

投獄され、郡拘置所のジャンプスーツを着ている当人ではあるが、スタッフに忙しくさせ、ボスの苦境に不安を抱かせないようにするのが大切だとわたしはわかっていた。「勝者のようにふるまえば、勝者になる」父の法律事務所のパートナーであり、法律に関するわたしの指導者だったデイヴィッド・〝リーガル〟・シーゲルがよく口にしていたセリフだ。

「万事順調だよ、ボス」シスコが言った。

「あなたの調子はどうなんです？」ジェニファーが訊いた。

「拘置所にいるより裁判所にいるほうがましだ」わたしは言った。「ローナが選んでくれたのはどのスーツだ？」

ローナ・テイラーはわたしのケース・マネージャーであると同時に、ファッション・コンサルタントだった。この二番目の業務はローナがわたしの妻だった当時から、シスコと結婚したいまもつづいている。ローナはわたしの二番目の妻で、彼女との結婚生活は一年しかつづかなかった。この日、わたしは陪審員のまえには姿を見せないだろうが、公開法廷の場に姿を現すすべての機会で、弁護士としての職業にふさわしい服装をすることを認めるようにとの申立てにウォーフィールド判事の承認をあらかじめ取っていた。わたしの事件はマスコミからかなりの注目を浴びており、囚人服を着た姿の写真を拡散させたくなかった。裁判所の外の世界はわたしを裁くために選ばれる十二名の陪審員候補集団だった。彼らがだれであろうと、郡拘置所の青いジャンプスーツを着ている姿を見られたくなかった。慎重に選んだヨーロッパ製スーツは、法廷で自分の論拠を主張する際のわたしの自信を増大させる。

「青いヒューゴ・ボスにピンクのシャツとグレーのネクタイ」ジェニファーが言った。「法廷担当保安官補がそれを持っています」

「完璧だ」わたしは言った。

シスコはわたしの虚栄心に目を丸くしていた。わたしはそれを無視した。

「時間はどうなっている？」わたしは訊いた。「書記官と話したのか？」

「ええ、判事は一時間を割り当ててくれました」ジェニファーが言った。「それで足ります？」

「たぶん足りないな、ダナを相手にするには。ウォーフィールドが審理予定に固執するなら、なにかを省かないとだめだろう」

ダナというのは、わたしを有罪にして、残る生涯をそこで過ごすよう、刑務所送りにするため任命された地区検事局重大犯罪課のスター検察官ダナ・バーグのことだった。ダウンタウンの弁護士界隈では、彼女は極刑を求める性癖から「死刑囚監房《デスロウ》・ダナ」の名で知られていた。あるいは、交渉になった際の態度から「氷山《アイスバーグ》」の名でも知られていた。事実として、彼女の決意はけっして揺るがず、陪審裁判が不可避な事件に任命されることが多々あった。

そしてそれがわたしの抱えている状況だった。逮捕の翌日、わたしはジェニファーを通じて、マスコミ向けの声明を出し、自分にかけられた容疑をきっぱり否定し、裁判でそれを立証することを約束した。その声明が本件の担当をダナ・バーグにさせた可能性がきわめて大きかった。

「で、なにを省くんです？」ジェニファーが訊いた。

「保釈をあとまわしにしよう」わたしは答えた。

「待った、それはない」シスコが言った。

「えっ？　まっさきにそれを持ちだしたかったのに」ジェニファーが言った。「あなたをあそこから出し、舎房じゃなくオフィスでなんの制限もない戦略打合せをおこなわないと」

ジェニファーは両手を上げ、われわれが座っている空間の狭さを強調するかのようにした。保釈に関するわたしの判断にふたりとも抗議するだろうとわかっていた。だが、判事のまえに出るきょうの時間を有効活用するつもりだった。

「いいか、ツイン・タワーズで、快適な時間を過ごしているわけじゃない」わたしは言った。「あそこはリッツ・ホテルじゃない。だけど、きょう成し遂げねばならないもっと重要なことがあるんだ。審問のすべての時間を相当の理由への異議申立てに使いたいんだ。それが最優先事項だ。そのつぎに開示問題について争いたい。その準備はできているな、ブロックス？」

新米弁護士時分のそのあだ名でジェニファーを呼ぶのは、ずいぶんひさしぶりだ。元ブロックス・デパート・ビルのなかにあったサウスウェスタン・ロースクールを出たての彼女をわたしは雇った。労働者階級向けのロースクールで法律の学位を取り、社会的弱者の意欲と激情の持ち主である人間をわたしは雇いたかった。それからの年月で、ジェニファーは天才であることを証明してくれた。低額事件を担当させていたアソシエイトから、共同パートナーであり、信頼のおける腹心にまで成長し、自分の事件を担当し、この郡のどの法廷でも勝利を収められるようになっていた。彼女をたんなる書類の提出者として使う気はなかった。検察側の証拠開示遅延に関してダナ・バーグと正面から対峙《たいじ》してもらいたかった。この事件はわたしのキャリアのなかで最重要なものであり、ジェニファーにはわたしとともに弁護側テーブルについていてほしかった。

「用意はできています」ジェニファーは言った。「ですが、保釈の主張をする用意もできています。ボローニャ・くそったれ・サンドイッチを食べているあいだ、ボディーガードに背中を見守ってもらう必要なく裁判の準備ができるよう、あなたには出てもらわないと」

　わたしは笑い声を上げた。ツイン・タワーズのメニューについて少し文句を言いすぎていたかもしれない。

「いいかい、それはよくわかる」わたしは言った。「それから、笑って悪かった。だけど、給料を払いつづけなきゃならないし、この状態から脱するために破産して、娘に残すものがなにもなくなるのはごめんなんだ。だれかがロースクールの学費を払わなきゃならないし、その役目をマギー・マクフィアス《猛烈》にさせるわけにはいかない」

わたしの最初の離婚した妻であり、わが子の母親である人間は、地区検事局の検察官だった。本名、マギー・マクファースン。彼女はお金に困らない生活を送っており、われわれの娘であるヘイリーをシャーマン・オークスの安全な環境で育ててくれた――ここでの政治的火種が消えるのを待ちながら、ヴェンチュラ郡の検事局に勤めた二年間を抜きにして。わたしは私立に入れた娘の学費をずっと払ってきた。現在、ヘイリーは、五月にチャップマン大学を卒業し、南カリフォルニア大学《USC》ロースクール一年生だ。それには法外な値札が付いていて、学費支払いはひとえにわたしにかかっていた。それを賄うための計画を立て、貯蓄でカバーしていたが、もしその現金に手を付け、裁判の準備をするのに自分を釈放させるためだけに払い戻しのできない保釈保証金に注《つ》ぎこめば、カバーできなくなる。

　すでに計算は済ませており、それをする価値はなかった。たとえウォーフィールド判事を説得して、保釈金を半分にできたとしても、保釈保証金債権を買うには二十五万ドルが必要で、それで稼げる自由の時間はたった三ヵ月でしかなかった。結局のところ、わたしは迅速な裁判を受ける権利の放棄を拒否し、検察側が動かざるをえない期限を定めた――法廷稼働日六十日以内に、わたしの裁判をはじめなければならない。これは裁判まで二ヵ月しかないことを意味する。二月に裁判がおこなわれ、評決でわたしに自由が戻ってくるか、あるいは永遠に失われることになるだろう。これまでの多くの機会で、わたしは保釈金を払わず、それだけの金をツイン・タワーズで利用するよう依頼人に助言してきた。

たいていの場合、それは依頼人がわたしに弁護料を払うだけの金を確実に持っているようにさせるためだった。だが、いま、それが自分自身への助言になっていた。

「その件でマギーと話しました？」ジェニファーが訊いた。「あの人は面会に来たんですか？」

「ああ、面会に来たし、ああ、話をしたよ」わたしは言った。「彼女はきみとおなじことを言ったし、そうしたほうがいいという意見にわたしは反対はしていない。だけど、優先順位の問題なんだ。裁判における優先順位だ」

「あのですね、ローナもシスコもわたしも、みんなこの件が終わるまで給料の支払いを待てると言ってるんですよ。裁判における優先順位はあなたの保釈だと本気で思っていますし、考え直してもらわないと。それに、ヘイリーはどうなるんです？　彼女と過ごす感謝祭の機会をすでに逃しています。クリスマスもそうしたいんですか？」

「オーケイ、謹んで承るよ。きょう、その問題に携わる時間があるかどうか確かめてみよう。もしなければ、次の機会に取り上げよう。申立て以外のことに進もう。シスコ、過去の担当事件の見直しで、なにが出てきた？」
「おれとローナは、事件ファイルの半分以上を見直した」シスコは言った。「いまのところ、はっきりしたものはなにも出てきていない。だけど、見直しをつづけており、可能性のリストを作成しているところだ」

シスコが言っているのは、わたしに殺人事件の濡《ぬ》れ衣《ぎぬ》を着せる動機と手段を持っているかもしれない過去の依頼人と敵のリストのことだった。

「オーケイ、そのリストが要る」わたしは言った。「法廷に出て、罠《わな》にはめられたんだと言うだけではどうにもならない。第三者に有責性があるという主張には、第三者が必要なんだ」

「いま調べている」シスコは言った。「もし第三者がいるなら、それを見つける」

「もし？」わたしは問いかけた。

「そういう意味で言ったんじゃない、ボス」シスコが答えた。「言葉の綾《あや》で――」

「いいか」わたしは言った。「わが人生のなかで、過去二十五年間、依頼人に、あなたたちがやったかどうかはわたしにはどうでもいい、なぜならわたしの仕事はあなたたちを弁護することであり、あなたたちを裁くことではない、と言い続けてきた。罪を犯していようと無実であろうと、あなたがたはおなじ条件で、おなじ努力を受け取るのです、と。だけど、いま、反対側に立ってみると、それが戯言《たわごと》だとわかる。この事件できみたちふたりとローナにはおれを信じてもらわねばならないんだ」

「もちろん信じてます」ジェニファーが言った。

「言うまでもない」シスコが付け足した。

「そんなにあわてて答えなくていい」わたしは言った。「きみたちはそれについて疑問を抱いているはずだ。検察側の論拠は、かなりの説得力を持っている。だから、もしなんらかの段階で、デスロウ・ダナがきみたちを信じこませたなら、立ち上がって、出ていってもらわねばならない。チームに残すわけにはいかない」

「そんなことは起こらん」シスコが言った。

「けっして」ジェニファーが付け加えた。

「けっこう」わたしは言った。「では、戦いに向かおう。ジェニファー、おれが用意を整えられるようスーツを取りにいってくれないか？」

「すぐに戻ってきます」ジェニファーは言った。

ジェニファーは立ち上がると、片手で鋼鉄の扉をガンガン叩くのと同時に、頭上の監視カメラに向かって反対の手を振った。すぐに扉が解錠される鋭い金属音が聞こえた。保安官補が扉をあけて、ジェニファーを外に出した。

「さて」シスコとふたりだけになるとすぐ、わたしは口をひらいた。「最近のバハの水温はどうなってる？」

「ああ、快適だよ」シスコは言った。「向こうにいる仲間と話をしたところ、摂氏三十度前後だと言ってた」

「おれには温かすぎるな。二十度台くらいまで下がったら教えてくれるようそいつに言っといてくれ。そうなったらおれには理想的だ」

「伝えとく」

わたしはシスコにうなずくと、頭上のカメラに向かってほほ笑まないよう努めた。この最後の会話が、違法盗聴者をしてメキシコに手がかりをさぐりにいかせるくらい陰謀めいたミスリードになっていればいいと願った。

「で、被害者についてはどうだ？」わたしは言った。

「まだ調査中だ」シスコはためらいがちに言った。「きょう、ジェニファーが開示請求でもっと材料を手に入れてくれることを願っている。被害者の行動を追って、どうやって、いつあんたの車のトランクにいき着いたのか調べられるように」

「サム・スケールズはつかみにくい人間だった。あいつの行動を突き止めるのは難しかろうが、おれはその情報が必要になるだろう」

「心配すんな。手に入るさ」

わたしはうなずいた。シスコの自信には好感が持てた。その自信が報われることを期待した。一瞬、過去の依頼人であったサム・スケールズのことを脳裏に浮かべた。わたしですらペテンにかけられたことがある究極の詐欺師だ。いまや最大級の詐欺における被害者になった。わたしは殺人の濡れ衣を着せられ、それを晴らすのがきわめて難しいことになるだろうとわかっていた。

「なあ、ボス、大丈夫かい？」シスコが訊いた。

「ああ、大丈夫だ」わたしは言った。「考え事をしていたんだ。こいつは面白いことになりそうだ」

シスコはうなずいた。これが面白いこととはほど遠いものになるのは、彼もわかっていたが、わたしがそう口にした心情を理解してくれていた。勝者のようにふるまえば、勝者になる。

待機房の扉がふたたびスライドしてひらき、ジェニファーが戻ってきた。二本のハンガーにかかっているわたしの出廷用衣装を手にしている。通常、わたしは陪審員のまえに立つとき用にピンクのオックスフォード・シャツを取っておいたが、これはこれでかまわなかった。スーツのシャープなカットを見ただけで、気分が一段高揚した。

戦いの用意が整いはじめていた。

5

スーツはダボダボだった。まるでそのなかで泳いでいるような気がした。法廷に連れだされ、鎖を外されたときに真っ先にジェニファーに言ったのは、わたしの自宅へいって、スーツ二着をテイラーに持っていき、サイズを調整してもらうようローナに伝えることだった。

「本人がいないとサイズを測るのは難しいですよ」ジェニファーは言った。

「かまわん、大切なことなんだ」わたしは言った。「マスコミのまえで借り物のスーツを着ている男みたいに見せたくない。それは陪審員候補たちに伝わり、メッセージになる」

「わかりました、了解です」

「全体にひとまわり縮めさせるようローナに言ってくれ」

ジェニファーが答えるまえにダナ・バーグが弁護側テーブルに近づいてきて、書類一式を置いた。

「そちらの中立てに対するこちらの回答」バーグは言った。「口頭弁論で持ち出されるだろうと思って」

「タイムリーに届いた」ジェニファーは言った。そんなわけない、という意味で。

ジェニファーは書類を読みはじめた。わたしは気にしなかった。わたしからの言い返しを期待していたかのようにバーグは躊躇《ちゅうちょ》したようだ。わたしは顔を起こし、笑みを浮かべてみせた。

「おはよう、ダナ」わたしは言った。「週末はどうだった?」

「あなたよりよかったのは確実」バーグは言った。

「当然だろうな」わたしは言った。

バーグはニヤリと笑うと、検察側テーブルに戻った。

「意外でもなんでもないけど、すべてに反対している」ジェニファーが言った。「保釈金減額を含め」

「よくあることだ」わたしは言った。「さっきも言ったが、きょうは保釈金のことは気にするな。われわれは――」

法廷担当の保安官補、モーリス・チャンがウォーフィールド判事の入廷を告げる胴間声に言葉を遮られた。着席と静粛を求められる。

本件担当判事でウォーフィールドを引いたとき、幸運だ、とわたしは思った。彼女は法と秩序の番人としてタフな法律家であり、元刑事弁護士の一員でもあった。裁判官になる弁護士は、みずからの公平さを示すためにわざわざ検察側に有利な判決を下しがちなことがよくある。だが、ウォーフィールドに関しては、そういう噂は聞いたことがなかった。わたしが抱えた案件で判事がウォーフィールドになったことはないが、過去に〈レッドウッド〉や〈フォー・グリーン・フィールズ〉でほかの刑事弁護のプロたちの会話に耳を傾けたことがあり、わたしがつかんだのは、どまんなかに投げこむ判事の姿だった。加えて、彼女はアフリカ系アメリカ人であり、そのことで社会的に弱い立場になっていた。のぼっていく過程で、彼女はほかの弁護士よりも優秀でなくてはならなかった。そのために求められたのは、わたしが好きな物の見方だ。彼女は自分の弁護をやろうとしてわたしが直面している不利について充分わかっていた。推測するに、彼女はその知識を自分の判断のなかに含めるだろう。

「カリフォルニア州対ハラー事件、記録をはじめます。弁護側の一連の申立てを検討しなければなりません」判事は言った。「ハラーさん、ご自分で主張しますか、それともあなたの共同弁護人であるアーロンスンさんがおこないますか？」

わたしは返事をするために立ち上がった。

「よろしければ」わたしは話しはじめた。「本日はしばらくタッグチームを組みたいと考えております。まず、証拠排除の申立てからはじめたいです」

「けっこうです」ウォーフィールドは言った。「進めて下さい」

ここがややこしいところだ。違憲的に入手された証拠を排除するため、法律上、証拠排除の申立てと呼ばれるものをわたしはおこなった。わたしの車のトランクのなかにあったサム・スケールズの死体発見につながった車両停止に異議を唱えていた。もしその申立てが認められれば、わたしに対する訴訟は即時棄却となるだろう。だが、ウォーフィールドが噂どおり不偏不党だったとしても、判事が検察の論拠を台無しにするだろうと信じるのは、無理筋だった。それにそれはこちらが期待していることでもあった。なぜなら、台無しにする事態が起こらないのをこちらも望んでいたからだ。依頼人がほかの人物だったら、そういう裁定をわたしは望むだろう。だが、これはわたし自身の事件だった。わたしは法律の解釈で勝利したくなかった。無罪放免される必要があった。ここで狙っているのは、わたしを郡拘置所に放りこんだ車両停止の合憲性に関する本格的な審問をおこなわせることだ。だが、それをしたいのは、ひとえにミルトン巡査を証言席につかせたいからだ。巡査から宣誓下で証言を引きだし、揺るぎないものにできるように。なぜならわたしは自分が罠にはめられ、その罠に故意であろうとなかろうと、なんらかの形でミルトンが関わっていると信じているからだ。

中立て書のプリントアウトを手に取り、検察側テーブルと弁護側テーブルのあいだにある発言台にわたしは歩いていった。その途中で、なにげなく傍聴席を確認したところ、この審問を取材しているジャーナリストとして見覚えのある人間が少なくともふたりいることがわかった。彼らはわたしの主張を世間に伝えるために利用するパイプ役になる人間だった。

また、娘のヘイリーが後方の列にいるのが見えた。USCロースクールの授業をサボっているのだろうが、わたしはあまりうろたえなかった。郡拘置所に面会に来るのを娘には禁じていた。拘置所のジャンプスーツを着た姿をけっして見せたくなくて、いまのところ承認した面会者リストに娘を載せずにいた。だから、彼女がわたしの姿を見、わたしを応援できるのは法廷であり、そうすることの大切さはわたしに通じた。また、ここにいることで、娘がロースクールの見せかけの世界を離れ、法律における真の教育を受けようとしているのもわかっていた。

わたしは娘にうなずいて、笑みを投げかけたが、娘の姿を見て、自分のスーツがひどく体に合っていないことを強く意識させられた。借り物の衣装に見え、法廷の全傍聴者にわたしが罪人であることを伝えているように見えた。ジャンプスーツを着ていたほうがよかったかもしれない。発言台にたどり着くとそうした思いを振り払うように、判事に注意を向けた。

「閣下」わたしは言った。「裁判前申立てで述べているように、弁護側は、わたしがこの事件において罠にはめられ、濡れ衣を着せられたことを主張します。そしてこの罠は、わたしが逮捕された夜に警察による違法かつ違憲の車両停止によって始動したのです。わたしは――」

「だれに罠にはめられたのですか、ハラーさん？」判事が訊いた。

わたしはその質問に虚を衝《つ》かれた。有効な質問だったかもしれないが、判事から出てくるとは意外だった。とりわけ、まだこちらの発言が終わっていないのに。

「判事、その質問はこの審問では関連性がありません」わたしは言った。「この中立ては車両停止について、それが合憲かどうかについてです。それは――」

「ですが、あなたはご自分が濡れ衣を着せられたとおっしゃっている。だれがあなたに濡れ衣を着せたのかご存知なのですか？」

「繰り返しますが、閣下、その質問は関連性がありません。二月になり、陪審審理になれば非常に関連性のあるものになるでしょうが、車両停止の正当性に異議を唱えているときに検察に対してわたしの論拠を明らかにしなければならない理由がわかりません」

「では、つづけて下さい」

「ありがとうございます、閣下。では、お言葉に従って。その――」

「それは当てこすりですか？」

「はい？」

「あなたがいま言った言葉、それはわたしに対する当てこすりですか、ハラーさん？」

わたしは困惑して、首を横に振った。自分がなにを言ったのか思いだすことさえできなかった。

「あー、いえ、当てこすりじゃありません、判事」わたしは言った。「なにを言ったのか覚えていませんが、そんな意図は毛頭ありま――」

「けっこうです、つづけましょう」判事は言った。

わたしはまだ困惑していた。この判事は自分のスキルや権威を疑っていると解釈したものにはどんなものであれ、神経質になるようだ。だが、初期段階でそのことに気づけたのはいいことだった。

「わかりました、さて、わたしの発言のなかで敬意を欠いているように聞こえたものがあれば謝罪します」わたしは言った。「先ほどから申しておりますように、わたしは証拠排除の申立てをおこなっており、車両停止の相当の理由およびわたしが運転していた車両のトランクの令状なしでの捜索の根拠となる相当の理由に異議を唱えています。わたしを停止させ、わたしの車を捜索した警察官出席のうえで、浮上した問題に関する証拠審問が必要です。その審問のための予定を入れたく考えています。ですが、そうするまえに、取り組む必要がある事柄がほかにあります。閣下、わたしの調査員は、五週間かけ、わたしの車を停止させた警察官――ロイ・ミルトン巡査――と話をしようとし、彼と警察に対して数え切れないくらい要請をおこなったものの、不首尾に終わりました。あとで開示申立てについて議論することになりますが、おなじことが起こっており、逮捕に関して検事局からいっさい協力が得られていません。これは初日から継続している、検察側による公正な裁判開催の妨害です」

バーグが立ち上がったが、ウォーフィールドは片手を上げてバーグの発言を制した。

「そこで止めて下さい、ハラーさん」判事は言った。「あなたがたったいまおこなったのは非常に深刻な告発です。いますぐ裏付けたほうがいいですよ」

　わたしは考えをまとめてから先に進んだ。

「閣下」やがてわたしは口をひらいた。「検察側は明らかにわたしがミルトン巡査に質問することを望んでいません。ずっとまえに遡って正式起訴《インダイトメント》を求めて大陪審に向かい、非公開でミルトン巡査に証言させる決定がなされた時点でおわかりでしょう。わたしがミルトン巡査に質問できる予備審問をひらく代わりに」

　カリフォルニア州の法廷では、重罪は、予備審問を経てからでないと裁判には進めない。そこで逮捕相当の理由の証拠が判事に提示され、被告は裁判を受けるよう命じられる。予備審問以外の選択肢は、検察が事件を大陪審に持ちこんで正式起訴を求める方法だ。今回の事件でバーグが取った手立てがそれだった。このふたつの手続きの違いは、予備審問が公開法廷でひらかれることで、弁護側は判事のまえで証言するどの証人にも質問することが認められている一方、大陪審は非公開でひらかれるところだ。

「大陪審は検察が選択する完璧に合法的な方法です」ウォーフィールドが言った。

「そしてそれによってわたしはわたしの告発者に質問できなくなっています」わたしは言った。「ミルトン巡査はわたしが逮捕された夜、ロス市警の規則に従って、ボデイーカメラを装着していたのは明白なのに、われわれはそのビデオを提供されていません。また、パトカーにはビデオ・カメラが搭載されていたのに気づいていましたが、そのビデオも提供されていません」

「閣下？」ダナ・バーグが言った。「州は、弁護側の主張に異議を唱えます。被告は、本件における証拠排除の申立てを、証拠要請に変えようとしています。わたしは困惑しています」

「わたしもそう思います」ウォーフィールドが言った。「ハラーさん、あなたが経験豊富な弁護士であることからご自分での弁護を認めましたが、あなたはまるで素人のような発言を繰り返しています。要点を述べて下さい」

「はい、あの、わたしも困惑しているのです、閣下」わたしは言った。「無令状捜索の成果を排除する法的に充分根拠のある申立てをおこないました。ミズ・バーグは捜索の正当化事由を論証する責任を負っています。しかしながら、ミルトン巡査は本法廷に姿を見せていません。それゆえ、検察側が譲歩を表明するつもりでないかぎり、バーグ検察官は本申立てに抗弁する用意が整っていないと思われます。それなのにバーグ検察官は、あたかもご自分が侮辱されているかのようにふるまい、あたかもわたしがたんに議論して、それで満足するつもりでいるかのようにふるまっています。

判事、要点を申しますと、わたしは証拠審問と、わたしに権利がある開示資料を受け取ったあとでその審問に備える機会を請求しているのです。証拠排除の申立てを適切かつ十全に論じられないのは、検察が開示規則を破っているからです。本日は、証拠排除をすべきかどうかは棚上げにし、検察に開示義務を履行するよう命じ、ミルトン巡査を含む証人の出廷がなされるときに本申立てに関する完全な証拠審問をおこなう日程を立てるよう、法廷に求めます」

判事はバーグを見た。

「ハラーさんの申立て書のなかに開示申立てがあるのはわかっています」ウォーフィールドは言った。「それで、いま言及されたものの状況はどうなっています？　巡査のビデオとパトカーのビデオです。それらはいままでに提供されていなければならなかったはずです」

「判事」バーグは言った。「転送に技術的な問題を抱えて――」

「閣下」わたしは声を張り上げた。「その技術的な難しさという言い訳は通用しません！　わたしはいまから五週間まえに逮捕されたんです。ここではわたしの自由が危機に瀕《ひん》しており、彼らの技術的な問題でわたしの法の適正な過程《デュー・プロセス》を受ける権利が遅れたというのは、明白に不公平です。彼らはわたしがミルトンにたどり着けないようにしようとしています。単純明快です。予備審問ではなく大陪審を選んだときもそれをやったんです。ここでまたおなじことをやろうとしています。わたしは迅速な裁判を受ける権利を放棄しておらず、検察側はわたしの仕事を遅らせるためにありとあらゆる手段を講じているのです」

「ミズ・バーグ？」ウォーフィールドが言った。「それに対する返答は？」

「判事」バーグは言った。「もしわたしがすべて言い終えるまで被告が遮らなければ、われわれが技術的困難を抱えていました――過去形です――が、いまはそれを解決して、巡査の車とボディーカメラのビデオを本日被告に渡せると言うのを耳にしたでしょう。付け加えるなら、どんな形であれ、本件を遅延させるようわざともたもたしたり、被告に圧力をかけたりしたという指摘には、検察は異議を唱えます。われわれには進める準備ができています、閣下。遅延に興味はありません」

「けっこうです」ウォーフィールドは言った。「ビデオを被告側に渡して下さい。では、われわれは――」

「閣下、進行に関する異議があります」わたしは言った。

「どういうことです、ハラーさん？」判事は言った。「わたしにも我慢の限界がありますよ」

「検察側の弁護人はわたしを被告と呼びました」わたしは言った。「確かにわたしは本件で起訴された人間ですが、法廷で議論しているときは、わたしは弁護側の弁護人なのであり、ミズ・バーグにわたしを正しく呼ぶように法廷から指示していただくよう要請します」

「ハラーさん、あなたは言葉尻を捉えて注文をつけています」ウォーフィールドは言った。「本法廷はそのような指示を検察側に出す必要はないと考えます。あなたは被告です。同時に弁護側の弁護人でもあります。本件では大差ありません」

「陪審員たちはその差に気づくかもしれません、閣下」わたしは言った。

ウォーフィールドはバーグが異議ありと言葉にするまえに交通警官よろしくふたたび片手を上げた。

「検察側からの反論は必要ありません」ウォーフィールドは言った。「弁護側の要請は却下されました。今回の申立ては木曜の午前中に継続審議します。ミズ・バーグ、あなたはミルトン巡査をここに来させ、ハラーさんの車両停止に関して質問できるようにして下さい。もし必要ならそのための召喚状に喜んで署名しましょう。ですが、もしミルトン巡査が出廷しなければ、わたしは申立てを認めるつもりです。わかりましたか、ミズ・バーグ？」

「はい、閣下」バーグは言った。

「けっこう、次の中立てに移りましょう」ウォーフィールドは言った。「外部の会合のため、わたしは午前十一時には裁判所を出なければなりません。さっさとやりましょう」

「閣下、わたしの共同弁護人のジェニファー・アーロンスンが強制的開示手続きについて述べます」

ジェニファーが立ち上がり、発言台に向かった。わたしは弁護側テーブルに戻り、すれ違う際におたがい軽く腕に触れた。

「がんばれ」わたしは囁《ささや》いた。

6

本人弁護の被収容者としてわたしが受けている特典は、拘置施設にも及んでおり、わがリーガル・チームとの毎日の打合せ用の時間と場所を提供されていた。わたしは話し合う問題あるいは戦略のあるなしにかかわらず、その打合せを月曜日から金曜日までの午後三時に設定していた。外部とのつながりが必要だった。メンタルヘルスを維持するためだけであっても。

この打合せはシスコとジェニファーにとって辛いものだった。出入りの際に所持品検査と身体検査をおこなわれ、規則では、チームの面々はわたしが収容されているモジュールから連れだされるまえに弁護士依頼人面会室に入っておかねばならなかったからだ。郡拘置所でのあらゆることは、業務を司《つかさど》っている保安官補たちの無頓着なペースで動いていた。たとえ本人弁護であれ、被収容者に与えられていないのは、時間厳守だった。六時間後にたった四ブロックしか離れていないところでおこなわれる審問のために午前四時に起こされているのとおなじ理由だ。こうした遅延といやがらせから、午後三時から一時間わたしが彼らと会うためには、ふたりは、郡拘置所の弁護士通用口にいつも午後二時には姿を現さねばならなかった。

法廷での審問後の打合せは、メンタルヘルスの時間よりもずっと重要だった。ウォーフィールド判事は、ようやく検察側から渡されたビデオをわたしが見られるように、ジェニファー・アーロンスンがリーガル・チームとの打合せにディスク・プレイヤーを持ちこむことを許可する命令書に署名した。

裁判所から郡拘置所へバスに乗って連れ戻されるまで四時間近くかかったため、わたしは打合せに遅れた。弁護士との面会室に連れていかれるころには、ジェニファーとシスコは一時間近く待たされていた。

「すまん、諸君」わたしは保安官補に連れられて部屋に入ると謝った。「ここではいろいろ自由にならなくて」

「ああ、そのとおりだ」シスコが言った。

裁判所の弁護士部屋とおなじ設《しつら》えになっていた。ふたりはわたしの真向かいに座っている。外部に音声を伝えていないことになっている監視カメラがあった。ここでの違いは、わたしが室内にいるときはメモを取ったり、法廷へ提出する申立て書を手書きしたりするために筆記具の使用が認められていることだ。筆記具を監房に持ち帰ることは認められていなかった。武器あるいはパイプあるいはタトゥ用のインク供給源として利用可能だからだ。というか、わたしに認められているのは赤インクのペンだけだった。たとえどうにかして寝床にこっそり持ちこんだとしてもタトゥの色としては望ましくないものだと考えられているからだった。

「ビデオはもう見たかい？」わたしは訊いた。

「ここで待っているあいだおよそ十回しか見ていない」シスコが答えた。

「それで？」

わたしはその質問をしてジェニファーを見た。彼女は弁護士だ。

「あなたがあのとき言ったことと行動の記憶は、みごとでした」ジェニファーは言った。

「よかった」わたしは言った。「もう一回見るのをがまんできるかい？　ミルトン巡査とのQ&Aに備えて、メモを取りたいんだ」

「それが最上の方法だと考えてます？」ジェニファーが訊いた。

わたしは彼女を見た。

「自分を逮捕した人間におれが質問することがという意味かい？」

「はい。陪審員には、恨みを抱いているように見えるかもしれません」

わたしはうなずいた。

「その可能性はある。だけど、審問の場に陪審員はいないだろう」

「たぶん記者がいます。彼らが流す情報が陪審員候補者たちに伝わるでしょう」

「わかった、それでも、質問は書くつもりだし、直前に判断することにしよう。きみがするつもりの質問を書き上げてくれ。あすか水曜日に比べよう」

わたしはコンピュータに触れることを認められていなかった。シスコが画面をわたしのほうに向けた。シスコは、まず、ミルトンのボディーカメラのビデオを再生した。カメラは胸の高さでミルトンの制服に取り付けられていた。映像はミルトンの車のステアリングホイールからはじまり、すぐに彼は動いて車を降り、路肩を移動してわたしのリンカーンだとわかる車に向かっていった。

「止めてくれ」わたしは言った。「これはひどいな」

シスコが停止ボタンを押した。

「なにがひどいんです？」ジェニファーが訊いた。

「このビデオがだ」わたしは言った。「バーグはおれが欲しているものを知ってい て、きょう法廷で殊勝に従うふりをしたにもかかわらず、われわれをばかにしているんだ。ビデオ全部を請求する申立て書を持って、あす判事のところに戻ってほしい。おれがあいつとたまたま出くわしたと言われているそのまえにあいつがどこにいて、なにをしていたのか、この目で見たいんだ。最短でも半時間はボディーカメラの映像を遡りたいと判事に伝えてくれ。そして木曜日の審問に向かうまえに完全なビデオが欲しい」

「了解です」

「オーケイ、では、連中から渡されたものを見つづけよう」

シスコがふたたび再生ボタンを押し、わたしは目を凝らして見た。画面の隅にタイムコードが表示されており、わたしはすぐに時間を書き取り、それに合わせたメモを書きはじめた。車両停止とそのあとに起こったことは、わたしの記憶にあるものとほぼ一致していた。ミルトンに質問してスコアを稼げそうな箇所をいくつも見つけ、ほかにもいくつか、ミルトンを誘導して偽証の罠にかけられそうだと思った箇所もあった。

そのビデオで新しく目にしたのは、ミルトンがリンカーンのトランクをあけて覗《のぞ》きこみ、サム・スケールズに生きている兆候があるかどうか確かめようとしたところだった。その時点で、わたしはミルトンのパトカーの後部座席にいたため、トランクを見る角度が限られており、低い位置からしか見えなかった。いまやわたしは、横たわり、膝を胸に引き寄せ、両腕は背中にまわされてダクトテープでグルグルにまかれているサムの死体を見ていた。彼は太りすぎており、トランクにギュウギュウに押しこめられているように見えた。

サム・スケールズの胸と肩の部分に銃創が見え、左のこめかみに射入口、右目に射出口と思《おぼ》しきものが見えた。それはわたしにとって新しい情報ではなかった。バーグからの開示資料第一弾として犯行現場写真をすでに入手していたが、ビデオは、犯行と犯行現場に直感的なリアルさを与えていた。

生前のサム・スケールズは同情に値する人間ではなかったが、死んでいる彼は哀れに見えた。傷口から流れた血がトランクの床に広がり、彼の目をとおり抜けた銃弾があけた床の穴から下に滴っていた。

「ああ、くそっ」ミルトンの声が聞こえた。

するとそのあとに笑いを押し殺した声のような低いハミング音をミルトンは発した。

「その箇所を繰り返してくれ」わたしは言った。「ミルトンが『ああ、くそっ』と言ったあとを」

シスコはその部分をリプレイし、わたしはミルトンが発した声にふたたび耳を澄ました。まるでせせら笑っているかのように聞こえた。陪審員に聞かせるのに役立つかもしれない、とわたしは思った。

「オーケイ、そこで一時停止してくれ」わたしは言った。

画面上の映像が静止した。わたしはサム・スケールズを見た。長年にわたり、さまざまな容疑をかけられた彼の代理人をわたしは務めてきて、彼が仕掛けた詐欺に対する大衆の怒りに内心同調していたとはいえ、どういうわけか、彼に好感を持っていた。ある週刊誌は、サムに〝アメリカでもっとも憎まれている男〟というレッテルを貼ったが、それは誇張ではなかった。サムは義捐金《ぎえんきん》詐欺師だった。一片の疚《やま》しさや良心を示すことなく、地震や津波や地滑り、学校での銃乱射事件の生存者向けの寄付を募るウェブサイトをでっち上げるのだ。世界中を恐怖に包む悲劇が起こるたびに、サム・スケールズはすばやく立ち上げたウェブサイトと偽の推薦文と「いますぐ寄付を！」のボタンを持ってそこに姿を現す。

犯罪容疑をかけられた人間はだれでも可能なかぎり最高の弁護を受けるべきだという理想を心から信じているものの、それでもわたしはサム・スケールズの弁護をそれほど長くは引き受けられなかった。わたしが扱った最後の事件で彼が合意された弁護料を払わなかったからではない。我慢の限界は、わたしが担当しなかった事件で訪れた——シカゴの保育所での大量虐殺事件で殺された児童のための棺桶代《かんおけだい》を募る寄付の詐欺で彼は逮捕されたのだ。寄付金がスケールズの作ったウェブサイトに殺到したが、いつものようにその金は彼のポケットに収まった。サムは逮捕されたあとで郡拘置所からわたしに電話をかけてきた。その詐欺の詳細を耳にすると、わたしはサムにわれわれの関係は終わりだと告げた。公選弁護人事務所の弁護士からサムのファイルの提出を求められたが、それがサム・スケールズに関して耳にした最後のものになった——彼がわたしの車のトランクで死体となって見つかるまで。

「パトカーのカメラでなにか目立つものはあったか？」わたしは訊いた。

「特にない」シスコが言った。「おなじものが違う角度から映っていた」

「わかった、じゃあ、いまのところはそれは省こう。もう時間がない。デスロウ・ダナから入手した最新の開示資料でほかになにかあるかい？」

ここでの議論にささやかなふまじめさを入れようとした試みは、無視された。ふたりには、懸かっているものが大きすぎて、冗談を受け入れる余裕がなかった。シスコは、わたしの質問に対して、外見や態度と相容《あいい》れないまじめくさった口調で答えた。

「ブラックホールのビデオも入手した」シスコは言った。「全部に目を通している時間はなかったんだが、ここを出たら最優先で見てみる」

ブラックホールというのは、ダウンタウンの通勤者がシヴィック・センターの下にある巨大な地下駐車場を指して呼んでいる名前だった。地下に螺旋《らせん》を描くようにして七層の深さがあった。サム・スケールズ殺害の当日、わたしはそこに駐車した。その日は、終日、裁判に出ているはずだったので、運転手に休みを与えていた。検察側の見立てでは、その前夜、わたしはサム・スケールズを誘拐し、トランクに入れてから彼を撃ち、一晩中、そして翌日もわたしが法廷に出ているあいだそこに置きっぱなしにしていたというものだった。わたしにはその見立ては常識に反しており、そのことを陪審員に納得させることができるという自信があった。だが、いまから裁判までまだ時間があり、検察は見立てを変え、なにかもっとましなものを持ちだしてくるかもしれなかった。

死亡時刻は、ミルトン巡査による死体発見のおよそ二十四時間まえだと推定された。このことは、ミルトンを警戒させ、トランクの中身のおぞましい発見に結びついたとされている車の下の漏れについても説明していた。死体は腐敗し、分解をはじめており、それによってこぼれた体液がトランクの床の銃弾の穴から漏れたのだ。

「検察があの駐車場の監視カメラ映像を欲しがった理由に関する仮説はなにかあるか

い？」わたしは訊いた。

「終日だれもあなたの車に細工をしなかったと言えるようにしたいんでしょう」ジェニファーが言った。「そしてもしあそこのカメラ映像が、車の下に体液が滴っているのを映しているほど鮮明なら、検察はそれも有力な証拠とするでしょう」

「見ることができたら、もっとわかるだろう」シスコが付け加えた。

何者かがわたしの車のなかでサム・スケールズを殺害した方法を考えると、しかも、可能性としては、車が自宅の車庫に停まっているあいだにおこなわれた公算が高く、そのあと丸一日、死体を乗せて車を運転していたことを考えると、急に寒気がした。

「オーケイ、ほかになにかあるかい？」わたしは訊いた。

「これは新しいことなんだが」シスコが言った。「あんたの隣人から出た目撃者報告がある。まえの夜にあんたの家でふたりの男性が言い争う声を聞いたそうだ」

わたしは首を横に振った。

「そんなことは起こってない」わたしは言った。「だれが言ってるんだ、ミセス・シヨーグレンか、うちから坂を下ったところに住んでいるあのうすのろチェイスンか？」

シスコは報告書に目を向けた。

かった。たんに怒声だったという」

「ミリセント・ショーグレン」シスコは言った。「なんと言っていたのか聞き取れな

「オーケイ、彼女に話を聞く必要がある――けっして怖がらせないでくれ」わたしは言った。「それから反対側の家にいるゲリー・チェイスンにも訊いてくれ。あの男はウェスト・ハリウッドでいつもホームレスを拾っては、口論になっている。ミリーが言い争う声を聞いたとしたら、チェイスンの家から聞こえたんだろう。段差のある地域であり、ミリーは丘のてっぺんに住んでいることから、いろいろ聞こえてくるんだ」

「あなたはどうなんです?」ジェニファーが訊いた。「なにか聞こえましたか?」

「なにも聞いていない」わたしは言った。「あの夜のことは話しただろ。早くに就寝して、なにも聞いていないんだ」

「ひとりで寝たんですね」ジェニファーが念押しする。

「残念ながら」わたしは言った。「殺人容疑をかけられるとわかっていたら、おれもホームレスを引っかけたかもしれないな」

またしても、賭けているものが大きすぎた。だれもクスリともしない。だが、ミリー・ショーグレンがなにを聞き、どこから聞こえてきたのかを話し合うことで、疑問

がひとつ生まれた。

「ミリーは銃声を聞いたと向こうに話したんじゃないだろ?」わたしは訊いた。

「ここにはそんなことは書かれていない」シスコが言った。

「だったらかならずミリーに訊いてくれ」わたしは言った。「向こうの証人をこちらの証人に鞍替《くらが》えさせられるかもしれない」

シスコは首を横に振った。

「なんだ?」わたしは訊いた。

「ダメだ、ボス」シスコは言った。「開示資料には弾道検査の報告書も入っており、かんばしくない」

そこでふたりがとても陰気でいる理由に合点した。わたしが陽気にしようとしているのに、正反対の反応を示している理由に。ふたりはもっとも重要な部分をあとまわしにしており、いまからわたしはそれを聞こうとしていた。

「話してくれ」わたしは言った。

「オーケイ、いいかい、被害者の頭を通り抜け、トランクの床に穴をあけた一発があんたの車庫の床で発見された」シスコが言った。「血がついていた。銃弾はコンクリートに当たって、ひしゃげた。だから、条痕の照合はうまくいかなかった。だけど、合金の試験をおこない、それは死体に残っていたほかの銃弾と合致した。開示資料に入っていたものによると、銃弾の血液のＤＮＡ検査の結果はまだ出ていないが、たぶんサム・スケールズのＤＮＡと一致するだろう」

わたしはうなずいた。ということは、検察は自宅にいたとわたしが認めた時間に、サム・スケールズがわたしの自宅の車庫で殺されたことを証明できるのだ。昨晩、エドガー・ケサダに伝えた法的結論のことを思い浮かべる。おなじ沈む船に乗っていた。法的に言うなら、わたしはおしまいだ。

「オーケイ」やがてわたしは口をひらいた。「じっくり腰を据えて考えなければならない。きみたちふたりにこれ以上驚かせる材料がないなら、ここから出ていってもらおう。おれは戦略を練ってみる。今回のあらたな情報でもなにも変えはしない。あいかわらず罠のままだ。くそいまいましいくらいよくできた罠であり、おれは目をつむって、解き明かさねばならん」

「本気かい、ボス？」シスコが訊いた。

「いっしょに作業できますよ」ジェニファーが申し出た。

「いや、ひとりきりになる必要がある」わたしは言った。「ふたりは出ていってくれ」

シスコは立ち上がり、扉に近づき、肉厚の拳の側面で金属扉を強くノックした。

「あすもおなじ時間ですか？」ジェニファーが訊いた。

「ああ」わたしは言った。「おなじ時間だ。どこかの時点で、われわれは相手の論拠を解き明かそうとするのを止め、こちらの論拠構築をはじめなければならない」

扉がひらき、ひとりの保安官補がわが同僚たちを退出手続きのため連れだした。扉が閉ざされ、わたしはひとり取り残された。わたしは目をつむり、次にわたしを連れだす保安官補がやってくるのを待った。鋼鉄の扉を叩く音と檻《おり》に入れられた男たちの反響する叫び声を耳にした。反響と鋼鉄が叩かれる音は、ツイン・タワーズでのわたしの生活において、逃れられない音だった。

7

十二月三日火曜日

朝、娯楽室担当の保安官補にわたしは自分の事件の調査をするため、法律図書室にいく必要がある、と伝えた。別の保安官補がそこへわたしを案内しにやってくるまで九十分かかった。図書室はB階にある小部屋にすぎず、机が四脚と、カリフォルニア刑法典が二冊、判例法や州最高裁および下級控訴裁の記録された判例を載せた法律書を収めた壁一面の書棚があった。この図書室に最初に足を踏み入れたときにそうしたわずかな法律書を確認して、いずれもひどく時代遅れで役に立たないことに気づいた。こんにちでは、すべてがコンピュータで管理され、法律が変わったり、判例が設定されたりするとすぐさま更新されるのだ。棚の法律書は、はったりにすぎなかった。

だが、それはわたしがこの図書室を必要とした理由ではなかった。眠られぬ夜に事件について考えたことを書きだす必要があり、図書室では筆記具の貸しだしと利用が認められていた。もちろん、ずいぶんまえにビショップからちびた鉛筆を貸すぞという申し出を受けていた。監房でこっそり使えるように。だが、わたしは断った。その鉛筆が自分のところにたどり着くまでに、郡拘置所に入ってきて、面会者や被収容者の直腸を次々と経て、モジュールからモジュールに渡されてきたのだろうとわかっていたからだ。実際にその鉛筆を使わずとも、そのような方法で、看守から隠すことをわたしも求められるだろう。

わたしは代わりに法律図書室を選び、すでに提出されて、却下された申立て書の裏のページに書きつけることで作業に取り組んでいる。

わたしがまとめたのは、基本的に調査員と共同弁護人用のトゥドゥ・リストだった。初期の段階でわれわれには若干の障害があった――〈レッドウッド〉でのパーティーの夜、わたしが車を停めていた駐車場には防犯カメラがなかった。わが家の道路をはさんで向かいにある近隣住宅にも防犯カメラはなかった――少なくとも作動していたカメラは。わが家の玄関ポーチの防犯カメラは、車庫やそこに通じている下り道路の様子を捉えていなかった。だが、事態を好転させ、こちらの有利に働かせるためなしうることはまだたくさんある、とわたしは思っていた。なによりもまず、わたしの携帯電話と車からフルデータのダウンロードを手に入れる必要があった。両方ともまだ警察に押収されたままだった。それらを吟味し、データを取り返すための申立てをおこなわねばならなかった。携帯電話はこの星で最高の個人追跡装置である、とわたしは知っていた。わたしの場合、当該の夜、わが携帯電話は一晩じゅうわたしの家にあったことを示すだろう。リンカーンのナビシステムから得られるデータは、サム・スケールズの死亡推定時刻である夜のあいだずっとその車が車庫に停められていたことを示すだろう。もちろんだからといって、わたしが借りた車を使ったり、あるいは共犯者とともにこっそり家を抜けだしたりすることができなかったというわけではないが、論理と常識が検察側の論拠を弱めはじめる。もしわたしが非常に慎重に犯行を計画したのなら、トランクに死体を入れて一日じゅう車を運転していた理由とはなんだ？

　車と携帯電話のデータは、陪審員のまえで提示できるふたつの強力なポイントになるだろうし、有罪の鍵となる構成要素である機会に関しても、検察を追い詰めるのに役立つだろう。検察は、立証責任を負っており、それゆえ、わたしの車あるいはわたしが自宅から離れたことを証明できないのに、どうして自分の家の車庫でこの犯行をおこなうことができたのか、彼らは証明しなければならない。

わたしはサム・スケールルズを自宅へおびき寄せ、殺したのか？　それを証明してみせろ。

わたしはサムを誘拐する目的でわたしの自宅をこっそり離れるため、ちがう車を用い、彼を連れて自宅に戻り、自分の車のトランクに入れてから殺したのか？　それを証明してみせろ。

これらがジェニファーに調べて、書いてもらう必要がある申立てだった。シスコには別の仕事があった。まず、わたしに危害を加えたがっているかもしれない人間をさがすため、わたしが担当した過去の事件を調べる仕事をシスコに与えた——結果に満足していない依頼人や、タレコミ屋、裁判で不幸な目に遭わせた人間。わたしに殺人の濡れ衣を着せるのは、復讐《ふくしゅう》計画としては少々いきすぎているが、わたしは自分が何者かにはめられているのをわかっており、いかなる可能性も確認せずに済ませるわけにはいかなかった。いま、その方面の調査からシスコを外し、ローナ・テイラーに委ねるつもりでいる。ローナはわたしの担当事件とファイルをだれよりも知っており、なにをさがせばいいのかわかっているだろう。シスコにフルタイムでサム・スケールズを調べさせる一方、ローナは書類追跡を扱うことができる。わたしはもう何年もスケールズの代理人を務めたことがなく、その間の彼についてほぼなにも知らないに等しい。シスコにスケールズの背景調査をさせ、わたしに罪をなすりつける陰謀の被害者として彼が選ばれた経緯と理由を突き止めてもらわねばならなかった。サムが関わったあらゆることを知らねばならない。殺害されたとき、サムは次の詐欺を計画していたか、あるいはその最中だったかのどちらかだったことをわたしは疑っていなかった。どちらにせよ、詳細を知らねばならない。

生きているときのサム・スケールズを詳しく調べるには、死んだときの彼も詳しく調べる必要がある。検察からの第一弾の薄い開示資料のなかに検屍解剖報告書が入っていた。それは明らかなことを確認していた。すなわち、スケールズは複数の銃創により死んでいた。だが、われわれが受け取っていたのは、死体検案時の最初の解剖報告書だけだった。毒物検査報告書は含まれていなかった。通常、毒物検査報告書が完成するには、検屍後二週間から四週間はかかる。ということは、毒物検査の結果は、現時点で出ているはずで、それが最新の開示資料に含まれていなかったという事実にわたしは疑念を覚えた。検察がなにか隠しているかもしれず、それがなんなのかわたしは突き止めなければならない。また、サム・スケールズがわたしの車のトランクに、おそらくは生きたまま入れられ、撃たれた際の彼の精神機能のレベルについても知りたかった。

この情報の取り扱い方法は二種類ありうる。ジェニファーは、たんに開示資料の一部として毒物検査報告書の提出を求める中立てをおこなうことができるし、あるいはシスコは検屍局へいき、自分で報告書のコピーを取ることができた。結局のところ、報告書は公文書なのだから。

わたしのトゥドゥ・リスト上、その仕事はシスコに割り当てた。もしシスコが毒物検査報告書のコピーを入手したら、検察はわれわれがそれを手に入れたことに気づかないかもしれないという単純な理由からだ。それはよりよい戦略だった。なにを手に入れ、それによりなにをするつもりなのか検察には知らせるな――必要とされないかぎり。

リストに関しては以上だ。いまのところは。だが、モジュールに戻りたくなかった。あそこは喧《やかま》しすぎるし、気を散らせるものが多すぎる。図書室の静けさを気に入っており、手に筆記具を持っているうちに携帯電話と車を調べるための中立ての準備書面をざっと書いておくことにした。こちらが迅速に動けるように木曜日の審問でその中立てをウォーフィールド判事にぶつけたかった。いまジェニファーに宛てた概要を書き上げておけば、彼女はすぐにでも提出する手はずを整えることができるだろう。

だが、とりかかったとたん、図書室担当の保安官補が無線連絡を受け、わたしに面会者が来ている、と告げた。これはちょっとした驚きだった。面会者リストにわたしが載せた人間しか面会できないようになっていたからだ。そのリストは短く、主に載せているのは、わが弁護チームのスタッフの名前だった。午後にチーム・ミーティングの予定がすでに入っていた。

面会者はローナ・テイラーだろうと思った。ローナはわたしの弁護活動のマネージングをしているけれど、彼女自身は弁護士でも免許を持つ調査員でもないので、ジェニファーやシスコとともに午後の打合せに参加することはできなかった。だが、保安官補に付き添われて面会者ブースに入り、ガラス越しに見ると、望み薄でリストの最後に名前を載せていた女性がそこにいて嬉《うれ》しい驚きを覚えた。

ガラスの反対側にケンドール・ロバーツがいた。もう一年以上会っていなかった。あなたと別れると言われて以来だ。

わたしはガラスのまえにあるスツールに腰を滑りこませると、受話器台から受話器を手に取った。ケンドールは反対側で受話器を手にした。

「ケンドール」わたしは言った。「きみはここでなにをしてるんだ?」

「そうね」彼女は言った。「あなたが逮捕されたと聞いて、いかなきゃと思ったの。大丈夫?」

「大丈夫だ。なにもかもでたらめだし、法廷で叩きのめしてやる」

「信じてる」

わたしの元を去ったとき、彼女は街からも去っていた。

「えーっと、いつこっちに着いたんだい?」わたしは訊いた。「つまり、街に」

「昨晩。遅くに」

「どこに泊まってるのかな?」

「ホテルに。空港のそばの」

「んー、いつまでいる予定だい?」

「わからない。計画はないの。裁判はいつなの?」

「当面はない。そうだな、二ヵ月は。だけど、今週木曜日には法廷に出る」

「いってみようかな」

わたしが親睦会やパーティーに招いているかのような口調でケンドールは言った。

それはかまわなかった。彼女は美しかった。最後に会ってから彼女が髪を切ったようには見えなかった。いまや肩まで伸びた髪の毛が顔を縁取っている。ほほ笑んだときにできるえくぼがいつものようにそこに浮かんでいた。胸が締めつけられる気がした。わたしは別れたふたりの妻たちと合計で七年間いっしょにいた。ほぼおなじ時間をケンドールと過ごしていた。そしてその間ずっとうまくいっていたのだけれども、おたがいに距離ができはじめ、やがて彼女はLAを離れたいと切りだした。

わたしは娘やいまの仕事から離れられなかった。もっと旅行に時間を費やそうと提案したが、この街を離れる気はなかった。それで、最終的に、離れたのはケンドールだった。彼女はわたしが裁判に出ているあいだ、一日で荷物をすべてまとめ、書き置きを残していった。その件でシスコに調査を頼んだ。彼女の居場所と、元気で暮らしていることを知り安心感を得られるように——あるいは、そう自分に言い聞かせた。シスコはハワイまで彼女の足取りをたどってくれたが、わたしはそれ以上先に進まなかった。彼女を追って海をわたり、戻ってくれと乞い願うことはなかった。ただ、待って、戻ってくれることを祈っていたのだ。

「どこからこっちへ来たんだい？」わたしは訊いた。

「ホノルルから」ケンドールは言った。「わたしはハワイに住んでるの」

「自前のスタジオをひらいたのかな？」

「いえ、だけど、クラスで教えてる。オーナーにならないほうがわたしにはよかったの。たんに教えているだけ。なんとかやってるわ」

彼女は長年、ヴェンチュラ大通りにヨガ・スタジオを持っていたが、精神状態が悪化しはじめたときに売却してしまった。

「いつまでここにいる予定かな？」

「言ったでしょ。まだわからないの」

「そうか、もしよかったら、あの家に泊まればいい。おれは当分、あの家にいられないだろうし、植物に水をやってくれないか――植物の一部は実際にはきみのものだろうし」

「さあ、どうかしら」

「スペアキーはまだ玄関デッキのサボテンの下に置いてある」

「ありがと。あなたはどうしてここにいるの、ミッキー？　保釈金がないの、それとも……？」

「現時点で、おれには五百万ドルの保釈金が課せられているんだ。つまり、その十パーセントの担保金を払えば出られる。だけど、その担保金は最終的に返却されないんだ。無実であろうと、有罪であろうと。そんな金額の金は、自宅の資産相当分を含め、手持ちの資金のほぼすべてになるだろう。二ヵ月の自由のため、それらの資産を全部手放すことはできない。検察には迅速な裁判をおこなわせることにした。おれはこの裁判に勝ち、保釈保証人にびた一文払わずに出ていくつもりだ」

ケンドールはうなずいた。

「いいわね」彼女は言った。「あなたを信じてる」

面会時間はたった十五分だった。その時間が経つと、受話器の通話は切れてしまうのだ。もうほとんど時間がないのをわたしはわかっていた。だが、ケンドールの姿を見たことで、懸かっているものの大きさを考えさせられた。

「会いに来てくれてほんとうにありがとう」わたしは言った。「面会時間がとても短いのに、こんな遠くまで来てくれて申し訳ない」

「わたしを面会者リストに載せてくれたのね」ケンドールは言った。「訊かれたとき、載ってるかどうかわからなかったけど、わたしの名前があるって言われた。あれは嬉しかったな」

「なんというか、もし噂を聞きつけたなら、きみが来てくれるかもしれないと思っただけさ。ハワイでニュースになるかどうかわからなかったけど、こっちでは大きなニュースになったんだ」

「わたしがハワイにいると知ってたの？」

うへっ。口を滑らしてしまった。

「あー、実はそうなんだ」わたしは言った。「あんなふうにきみがいなくなったとき、おれはきみが大丈夫なのか確認したかったんだ、わかるだろ？　シスコに頼んで、あれこれ調べてもらったところ、きみがハワイに飛んだと教えてくれた。細かい住所とかそういうのは知らないし、ずっと向こうにいってるかどうかも知らないんだ。ただ、きみがいなくなったのだけは知っていた」

ケンドールがわたしの回答をじっと考えている様子をしげしげと眺める。

「わかった」回答を受け入れてくれて、ケンドールは言った。

「ハワイはどうなんだい？」わたしは自分の失言をやり過ごそうとして訊いた。「気に入ってるのかい？」

「オーケイだったわ。でも隔絶している。戻ってくるのを考えているの」

「ここにいてなにができるかわからないけど、もし必要なものがあるなら、教えてくれ」

「わかった、ありがと。もういかないと。十五分しかないと言われたんだ」

「ああ、だけど、時間切れになったら電話を切られるだけだ。また面会に来てくれるかい？　法廷に出ていないときは、毎日ここにいるよ」

　自分がスタンダップコメディを披露しているコメディアンであるかのようにわたしはほほ笑んだ。彼女が答えるまえに電子的な騒音が受話器に響くと、通話が切れた。わたしは彼女が話しているのを見たが、音声は聞こえなかった。彼女は受話器を見てからわたしに視線を戻すとゆっくりと受話器を台に戻した。面会は終了した。

　わたしはケンドールにうなずき、ぎこちなくほほ笑んだ。彼女は小さく手を振ると、スツールから立ち上がった。わたしもおなじ行動を取り、面会者ブースが並んでいる列に沿って歩きはじめた。いずれのブースも、被収容者のスツールの先はあいていた。わたしは通りすぎながら、すべての窓越しに目をやり、反対側でわたしと並行して移動している彼女の姿をちらちらと見た。

　そして彼女は立ち去った。

　看守が法律図書室に戻るのかどうか訊いてきたので、わたしはモジュールに戻りたいと伝えた。

　連れ戻されているあいだ、受話器を手にしているケンドールの最後の姿を頭のなかで再生した。音声が切れた受話器に向かってしゃべっている彼女の唇を見たのだ。やがて、「わからない」と彼女が言ったのがわかった。

8

十二月五日木曜日

わたしが法廷に連れていかれると、ロイ・ミルトン巡査は制服姿で、検察側テーブルのうしろの傍聴席一列目に座っていた。逮捕された夜の記憶から、容易にミルトンだと見てとれた。保安官事務所の手順に従い、わたしは腰に鎖を巻かれ、腕を下ろした状態で手錠をはめられていた。わたしは弁護側テーブルに連れていかれ、そこで付き添いの保安官補に鎖と手錠を外され、立って待っていてくれたジェニファーに手伝ってもらってスーツの上着を着た。ローナがどうにか二日間で仕立て直しをやらせてくれて、スーツはわたしの体にピッタリ合った。わたしは傍聴席のほうを向き、手を突きだして、ミルトンに話しかけた。

「ミルトン巡査、きょうの調子はどうだい？」わたしは訊いた。

「返事をしないで」ダナ・バーグが検察側テーブルから言った。

わたしはバーグを見た。向こうもこちらをキッとにらみつける。

「余計な口だしをしないで、ハラー」バーグは言った。

わたしは両手を広げて驚いた仕草をした。

「たんなる挨拶だよ」わたしは言った。

「挨拶は自分の側の人間としてちょうだい」バーグは言った。

「わかりました」わたしは言った。「仰せのとおり」

わたしは傍聴席を百八十度見渡し、いつもの席に娘がいるのを見た。わたしがほほ笑んでうなずくと、娘もおなじ態度を返してくれた。どこにもケンドール・ロバーツの姿は見えなかったが、見えるとは期待していなかった。先日、彼女が面会に来てくれたのは、わたしに対するなんらかの義務を果たす目的だったのだろう、とわたしは見なすようになっていた。それ以上の対応は彼女からもう出てこないだろう。

ようやくわたしは弁護側テーブルの椅子を引きだし、ジェニファーの隣に座った。

「よく似合ってます」ジェニファーは言った。「そのスーツをそこまで合わせたのはローナのおかげですね」

われわれはシスコとともに待機房でまえもって話をしていた。だが、シスコは達成しなければならない仕事を山ほど抱えており、いまはここにはいなかった。

まうしろで囁き声が聞こえて振り返ると、この事件を最初から取材している記者ふたりがいつもの場所に座っているのが見えた。ふたりとも女性で、ひとりはロサンジェルス・タイムズの記者で、もうひとりはデイリー・ニューズの記者だった。開廷を待ちながらいっしょに座ってお喋《しゃべ》りをするのが好きな競合相手。タイムズのオードリー・フィネルは、わたしの担当する事件をいくつか取材したことがあり、何年もまえから知っていた。アディ・ギャンブルは、デイリー・ニューズの刑事裁判担当記者として新人で、この件のまえは記事の署名でしかわたしは知らなかった。

やがてウォーフィールド判事が柵をめぐらした書記官席の背後にある戸口に姿を現し、開廷が宣言された。証拠排除の申立てに入るまえに、証拠開示ルールに関して検察があいかわらずフェアにふるまっていないことから緊急でおこなうあらたな中立てがあります、とわたしは判事に伝えた。

「今回はなんですか、ハラーさん？」判事が訊いた。

いらだちがその口調に表れており、審理がはじまったばかりなのに、わたしは不安な気持ちになった。わたしが発言台に歩いていくのと同時にジェニファーがあらたな申立て書の写しを検察側テーブルと書記官に運び、書記官はその書類を判事に手渡した。

「閣下、弁護側はたんに受け取る資格があるものを欲しているだけです」わたしは言った。「お手元に届けた開示申立て書は、検察から提供されていない、わたし自身の車と携帯電話のデータを求めるものであります。検察はそれがわたしの無罪を証明するものであり、わたしが自宅を出て、スケールズ氏を拉致し、彼を殺害するため自宅に連れ帰ったとされる時間に、わたしが自宅におり、わたしの車が自宅車庫にあったことを示すであろうとわかっているがゆえに出してこないのです」

ダナ・バーグがすぐさま立ち上がって、異議を唱えた。彼女は異議の根拠を述べる必要すらなかった。判事がすぐにそれに応じたのだ。

「ハラーさん」判事は声を張り上げた。「法廷ではなくマスコミ向けに自分の論拠の正しさを訴えるのは、受け入れがたく、なおかつ……危険です。わたしの言いたいことがおわかりですか？」

「わかります、判事、謝罪いたします」わたしは言った。「自分を弁護することで、ふだん対処していない感情の深みにはまってしまいました」

「それは言い訳になりません。唯一無二の警告だと考えなさい」

「ありがとうございます、閣下」

だが、謝罪を口にしながらも、判事は法廷侮辱罪の裁定でわたしをどうするのだろう、と考えずにはいられなかった。郡拘置所に放りこむ？　わたしはすでにそこにいる。罰金を科す？　殺人容疑と戦っているあいだ無収入のわたしから徴収できれば幸運だろう。

「つづけて下さい」判事は指示した。「慎重に」

「判事、今回の中立ては明白です」わたしは言った。「検察は明らかにこの情報を入手しているのに、われわれはそれを受け取っていません。どうやら地区検事局は開示情報を抱えこみ、弁護側が具体的に要求しないかぎり共有しないという慣習があるようですが、そういうわけにはいきません。これはわたし自身の所有物に関するきわめて重要な情報であり、自身の弁護をするために必要であり、可及的速やかに必要としているものです、閣下。検察が気の向いたときに渡すようなものではありません」

判事は返事を求めてバーグを見、検察官は発言台に向かい、ステムマイクを自分の高さに合うよう押し下げた。

「閣下、ハラー氏の臆測はまったくのまちがいです」バーグは言った。「氏が要求している情報は、捜索令状の発行後にロス市警が入手したものであり、その捜索令状の作成と執行に時間がかかりました。その捜索令状によって押収された資料は、やっときのうになってわたしのオフィスに届き、まだ、わたしあるいはわたしのチームのだれも目を通しておりません。開示ルールによれば、弁護側に渡すまえに少なくともわたしが証拠を吟味するのが認められていると思います」

「いつその資料を弁護側が手に入れられるのです？」ウォーフィールド判事が訊いた。

「あしたの終わりまでには、と考えています」バーグは言った。

「閣下？」わたしが声を上げる。

「ちょっと待ちなさい、ハラーさん」ウォーフィールドは言った。「ミズ・バーグ、あなたにその資料を吟味する時間がないのなら、ほかのだれかに吟味させるか、あるいは見ずに渡しなさい。きょうの終わりまでには弁護側に渡して下さい。わたしが言っているのは、就業時間内という意味です。午前零時までにという意味ではありません」

「はい、わかりました」たしなめられたバーグは答えた。

「閣下、聞いていただきたい件がまだあります」わたしは言った。

「ハラーさん、あなたが要求したものを手に入れられるようにしたばかりじゃないですか」ウォーフィールドはいらだたしげに言った。「なにかほかに言うことがあるのですか？」

バーグが離れるとわたしは発言台に向かった。傍聴席に目をやったところ、ケンドールがわたしの娘の隣に座っているのが見えた。それがわたしに自信を与えてくれた。わたしはマイクのステムを引っ張り上げて元の高さに戻した。

「判事」わたしは口をひらいた。「解明する証拠の吟味が済むまで証拠開示をおこなう必要はないというこのばかげた考えに弁護側は困惑しています。吟味とは、あいまいな言葉です、閣下。吟味とはなんでしょう？　どれくらい吟味にかかるのでしょう？　二日ですか？　二週間ですか？　二ヵ月？　本件に明確なガイドラインを設けるよう法廷に求めます。裁判長もご存知のとおり、わたしは迅速な裁判を受ける権利を放棄しておりませんし、今後も放棄するつもりはありません。それゆえ、開示資料の伝達になんらかの遅延が発生すれば、弁護側を不公平な立場に立たせるものです」

「閣下？」バーグが言った。「発言許可を求めます」

「いいえ、ミズ・バーグ、発言するにはおよびません」ウォーフィールドは言った。「本法廷での開示ルールを明確にさせてもらいます。開示は双方向的なものです。来たものは出ていかねばなりません。ただちに。遅滞なく、過度の見直しなしで。検察側が手に入れたものは、弁護側も手に入れます。逆に言えば、弁護側が手に入れたものは、検察側も手に入れます。遅滞なく。それに違反した場合、ペナルティとして、苦情申立てのもとになった資料を証拠とは認めません。心して下さい。さて、本審問で当初予定されていた問題を取り上げましょうか？　本件の本体を本質的に拒絶するためにハラーさんが最初に提出した申立てです。ミズ・バーグ、あなたには令状なしでの捜索と身柄確保の正当性を証明する責任があります。本件に関する証人はいますか？」

「はい、閣下」バーグは言った。「検察はロイ・ミルトン巡査を召喚します」

ミルトンが傍聴席で立ち上がり、ゲートを通って、証言席についた。彼は片手を上げ、宣誓した。ミルトンが着席し、本人確認の諸々が終わると、バーグはミルトンの目から見たわたしの逮捕の様子を引きだした。

「あなたはメトロ分署に配属されていますね、ミルトン巡査？」

「はい」

「メトロ分署の管轄は？」

「そうですね、全市と言ってもいいと思います」

「ですが、問題の夜、あなたはダウンタウンのセカンド・ストリートで働いていましたね？」

「そのとおりです」

「その夜の任務はどんなものだったんですか、ミルトン巡査？」

「わたしはSPU任務に就いており、配置されていたのは――」

「ちょっと待って下さい。SPUとはなんでしょう？」

「スペシャル・プロブレム・ユニットです」

「その夜あなたが取り組んでいた特別な問題《スペシャル・プロブレム》とはなんだったんですか？」

「シヴィック・センターで犯罪が急増していました。主に破壊行為です。センターには監視担当を配し、わたしは当該地域のすぐ外側に配備されたサポートカーに乗っていました。セカンド・ストリートとブロードウェイの交差点にいて、両方の通りを見張っていたんです」

「なにを見張っていたんです、ミルトン巡査？」

「あらゆるものを、どんなものでも。被告の車がブロードウェイの駐車場から出てくるのを目にしました」

「見たんですね？　その話をしましょう。あなたは停めた車のなかにいたんですね？」

「はい、わたしはセカンド・ストリートの南東角の路肩に寄せて車を停めていました。視線の先にトンネルがあり、左側にブロードウェイが通っていました。そこで有料駐車場から出てくる車を見たのです」

「その場所に配備されていたのですか、それともご自分でそこを選んだのですか？」

「わたしはシヴィック・センターを四方から監視する場合の四角形の上の隅というその一般的な位置に配備されていました」

「ですが、その位置だとシヴィック・センターがブラインドに入りませんか？　ロサンジェルス・タイムズのビルがシヴィック・センターの姿をすっぽり隠してしまうのでは？」

「先ほど言いましたように内部に監視担当者を置いていました――シヴィック・センターを地上から監視する役目の人間を。わたしは封じこめ役でした。シヴィック・センターを出て、ブロードウェイに入る車に対して反応できる位置に配置されていたんです。あるいは必要とされれば、なかに入れるように」

　段階を追ってバーグはミルトンに車両停止から、わたしの車の後方でのわたしとの話し合いまで説明させた。ミルトンは、ナンバー・プレートがなかに入っているかどうか確かめるため、トランクをあけさせようとした際にわたしが気の進まぬ様子であったことと、車から滴っていたものに気づいたときのことを説明した。

「わたしはそれが血だと思いました」ミルトンは言った。「その時点で、緊急事態であり、なかに怪我《けが》をした人間がいるかどうか確かめるためトランクをあける必要がある、と判断しました」

「ありがとうございます、ミルトン巡査」バーグは言った。「質問は以上です」

証人訊問はわたしの番になった。こちらの目標は、陪審審理で役立つだろうと願っている記録を残すことだった。バーグは訊問のあいだ、ビデオはいっさい出してこようとしなかった。彼女にとって必要なのは緊急事態であったと立証することだけだったからだ。

だが、こちらはミルトン巡査のボディーカメラと車載カメラのビデオ両方のロングバージョンを前日に検察から受け取り、ツイン・タワーズでの三時の打合せ時に詳しく調べていた。ジェニファーは自分のノートパソコンでボディーカメラ・テープの頭出しをおこなっており、必要ならいつでも再生できるようにしていた。

発言台に向かって歩いていきながら、わたしはダウンタウンのシヴィック・センターの空撮写真のプリントアウトを丸めたものから輪ゴムを外した。証人に近づく許可を判事に求めてから、わたしは巡査のまえで写真を広げた。

「ミルトン巡査、ポケットにペンを入れていますね」わたしは言った。「問題の夜、あなたがいた場所をこの写真に印《しる》していただけますか？」

ミルトンはわたしの要求どおりのことをおこない、わたしは彼にイニシャルを書き添えるよう頼んだ。わたしはその写真を取り戻し、丸めて、輪ゴムをはめると、判事にこれを弁護側証拠物Aとして登録するよう頼んだ。ミルトンとバーグと判事の三人ともわたしがいまとった行動に少し当惑していたが、それはかまわなかった。弁護側がなにを狙っているのかバーグを戸惑わせたかったのだ。

発言台に戻ると、わたしは開示手続きでこちらに寄こされた両方のビデオを再生する法廷の許可を求めた。判事は承認し、わたしはミルトンにそのビデオが本物であることを請け合わせ、内容を紹介させた。わたしはなにか質問するために一時停止させることなく、二本のビデオを最初から最後まで再生した。再生が終わると、ふたつだけ質問をした。

「ミルトン巡査、このビデオは、車両停止のあいだのあなたの行動を正確に説明していると思っていますか？」わたしは訊いた。

「はい、全部テープに残っています」ミルトンは言った。

「テープがなんらかの形で改変されたり、編集されたりしている形跡はありましたか？」

「いえ、全部そのままです」

わたしはビデオを弁護側証拠物BおよびCとして受け付けるよう判事に頼み、ウォーフィールドはそれに応じた。

わたしは先に進み、再度、こちらが築いていく記録に検察官と判事を困惑させたままにした。

「ミルトン巡査、あなたはどの時点で、わたしの車を停止させようと判断したのでしょう？」

「あなたが方向転換をした際、車にナンバー・プレートが付いていないことにわたしは気づきました。よくある犯罪予備行動であり、わたしは追跡し、セカンド・ストリートのトンネルに入ったときに車両停止命令を出したのです」

「犯罪予備行動ですか、ミルトン巡査？」

「人が犯罪をおこなおうとする際、目撃者にプレートナンバーを把握されないよう車のナンバー・プレートを外す場合があるのです」

「なるほど。ですが、ビデオによると、問題の車はフロントプレートは付いたままでしたよね？」

「そうでした」

「それはあなたの犯罪予備行動説とは矛盾しませんか？」

「かならずしも矛盾しません。逃走車両は走り去っていくところを目撃されるものです。取り外すのが大切になるのは、リアプレートです」

「なるほど。あなたはわたしが〈レッドウッド〉から道路を歩いて、右折してブロードウェイに入るのを見ましたか？」

「はい、見ました」

「わたしはなにか疑わしい行動を取っていましたか？」

「覚えているかぎりでは取っていません」

「わたしが酔っ払っていると思いましたか？」

「いいえ」

「わたしが駐車場に入っていくのを見ましたか？」

「見ました」

「そこになにか怪しいところはありましたか？」

「いいえ、べつに。あなたはスーツ姿であり、駐車場に車を停めているんだろう、と思いました」

「〈レッドウッド〉が刑事弁護士のよく出入りするバーだと気づいていましたか？」

「気づいてはいませんでした」

「駐車場からわたしが車を出したあとで、わたしの車を停止させるようあなたに伝えたのはだれですか？」

「いえ、だれもいません。わたしはあなたがブロードウェイから進路を変えてセカンド・ストリートに入った際にナンバー・プレートが付いていないのを見たんです。それから持ち場を離れて、停車措置をはじめました」

「その措置というのは、トンネルまでわたしの車を追跡してから、パトカーのライトを点けたということですね？」

「はい」

「車のリアプレートなしにわたしが駐車場から出てくるだろうという事前の知識をあなたは持っていましたか？」

「いいえ」

「あなたはわたしの車を停止させるため、あの場所に意図的にいたわけではない？」

「はい、そうではありませんでした」

バーグは立ち上がり、異なる形でおなじ質問を浴びせてミルトンを困らせていると主張し、異議を唱えた。判事はそれに同意し、わたしに先へ進むようにと言った。

　わたしは発言台に視線を落とし、赤インクで書いた自分のメモを見た。

「質問は以上です、閣下」わたしは言った。

　判事はわたしの訊問とその突然の終了にやや困惑しているようだった。

「確かですね、ハラーさん？」

「はい、閣下」

「けっこう。検察は再訊問がありますか？」

　バーグはわたしのミルトンへの訊問に困惑している様子だった。わたしがなんのダメージも与えていないと考え、彼女は判事にこれ以上質問はない、と告げた。判事は再度わたしに関心を向けた。

「ほかに証人はいますか、ハラーさん？」

「いいえ、いません」

「けっこう。主張は？」

「判事、わたしの主張はすでに済みました」

「もうないのですか？　証人訊問のあとで、せめて点と点をつないで立証したくはないのですか？」

「済みました、閣下」

「検察は主張の希望はありますか？」

バーグはテーブルから立ちあがり、主張するようなことがあるでしょうかと言わんばかりに両手を掲げると、わたしの申立てに書面で回答するつもりである、と述べた。

「では、本法廷は裁定を下す準備ができました」ウォーフィールドは言った。「申立ては却下され、休廷します」

判事は淡々と口にした。わたしの耳に囁き声が聞こえ、法廷にいる人間たちの失望を感じた。傍聴席にいる人々からひとつになった「えっ？」という声が上がったようだった。

だが、わたしは満足していた。申立てに勝ちたくなかったのだ。陪審審理で検察の木を切り倒し、勝訴したかった。そしていま斧の最初の一振りをしたところだった。

9

　まわりの環境はともかく、われわれは意気軒昂《いきけんこう》で三時の打合せに臨んだ。午前中の審問でやりたかったことをやり、記録に残したかったことを残せただけじゃなく、ジェニファーとシスコのふたりは、わかちあえるいい知らせがある、と言った。わたしはジェニファーに最初に話すよう伝えた。

「オーケイ、アンドレ・ラコースを覚えていますね？」ジェニファーは訊いた。

「もちろん覚えているとも」わたしは言った。「わが栄光のときだ」

　それは事実だった。カリフォルニア州対アンドレ・ラコース事件は、わが人生の最後に墓石に刻まれるかもしれなかった。わたしがもっとも誇らしく思っている事件だった。司法制度が全体重をかけて殺人容疑をかぶせた無実の男。わたしは彼を無実にした。しかもたんなる無罪《ノット・ギルティ》ではなかった。司法制度のなかでもっともまれなケースになった。どでかい成果があがった。裁判でのわたしの働きで、彼が無実であることを立証したのだ。そもそも彼に容疑をかけたのが悪かったとして、検察が損害賠償金を支払ったほどだった。

「ラコースがどうしたって？」わたしは訊いた。

「オンラインであなたの事件に関する情報を見て、力になりたがっています」ジェニファーは言った。

「どういう形で？」

「ミッキー、わからないですか？　あなたは不当起訴で七桁の和解金を彼に勝ち取ってあげたんです。彼はお返しをしたがっています。ローナに電話をかけてきて、保証金二百万ドルまで立て替えることができると言ったんです」

わたしは少々唖然《あぜん》とした。アンドレは裁判のあいだ、このおなじ場所——ツイン・タワーズ——に勾留されながら、かろうじて生き延び、わたしが賠償金の交渉をおこなった。賠償金の三分の一をわたしは報酬として受け取ったが、それは七年まえのことで、とっくになくなっていた。どうやら彼は自分の分の金をうまく運用したようで、わたしを釈放させるために手持ち資金のいくばくかを進んでわけあたえるつもりでいるらしい。

「返ってこないのをわかっているんだな？」わたしは言った。「二百万ドルがなくなってしまうんだぞ。それはおれが彼に勝ち取ってやった金額の少なからぬ部分になる」

「彼はわかっています」ジェニファーは言った。「それにそのとき手に入れたお金をただ放っておいたわけじゃありません。投資したんです。ローナの話だと、彼は暗号資産にのめりこんでいて、和解金は元手にすぎないと言っていたそうです。増えたんです。相当。彼は二百万ドルの提供を申し出ています。無条件で。保釈金審問を設定したいと考えています。ウォーフィールド判事と交渉して、保釈金額を二百五十万ドルないし三百万ドルに下げさせます——そのあたりが妥当でしょう——そうすればあなたはここから出ていけます」

わたしはうなずいた。アンドレの金は、設定された保証金額の十パーセントの保釈保証担保金を支払うのに使える。だが、問題がひとつある。

「アンドレはとても気前がいいが、それで解決するとは思わない」わたしは言った。「保証金額の六割減に対して、バーグが無抵抗で死んだふりをするわけがない。ウォーフィールドも同様だろう。もしアンドレが本気で金を払いたいと思っているなら、その金を専門家証人や証拠物に注ぎ、スタッフ全員の残業手当支払いにあてることを話し合ったほうがいいんじゃないか」

「だめだよ、ボス」シスコが言った。

「わたしたちはそれも検討しました」ジェニファーが言った。「それに手を貸そうと考えている人がほかにもいます。別の寄付者です」

「だれだ？」わたしは訊いた。

「ハリー・ボッシュです」ジェニファーが答える。

「ありえん」わたしは言った。「彼は引退した警官だぞ。そんなことできるわけが――」

「ミッキー、あなたは今年、市との和解金として百万ドルをあの人にもたらしたんです。そこから自分の取り分すら取らずに。ボッシュの希望は――」

「おれが取り分を取らなかったのは、その金が彼には必要かもしれなかったからだ。医療保険の限度一杯まで使いかけていて、そのあとはその金が必要となるだろう。それに、おれが投資信託を設定して、彼はそこにその金を注ぎこんだんだ」

「いいですか、ミッキー、ボッシュはその信託を削ったり、信託を担保にお金を借りたりすることができるんです」ジェニファーは食い下がった。「要するにあなたはここから出なきゃならないんです。ここにいることが危険なだけじゃなく、あなたはどんどん体重を落としており、体調が悪そうですし、体を壊しそうなんです。リーガル・シーゲルがよく言っていた言葉を覚えてますか？　『勝者のように見えれば勝者になれる』でしたっけ？　あなたは勝者のように見えません、ミッキー。スーツの仕立て直しはできますが、それでもあなたは青白い顔で、病んでいるように見えます。ここから出て、裁判のため体調を整えなきゃダメです」

「実際には、『勝者のようにふるまえば勝者になる』と言ってた」

「どうでもいいです。おなじことです。これはチャンスなんです。彼らはみずから申しでてくれたんです。こちらが頼んだんじゃありません。それどころか、アンドレは前回の審問でＴＶに映っていたあなたを見て、ここに入っていたときの自分を思いだしたので申しでたと言ってたんです」

わたしはうなずいた。ジェニファーの言うとおりだとわかっていた。だが、その金を受け取るのがいやだった。とりわけ、母親違いの兄であるボッシュからは。彼にはその金がほかのことに必要だと、わたしにはわかっていた。

「それだけじゃなく、あなたはクリスマスに家にいて、娘さんに会わなきゃならないでしょう」ジェニファーは言った。「この面会不可の状態は、あなたを傷つけるのにちがいないのと同じように、彼女も傷つけているんです」

ジェニファーは最後の主張でわたしにとどめを刺した。娘に会いたかった、娘の声を聞きたかった。

「わかった、きみの言うことを聞く」わたしは言った。

「よかった」ジェニファーは言った。

「保釈金を三百万ドルまで下げられるかもしれないと思っている」わたしは言った。

「だけど、あくまでも可能性だ」

「三百万ドルならカバーできます」ジェニファーが言った。

「わかった、それで設定してくれ」わたしは言った。「三百万ドルまでは大丈夫なことを少しも臭わさないでくれ。バーグにはこちらが下手に出ていると考えさせたい。保釈金を二百万ドルに下げてもおれを勾留しておけるだろうとバーグは考えるはずだ。こちらが百万ドルまで下げてくれと頼めば、バーグは二百か三百で手を打つだろう」

「わかりました」ジェニファーは言った。

「それから最後に」わたしは言った。「ハリーとアンドレが自発的にこの件を持ってきたのは確かなんだな？　逆じゃないだろうな？」

ジェニファーは肩をすくめ、シスコを見た。

「絶対に確かだ、ボス」シスコは言った。「ローナから直接連絡があった」

わたしはなんらかの虚偽の兆候をさがしたが、そういうものはなにも見当たらなかった。だが、ジェニファーがなにか悩んでいるのがわかった。

「ジェニファー、なんだ？」わたしは訊いた。

「保釈にあたって、判事が取引の一部として監視装置を持ちだしたらどうします？」ジェニファーが問う。「足首につけるブレスレット。それをがまんできますか？」

わたしはそれについて少し考えた。こちらが論拠をまとめようとしているあいだの一挙手一投足を検察側に監視されているというのは、究極の侵害行為になるだろう。だが、娘といっしょに過ごすことについていましがたジェニファーに言われたことを思い浮かべた。

「こちらからは提案するな」ようやくわたしは言った。「だけど、取引の一部として出てきたら、受け入れるよ」

「よかった」ジェニファーは言った。「ここを出たらすぐ申立てをおこないます。運がよければ、あした判事の裁定を得て、あなたは週末には家に帰れます」

「いい考えだ」わたしは言った。

「ハリー・ボッシュからもう一件あります」ジェニファーが言った。

「それはなんだい？」

「弁護側に協力したい、と言ってました。もしこちらが彼の力を借りたいのであれば」

これは逡巡《しゅんじゅん》するところだ。調査員／捜査員としての出自に起因する若干の軋轢《あつれき》がシスコとボッシュのあいだにはずっとあった。ボッシュはいまは引退しているとはいえ、法執行機関出身だった。シスコは最初から弁護側で活動する人間だ。ボッシュをチームに加えるのは、その経験とコネクションゆえにきわめて役に立ちうる。だが、チームの相性を崩す可能性もあった。その提案をつらつら検討するいとまもなくシスコがわたしの不安に終止符を打った。

「われわれには彼が必要だ」シスコが言った。

「本気でそう思ってるのか？」わたしは訊いた。

「加えてくれ」シスコは言った。

シスコがなにをしようとしているのか、わたしにはわかった。あらゆる軋轢や敵意をわたしのために投げ捨てようとしていた。もしほかの事件だったら、われわれにはボッシュは必要ないとシスコは言ったはずであり、それはおそらく事実だろう。だが、わたしの人生と自由が天秤《てんびん》にかかっている以上、シスコは手に入りうるあらゆる利点を求めていた。

　わたしは感謝の印にシスコにうなずいてから、ジェニファーを見た。

「まずおれをここから出してくれ」わたしは言った。「それからボッシュとの打合せを設定してくれ。開示資料のファイルから得られるものすべてを彼が受け取れるようにしてくれ。とりわけ事件現場写真全部を。あの男はその手のものを調べるのが得意だ」

「了解です」ジェニファーは言った。「ボッシュはあなたの面会者リストに載っているんですか？」

「いや、だけど、加えることはできる」わたしは言った。「ひょっとしたらおれに会おうとしてくれていたかもしれないな」

　わたしはシスコに注意を戻した。

「オーケイ、ビッグマン、なにをつかんだ？」わたしは訊いた。

「検屍局の人間から完全な解剖報告書を手に入れた」シスコは言った。「毒物検査報告書を気に入ると思う」

「話してくれ」

「サム・スケールズの血中から、フルニトラゼパムが検出された。それが報告書に記されている。グーグルで調べてみたら、ロヒプノールが出てくる」

「デートレイプ用ドラッグ」ジェニファーが言った。

「なるほど」わたしは言った。「サムの血液にはどれくらい入っていたんだ？」

「意識を失わせるのに充分なくらいだ」シスコは言った。「連中に撃たれたとき、意識がなかっただろうな」

　シスコが連中と言ったのが気に入った。つまり、シスコは、わたしが罠にかけられ、犯人はひとり以上いる可能性大であるという説に賛同しているということだ。

「彼がいつ薬物を投与されたのかに関してなにがわかる？」わたしは訊いた。

「いまのところ確かなことはなにも」シスコは言った。

「ジェニファー、裁判では専門家証人が必要になるだろう」わたしは言った。「優秀な専門家が。それに取り組んでくれるかい？」

「任せて下さい」ジェニファーは答えた。

　先をつづけるまえに少し間をあけ、あれこれ考えた。

「その事実が実際にこちらの役に立つという確証はない」わたしは言った。「検察の主張は、おれがサムに薬を投与してから拉致して、自宅に連れてきたというものになるだろう。サム・スケールズをもっと調べる必要がある。彼がどこにいて、なにをしていたのかを知らないと」

「それについては任せてくれ」シスコが言った。

「頼む」わたしは言った。「次に車庫について話そう。ローナはウェズリーに調べさせてくれただろうか？」

ウェズリー・ブラウワーは、わたしの自宅車庫扉の緊急開放装置付け替えを担当した施工業者だった。その工事をおこなうことにしたのは五ヵ月まえの火事シーズンの計画停電で、自宅が停電したときのことだった。わたしは判決言い渡し手続きのため、法廷にいかねばならないことになっていたが、車庫扉をあけられなかった。緊急開放装置の鍵をずいぶんまえに失ってしまっていたのだ。車庫扉をあけてもらうためにブラウワーに来てもらったところ、開放装置の鍵つき取っ手が錆《さび》で固まっているのがわかった。ブラウワーはどうにか扉をあけてくれ、わたしは法廷にたどり着いた――遅刻して。その翌日、ブラウワーが戻ってきて、新しい緊急開放システムを取り付けてくれた。

もし罠にかけられたという主張をおこなう弁論をする場合、その罠がどのようにかけられたのかを正確に陪審員に説明するのが法廷でのわたしの仕事になるだろう。そしてそれは、ひとりあるいは複数の真犯人がサム・スケールズをわたしの車のトランクに入れてから銃で撃つために車庫に侵入した方法からはじめることになるだろう。

ウェズリー・ブラウワーに最近作動していたり、いじられたりしていないか、その緊急開放装置を調べさせるようわたしはチームに伝えていた。

ジェニファーがわたしの質問に手を上げ、左右に振ることで、いいニュースと悪いニュースがあることを伝えようとした。

「ローナがブラウワーを車庫に案内し、彼は緊急開放装置を調べました」ジェニファーは言った。「装置が作動していると判断しましたが、それがいつなのかは、断定できないそうです。新しい装置は七月に設置されており、ブラウワーに言えるのは、それ以降に作動したということだけです」

「それがわかるのはどうしてだ？」わたしは訊いた。

「装置を引いて動かした人間がだれであれ、扉をあけたあとで、元に戻していました。だけど、その人間は、ブラウワーが七月に戻したようには戻していなかったんです。ですから、ブラウワーはだれかが装置を引いて動かしたのはわかっています――だけど、それがいつなのかは証言できないでしょう。よくも悪くもない状況ですね、ミッキー」

「くそっ」

「そうですね、でも、いい結果は、あまり期待できなかったです」

打合せ当初に感じていた前向きな気分は消えかけていた。

「オーケイ、容疑者リストはどうなってる？」わたしは訊いた。

「ローナが取り組んでいる最中です」ジェニファーが言った。「過去十年間に山のような事件をあなたは担当しています。全部調べ終わるにはまだかかります。今週末、いっしょに調べましょうとローナに伝えています。運がよければ、あなたはこの場所を出て、そっちの調査にも加われますよ」

わたしはうなずいた。

「そういや、なにかきょう申請するなら、もういったほうがいい」わたしは言った。

「わたしもおなじことを考えていました」ジェニファーが言った。「ほかになにかありますか？」

わたしはテーブルに身を乗りだし、小声でジェニファーに言った――頭上のカメラが耳をそばだてている場合に備えて。

「モジュールの電話が使えるようになれば、連絡する」わたしは言った。「ババの件で話したいし、きみにはそれを録音してもらいたい。できるか？」

「問題ありません。そのためのアプリを入れてます」

「けっこう。じゃあ、あとで話そう」

10

モジュールに戻されたのはほぼ一時間後だった。ビショップがテーブルのひとつで、フィルビンという名の被収容者とメキシカン・ドミノをやっているのに気づいた。ビショップは恒例の挨拶をしてくれた。

「弁護士さん」ビショップは言った。

「ビショップ、きょうは出廷があるんじゃなかったのかい」わたしは言った。

「おれもそう思ってたんだが、弁護士が延期にしやがった。あのくそ野郎はおれがここでリッツに泊まっていると思ってやがる」

わたしは腰を下ろし、書類をテーブルに置くと、あたりを見まわした。おおぜいの男たちが監房から出て、娯楽室をうろついていた。このモジュールには監視タワーのミラーウインドウの下に二台の壁掛け式電話があった。それを使ってコレクトコールあるいは売店で購入するテレホンカードで電話をかけることができた。現時点で、二台とも使われており、それぞれの電話に三人の男が並んで待っていた。通話は十五分で切れる。つまり、いま列に並べば、ざっと一時間後に電話をかけられるだろう。

娯楽室を見渡してもケサダの姿は見えなかった。すると、ケサダの監房の扉が閉まっているのが見えた。このモジュールにいる全員が隔離状態にあるのだが、隔離モジュールの監房で扉を閉められるのは、危険が差し迫っているか、あるいは検察にとってきわめて価値が高い被収容者に限られていた。

「ケサダはロックダウン措置を講じられているのか？」わたしは言った。

「けさ起こったんだ」ビショップが答える。

「密告野郎だ」フィルビンが言った。

わたしは笑みを浮かべそうになった。隔離モジュールでだれかを密告屋と呼ぶのは、目くそ鼻くそを笑うようなものだ。まず第一にモジュールで被収容者を隔離するもっともありふれた理由は、彼らが情報提供者だからだ。わたしが知るかぎりでは、フィルビンはそのひとりだった。わたしは、拘置所仲間になんのために勾留されているのかとか、なぜ隔離状態なのかとか訊《たず》ねたりしないようにしていた。ビショップがこのモジュールにいる理由をわたしは知らなかったし、一度も訊いたことがなかった。他人の事情に首を突っこむと、ツイン・タワーズのような場所では、その報いを受けかねない。

わたしはビショップがゲームに勝つまでふたりの勝負を見ていた。そしてフィルビンが腰を上げ、二階につながる階段に向かって歩いていった。

「あんたもやりたいかい、弁護士さん？」ビショップが訊いた。「一点十セントで？」

「いや、けっこうだ」わたしは言った。「賭け事はやらないんだ」

「おいおい、それはここだとひどいホラに聞こえるぞ。あんたはおれたち犯罪者といっしょにここにいることで、自分の命を賭けているんだから」

「それに関して言うなら、もうすぐ出られるかもしれない」

「ほお？　このすばらしい場所を出ていきたいって、本気かよ？」

「そうしないといけないんだ。自分の裁判の準備をしなきゃならない。ここにいると、それが難しいんだ。とにかく、われわれの取り決めを守るつもりだと言いたくてこの話をしている。裁判が終わるまで用心棒代を払うよ」

「そりゃご立派なことで」

「本気だ。きみはおれに安全だと感じさせてくれた、ビショップ。それに感謝している。出所したら、訪ねてきてくれ。してあげられることがあるかもしれない。合法的なことを」

「たとえばどんな？」

「車の運転みたいなことを。運転免許証はあるんだろ？」

「手に入れられる」

「本物の免許証を？」

「みんなが持っているのとおなじような本物さ、弁護士さん。なにを運転するんだ？だれを運ぶんだ？」

「おれだ。おれは車に乗りながら仕事をしており、運転手が必要なんだ。リンカーンだよ」

まえの運転手は彼の息子の弁護を引き受けたわたしへの弁護料を払うかわりに運転手を務めており、わたしが逮捕されたときには完済まで一週間と迫っていた。もしわたしが釈放されれば、新しい運転手が必要になるだろうし、運転業務に加えて、ビショップが威嚇と警護面でもたらしてくれるであろうものに気づかないわけではなかった。

電話待ちの列を再確認した。列はそれぞれふたりまで減っていた。三人目が並ぶよりまえにそちらにいくべきだとわかった。わたしはビショップのほうに身を乗りだし、他人の仕事に立ち入らないという自分のルールを破った。

「ビショップ、だれかの家の車庫に侵入しようとした場合、きみならどうやる?」

「だれの家だ?」

「仮定の話だ。だれの家でもいい。きみならどうやる?」

「おれが家に侵入するだろうとなんで思った?」

「そんなこと思ってない。仮定の話であり、きみのオツムを試しているんだ。それに家じゃなく、車庫に侵入するんだ」

「窓や通用口は?」

「ない、あるのは二台幅の車庫扉だけだ」

「非常用のポップアウト型ハンドルが付いている?」

「ああ、だけど、そのハンドルを利用するには、鍵が要る」

「いや、要らないな。その手のハンドルは、マイナスのドライバーで引っ張り上げることができる」

「ねじまわしでか? ほんとに?」

「確かだ。ある男を知ってる。それがそいつの得意技だ。車で動きまわって、一日じゅう車庫荒らしをしているんだ。車や工具や芝刈り機を盗んでいく……売りさばけるあらゆる種類のものを」

わたしはうなずき、電話待ちの列を確認した。一台の電話は、ひとりしか待っていない。わたしは立ち上がった。

「電話待ちの列に並ばないと、ビショップ」わたしは言った。「情報をありがとう」

「たいしたこっちゃない」

わたしは電話に近づき、ひとりしか並んでいない列のうしろに並んだが、そのとたん、電話をかけていた男が腹立たしげに電話を切り、「くそったれ、あばずれが！」と言った。

男は立ち去り、次に並んでいた男が電話に近づいた。わたしの待機は二分足らずで終わった。まえにいる男がコレクトコールをかけたが、その呼び出しに応答がなかったか、かけられた相手が電話料金を払うのを拒んだかのどちらかだった。男は立ち去り、わたしは一歩近づいて、電話ボックスの上に書類を置いた。ジェニファーの携帯電話番号を入力して、コレクトコールをかけた。相手が郡拘置所からのコレクトコールを受諾していますという電子音声が流れるのを待ちながら、わたしは壁に貼られた注意書きをじっと眺めた――**すべての通話は傍受されています。**

ジェニファーが応じた。

「ミッキー」彼女は言った。

「ジェニファー」わたしは言った。「この通告をするあいだ、待っていてくれ。こちらはマイクル・ハラー、本人弁護をおこなっている被告であり、いまから担当弁護士であるジェニファー・アーロンスンと秘匿特権に守られた話をする。この通話は傍受されてはならない」

わたしは一拍待ち、推定上、傍受者が別の被収容者の通話に対象を移すのを待った。

「オーケイ」わたしは言った。「たんなる確認の電話だ。申請はしたのか？」

「しました。通達がおこなわれました。あした審問がひらかれればいいのだけど」

「きみとシスコは例のババの件の準備をしたか？」

「あー、はい……しました」

「一切合切？　旅行や、全部？」

「ええ、全部」

「けっこう。で、お金は用意できたのかい？」

「はい」

「あいつはどうしてる、信用してるのかい？」

間があいた。ジェニファーはこの電話でわたしがなにをしているのか理解しつつある、と思った。

「絶対に」ようやく彼女は言った。「彼は知りつくしています」

「けっこう」わたしは言った。「チャンスは一度きりだろう」

「ブレスレットを付けさせようとしてきたらどうします？」

ジェニファーは物わかりが早かった。ブレスレットの話を持ちだしてきたのは、みごとだ。

「問題にならんだろう」わたしは言った。「シスコがあのとき別件で利用したあの男を利用できる。なにをすべきかわかっているだろう」

「確かに」ジェニファーは言った。「彼のことを忘れていました」

どうまとめようかと考えているあいだに、また間が空いてしまった。

「じゃあ、きみには来てもらわないと、おれといっしょに釣りにいこう」わたしは言った。

「スペイン語のブラッシュアップをしないといけないでしょうね」ジェニファーは言った。

「ほかに話すことは？」

「ないですね」

「じゃあ、わかった。あとは審問を待つことだけだな。それでは、また」

わたしは電話を切り、わたしのうしろに並んでいた男のために脇へどいた。ビショップは先ほど話していたテーブルにはもういなかった。わたしは二階に通じる階段をのぼったが、自分の監房にいく途中で、書類を忘れてきたのを思いだした。電話台に引き返すと、書類はなくなっていた。

わたしは電話をかけている男の肩を軽く叩いた。男は振り返った。

「おれの書類」わたしは言った。「どこにある？」

「なんだと？」男は言った。「てめえのくそ書類なんか持ってない」

男は電話ボックスに向き直ろうとした。

「だれが取っていった？」わたしは言った。

わたしがまた男の背中を叩くと、男は腹立たしげに振り返った。

「だれが取っていったかなんて知らねえよ、くそったれ。とっととあっちへいけ」

わたしは振り返り、娯楽室を見まわした。室内を何人かの被収容者が動きまわったり、頭上のＴＶ画面のまえに座ったりしていた。わたしは彼らの手元や、椅子の下にあるものを見た。どこにもわたしの書類は見当たらなかった。

監房に目を向ける。まず、一階にある監房に、ついで二階の監房に。だれも見当たらず、なにも怪しいものは見えなかった。

わたしは監視タワーのミラーウインドウの下の場所に移動した。注意を惹《ひ》こうとして両手を頭の上で振った。やがてガラスの下にあるスピーカーから声がした。

「どうした？」

「だれかがわたしの法的文書を盗んだんだ」

「だれが？」

「わからない。電話ボックスの上に置いていて、二分後になくなっていたんだ」

「自分の持ち物には自分で気をつけることになっている」

「それはわかっているけど、だれかが盗んだんだ。わたしは本人弁護をおこなっており、あの書類が必要なんだ。このモジュールを捜索してくれ」

「まず第一に、おまえはわれわれになにをしろと指図することはできない。次に、そんなことは起こらない」

「これを判事に報告するぞ。彼女は喜びはしないぞ」

「そっちからこちらは見えないが、おれは震えているよ」

「あのな、あの書類を見つける必要があるんだ。わたしの事件にとって重要なんだ」

「だったら、もっと気をつけておくべきだったたな」

わたしはしばらくミラーウインドウを見上げていたが、やがて背を向け、自分の監房に向かった。どれほど費用がかかろうとも、この場所から出なければならない、とその瞬間に悟った。

11

十二月十日火曜日

　ダナ・バーグは、保釈金減額を求めるジェニファー・アーロンスンの申立てに反対意見を用意するために時間が必要だと主張した。つまり、わたしはツイン・タワーズの監房で週末とさらに若干の時間を過ごすのを余儀なくされた。わたしは鮫《さめ》の群がる海域でようやく自分を安全なところまで引き上げてくれるロープを待っている男のように火曜日を待った。

　刑事裁判所ビル行きのバスで郡拘置所での最後のボローニャ・サンドと林檎になってほしいと願っていた食事を取ると、裁判所の縦に長い勾留施設をゆっくりとのぼっていき、ウォーフィールド判事の法廷の隣にある九階の待機房にたどり着いた。午前十時に予定されているわたしの審問の直前にそこへ連れていかれたため、事前にジェニファーと相談する機会はなかった。スーツが届けられ、着替えた。一度仕立て直したのに、腰のところがまたしても緩くなっており、それによって拘禁でもたらされたものを推し量ることがおおむねできた。クリップオン式ネクタイをはめていると、廷吏の保安官補が出廷時間だと告げた。

傍聴席はいつもより混み合っていた。記者たちはいつもとおなじ席に陣取っており、娘とケンドール・ロバーツに加えて、支援を申しでてくれたハリー・ボッシュとアンドレ・ラコースの姿も見えた――これ以上ないというくらいタイプが違っているものの、いっしょに座って、自分たちの貯金から大金をわたしのために出そうとしてくれているふたりの男だ。ふたりの隣には、フェルナンド・バレンズエラが座っていた。もし判事がわたしに有利な裁定をしてくれれば、ただちに決済処理をおこなう用意をしている保釈保証人だ。二十年にわたり、バレンズエラとは間欠的に仕事をつづけ、二度と使わないと誓った時期もあり、バレンズエラのほうから二度とわたしの依頼人の保釈保証はおこなわないと誓った時期もあった。だが、彼はここにおり、過去の恩讐《おんしゅう》を越え、わたしのため保釈保証をするというリスクを引き受けるつもりであるようだった。

わたしは娘にほほ笑み、ケンドールにウインクをした。弁護側テーブルのほうに向こうとしたちょうどそのとき、法廷の扉があいて、マギー・マクファースンが入ってくるのを見た。彼女は傍聴席に目をやり、われわれの娘を見つけて、その隣に腰を滑らせた。ヘイリーはいまやマギーとケンドールのあいだに座っていた。マギーとケンドールは初対面だった。わたしが弁護側テーブルのジェニファーの隣に腰を下ろしたとき、ヘイリーがふたりの女性の紹介をしていた。

「マギー・マクフィアスにここに来るように頼んだのかい？」わたしは訊いた。

「はい、頼みました」ジェニファーが言った。

「なぜそんなことをするのかな？」

「なぜなら、彼女は検察官であり、彼女があなたは逃亡しないと言ってくれるなら、判事にそれなりの重みをもって受け取られると見たからです」

「マギーの上司にもそれなりの重みを感じさせるぞ。その手の圧力を彼女にかけるべきじゃなかった――」

「ミッキー、きょうのわたしの仕事は、あなたを郡拘置所から釈放させることです。あらゆる手段を使うつもりです――あなたもおなじ立場ならそうするでしょう」

わたしが反応するまえにチャン保安官補が法廷に静粛を求めた。一秒後、ウォーフィールド判事が書記官の持ち場のうしろにある扉から姿を現し、すばやく階段をのぼって法壇についた。

「カリフォルニア州対ハラー事件の記録を再開して下さい」判事ははじめた。「保釈金減額の申立てが出ています。弁護側はどなたが主張しますか？」

「わたしがおこないます」弁護側テーブルで立ち上がると、ジェニファーが言った。

「よろしい、ミズ・アーロンスン」ウォーフィールドは言った。「わたしのまえに申立て書があります。検察側の主張を聞くまえにさらなる主張はありますか？」

ジェニファーは法律用箋と配付する書類の束を持って、発言台に移動した。

「はい、閣下」ジェニファーは言った。「付帯書類で言及した判例に加え、保釈金減額の申立てを裏付ける追加の判例がここにあります。本件は、酌量すべき状況や次第に悪化していく状況のあるものではなく、また、検察は、ハラー氏が共同体に危険な存在であるという主張をいままで一度もしたことがありません。逃亡のリスクに関しては、氏の勾留をつづけ、十全な準備をできないようにさせて本人弁護を妨げようとする根拠のない試みにもかかわらず、氏は逮捕されてから、今回の容疑に戦いを挑み、自身の無実を証明する絶対的な意思しか示しておりません。平たく申し上げると、検察は怖《おそ》れており、有利な条件で裁判にもっていきたいがゆえにハラー氏を郡拘置所に留め置きたがっているのです」

　判事はまだなにかあるのではないかと考えて、少し待った。バーグが検察側テーブルの自分の席で立ち、発言を許されるのを待っていた。

「さらに付け加えて、閣下」ジェニファーが言った。「必要であるなら、ハラー氏の人となりを進んで証言してくれるであろうおおぜいの証人がここに来ています」

「それは必要ないでしょうね」ウォーフィールドは言った。「ミズ・バーグ？　あなたが発言を待っているのはわかっています」

　バーグはジェニファーが発言台をあけると、そちらへ移動した。

「ありがとうございます、ウォーフィールド判事」バーグは言った。「検察は本件で保釈金を減額することに反対します。なぜなら被告は逃亡手段と動機を持っているからです。裁判長はよくご存知でしょうが、われわれはここで殺人事件の話をしております。事件の被害者は被告の車のトランクで発見されました。そして証拠はその殺人が被告の車庫で起こったことを明確に示しています。それどころか、閣下、本件の証拠は圧倒的であり、このことから被告が逃亡する理由が充分あるのです」

　ジェニファーは証拠の特徴づけに関するバーグの発言と、被告の精神状態を類推していることに異議を唱えた。判事はそのような臆測をしないようバーグに指示すると、つづけるように告げた。

「さらにです、閣下」バーグは言った。「本件の容疑に特別な事情を加味することを検察は検討しております。そうなれば、保釈の問題が意味をなくすことになります」

ジェニファーは勢いよく席から立ち上がった。

「異議あり！」ジェニファーは叫んだ。

ここが正念場だとわたしはわかった。特別な事情というのは、すなわち、嘱託殺人あるいは金銭的利得のための殺人のことであり、容疑を保釈抜きのレベルまで撥ね上げる。

「検事の主張は突拍子もないものです」ジェニファーは抗議した。「本件に適用可能な特別な事情が存在しないだけでなく、検察側申立ては先週提出されました。もし検察が実態のある特別な事情を検討していたのなら、これまでに付け足されていたはずです。検察は、法廷がハラー氏に保釈の権利を与えるのを止めさせようとして、欺いているのです」

ウォーフィールドの視線がジェニファーからバーグに移った。

「弁護側弁護人の主張はもっともです」判事は言った。「検察が検討しているというのはどんな特別な事情なんです？」

「閣下、この犯罪の捜査は進行中であり、われわれは経済的動機の証拠をつかみつつあります」バーグは言った。「そして裁判長はよくご存知のように、金銭的利得のための殺人は、特別な事情の犯罪であるのです」

ジェニファーは腹立たしげに両手を大きく広げた。

「閣下」ジェニファーは言った。「地区検事局は、この先見つかるかもしれない証拠に基づいて保釈を設定するよう本気で要求しているのですか？　信じがたいです」

「信じがたくともそうでなくとも、本法廷は、現在の裁定を下そうとしているときに将来の可能性を考慮するつもりはありません」ウォーフィールドは言った。「双方とも、主張表明は済みましたか？」

「済みました」ジェニファーが言った。

「ちょっとお待ちを、閣下」バーグが言った。

わたしは、バーグが身をかがめて、補佐役の蝶《ちょう》ネクタイをした若い検察官と相談するのを見た。ふたりが話している内容は、ほぼ想像がついた。

ウォーフィールドはたちまちしびれを切らした。

「ミズ・バーグ、この審問を準備する時間をあなたは要求し、わたしはそれを与えました。同僚と協議する必要があるはずがありません。主張表明を済ませる用意はできましたか？」

バーグは背を伸ばして判事を見た。

「いえ、閣下」バーグは言った。「被告が保釈された場合、メキシコへの国外逃亡計画を立てていることに関する捜査が進行中であることを法廷に知らせるべきである、と検察は考えています」

ジェニファーは立ち上がった。

「閣下」ジェニファーは抗議した。「またしても根拠のない主張ですか？　検察は、この人を必死に郡拘置所にとどめておこうとして、捜査をでっちあげているのですか――」

「閣下」そう言ってわたしは立ち上がった。「いまの主張に意見を申し上げてよろしいでしょうか？」

「ちょっと待ちなさい、ハラーさん」ウォーフィールドが言った。「ミズ・バーグ、ちゃんとした理由があるんでしょうね。その国外逃亡計画疑惑について、詳しく話して下さい」

「判事、わたしが承知しているのは、ハラー氏が収監されている郡拘置所にいる信用のおける情報提供者が、被告が保釈されれば、国境を越えて逃亡する計画を公然と話していた、と捜査官に明かしたという情報です。その計画では、保釈金減額の条件として法廷が電子モニターの設置を命じた場合、それを出し抜くことも含まれており、共同弁護人はそのことを充分承知しています。被告は彼女を釣りに誘うことまでしていたんです」

「それに対するあなたの返答はどんなものでしょう、ハラーさん？」ウォーフィールドは訊いた。

「閣下、検察の主張は、何重ものレベルで間違っております。信用のおける情報提供者からはじまって」わたしは言った。「信用のおける情報提供者なんてものは存在していません。秘匿特権に守られた会話に耳をそばだて、聞いたことを情報として検察側に伝えている郡拘置所の保安官補がいるだけです」

「それは重大な主張です、ハラーさん」ウォーフィールドは言った。「われわれにあなたの知っていることを教えていただけませんか？」

判事は発言台を指し示し、わたしはそちらに近づいた。

「ウォーフィールド判事、本件をこの場に持ちだす機会を与えていただき、ありがとうございます」わたしは口をひらいた。「わたしはツイン・タワーズに六週間収監されていました。わたしは本人弁護を選び、共同弁護人のミズ・アーロンスンの協力を得て、自分を弁護する手段を選びました。これは郡拘置所でわたしのチームと打合せをするだけではなく、隔離モジュールにある公衆電話でやりとりすることも必要でした。この打合せと電話でのやりとりは、いかなる形でも、法執行機関あるいはほかのだれにも傍受されないことになっています。その秘匿特権は、きわめて神聖なものとされています」

「早く本題に入ってもらいたいのですが、ハラーさん」判事が口をはさんだ。

「もう本題に入っています、閣下」わたしは応じた。「いま申し上げたように、その特権はきわめて神聖なものです。ですが、ツイン・タワーズでは事情が異なっており、共同弁護人や調査員との打合せや電話で言われた内容がどういうわけか地区検事局やミズ・バーグに伝えられているのではないかとわたしは疑うようになりました。それで、閣下、その仮説が証明されるか否かを試すためのちょっとしたテストを仕組んだんです。共同弁護人との通話で、わたしはいまから秘匿特権の下で弁護人と電話で話すとはっきり宣言し、この通話は傍受されてはならないと言ったのです。ですが、傍受されていました。そこで、わたしはたったいまミズ・バーグの口からほぼ言葉どおりに出てきた作り話をしていたんです」

バーグは立ち上がって発言しようとし、わたしはきみの番だと言うかのように片手で合図した。わたしは彼女に答えてほしかった。彼女自身の言葉で吊《つる》し上《あ》げるつもりだったからだ。

「閣下」バーグは切りだした。「信じがたいとはまさにこのことです。被告の逃亡計画が法廷で明らかにされ、それに対する被告の反応は、『はい、ですが、冗談を言ってただけです。だれかが聞き耳を立てているかどうか確かめようとしていただけです』ですって。これは確かな証言です、閣下、そして本件で保釈金を減額するのではなく、増額するに足る理由になります」

「それは検察側の弁護人が特権で守られている通話を傍受していたことを認めるという意味ですか？」わたしは訊いた。

「そんなことにはなりません」バーグが言い返した。

「よろしいか！」判事が声を張り上げた。「わたしがこの場の判事であり、よろしければ、わたしに質問をさせて下さい」

判事はそこで口をつぐみ、厳しい目で上から見つめた。最初はわたしを、次にバーグを。

「その通話は正確にいつ交わされたんですか、ハラーさん？」判事が訊いた。

「木曜日の午後五時四十分ごろです」わたしは答えた。

ウォーフィールドは焦点をバーグに移した。

「その電話音声を聞いてみたいんですが」判事は言った。「それは可能ですか、ミズ・バーグ？」

「いえ、閣下」バーグが言った。「特権で守られた通話は、それが特権で守られているがゆえに傍受者によって破棄されます」

「傍受者が聞いたあとで破棄されるのですか？」判事が念押しする。

「いえ、閣下」バーグは言った。「特権で守られた通話は特権で守られています。弁護人あるいはほかの人間との秘匿特権ルールの下での会話が特権で守られていることが明確になったとたんに傍受者は通話を聞きません。そののち、その通話記録は破棄されます。ですから、弁護人の訳のわからない主張を確認したり、誤りを証明したりするのは不可能なのであり、彼はそれを知っているのです」

「それはちがいます、閣下」わたしは言った。

ウォーフィールドはわたしに視線を戻し、その目を細くしてけげんな表情を浮かべた。

「いったいなにを言ってるんです、ハラーさん？」

「テストをしていたと言いました」わたしは言った。「ミズ・アーロンスンがその通話を録音しており、その録音はいまここで再生可能です」

バーグが計算しなおしているあいだ、室内から一時的に空気が抜けた。

「閣下、わたしはいかなるテープの再生にも異議を唱えます」バーグは言った。「その信憑性を裏付ける方法がありません」

「それには異議があります、判事」わたしは言った。「テープは、郡拘置所のコレクトコールの通告ではじまっており、さらに重要なのは、ミズ・バーグがさきほど法廷で明らかにしたのとおなじ文言と話を判事はお聞きになるということです。さて、もしわたしが偽のテープを作ったとしたなら、バーグさんが法廷で言うであろう内容をどうして正確に知ることができたのでしょう?」

ウォーフィールドはその発言を少し考えてから、答えた。

「テープを聞きましょう」判事は言った。

「閣下」バーグの声にはパニックが忍び寄っていた。「検察は――」

「異議を却下します」ウォーフィールドは言った。「わたしは、テープを聞きましょう、と言いました」

ジェニファーが携帯電話を手にまえに進み出て、それを発言台に置くと、ステムマイクロフォンを曲げて、携帯電話に近づけてから、録音アプリの再生ボタンを押した。

わたしが指示しなくともジェニファーは最初から通話を録音するくらい頭がまわっており、電子音声でLA郡拘置所からのコレクトコールがかかっていると告げるところからはじまっていた。その通話が終わると、ジェニファーは自分で注釈を加え、この通話はロス郡当局がわたしの秘匿特権を侵害しているかどうかを確かめるためのテストだったと告げた。

この通話は説得力があった。わたしはバーグの反応を見たかったが、判事から目を離すことができなかった。バーグが情報提供者から得たと言った会話の部分を聞いていると、判事の顔色が暗くなっていくように思えた。

ジェニファーの注釈でテープの再生が終わると、わたしは判事にもう一度聞きたいかどうか訊ねた。判事はノーと言い、気を取り直し、自分の言葉を整理するため、少し時間を取った。元刑事弁護士として、ウォーフィールドは、収監されている依頼人から弁護士への電話連絡が傍受されていると疑念を抱く充分な理由があったのだろう。

「よろしいですか？」バーグが言った。「わたしはその通話を聞いていません。わたしが先ほど法廷で表明したものは、わたしに伝えられたとおりの真実です。保安官事務所の拘置所情報部門が報告書を提出し、そこにその情報が書かれていて、情報提供者からのものであると記されていたのです。わたしは意図的に嘘をついたのでもなければ、法廷をミスリードしたのでもありません」

「あなたをわたしが信じているかどうかはどうでもいいんです」ウォーフィールドが言った。「この被告の権利に対する深刻な侵害がおこなわれており、それに対する結果が必要です。捜査がおこなわれ、真実が明らかになるでしょう。一方、わたしは保釈に関する弁護側の申立てに裁定を下す用意が整いました。ほかに主張はありますか、ミズ・バーグ？」

「いいえ、閣下」バーグは言った。

「そうでしょうね」判事は言った。

「発言してもよろしいですか、閣下？」わたしは訊いた。

「必要ありません、ハラーさん。必要ないのです」

12

ツイン・タワーズの被収容者釈放扉から外に足を踏みだすと、友人や同僚、愛する人々からなる小グループがわたしを迎えるためにそこにいた。わたしが出ていくと彼らはいっせいに歓声を上げ、拍手してくれた。報道陣もそこにいて、わたしが列に沿って進み、ハグしたり、握手したりする様子を撮影していた。気恥ずかしかったが、同時にいい気分でもあった。わたしは自由の空気をふたたび吸っており、それを大いに楽しみたかった。路肩にわたしのリンカーンの一台が停まっていて、出発する用意が整っていた——サム・スケールズが殺された車ではないのは明らかだ。

ハリー・ボッシュとアンドレ・ラコースが歓迎者の列の最後にいた。自発的にわたしを支援し、自腹を切ってくれたことにわたしは感謝を伝えた。

「安く済んだよ」ボッシュが言った。

「法廷でのあのふるまいはみごとだった」ラコースが付け加えた。「いつものように」

「とはいえ」わたしは言った。「ひとり二万五千ドルというのは、おれにとって大金であるのに変わりはないし、可能なかぎり早くお返しするつもりだ」

ふたりとも十パーセントの保釈保証担保金を支払うため二十万ドルもの負担をすることに気前よく同意してくれていた。だが、ウォーフィールド判事は、わたしの郡拘置所での通話のあからさまな傍受に激怒し、その悪行への処罰として、保釈金を五百万ドルから五十万ドルに下げた。残念ながら、判事は足首モニター着用をわたしに命じもしたが、そのことはわたしのふたりのスポンサーが当初申し出ていた金額のごく一部を出すだけでよくなったという知らせの価値を削《そ》ぐものではなかった。

どこを取ってもいい日だった。わたしは自由だ。

個人的に話をするためわたしはアンドレを脇へ呼んだ。

「アンドレ、こんなことをする必要はなかったんだ」わたしは言った。「つまり、ハリーはおれの兄弟だ。血縁がある。だけど、きみは依頼人だ。きみが自分の血で稼いだ金を少しでも奪うのはがまんならない」

「いや、する必要はあった」アンドレは言った。「こうしなきゃならなかったんだ。こうしたかったんだよ」

わたしはうなずいて再度感謝を伝え、彼の手を握った。そうしているとフェルナンド・バレンズエラがツカツカとやってきた。彼は喝采シーンには加わっていなかった。

「さて、この件でおれに火傷《やけど》を負わすなよ、ハラー」バレンズエラは言った。

「バル、相棒」わたしは言った。

われわれは拳をぶつけ合った。

「法廷でメキシコのくだりを最初聞いたとき、なんてこった、と思ったぞ」バレンズエラは言った。「だけど、そのあと、みごとにやってのけた。いい見世物だった」

「見世物なんかじゃない、バル」わたしは言った。「脱出しなきゃならなかったんだ」

「で、いま、脱出している。行動をモニターするからな」

「ああ、そうするのはわかってる」

バレンズエラは立ち去り、ほかの人たちがまたわたしのまわりに集まってきた。わたしはマギーの姿をさがしたが、どこにもいなかった。ローナがわたしになにをしたいか、と訊いてきた。

「チームと打合せをする？　ひとりきりになりたい？　どうする？」ローナは訊いた。

「おれがなにをしたいかだと？」わたしは言った。「あのリンカーンに乗り、全部の窓をあけ、ビーチまでドライブしたい」

「あたしもいっしょにいっていい？」ヘイリーが訊いた。

「わたしも？」ケンドールが付け加えて訊く。

「もちろんだ」わたしは言った。「だれがキーを持ってる？」

ローナがわたしの手にキーを渡してくれた。ついで、携帯電話も渡してくれる。

「警察があなたの携帯をまだ押収している」ローナは言った。「だけど、この携帯にあなたの連絡先と電子メールが全部入っていると思う」

「完璧だ」わたしは言った。

そこでわたしは身をかがめて、ローナに囁いた。

「あとでチームを集めてくれ」わたしは言った。「〈ダン・ターナー〉のクリスチャンに連絡して、席を押さえられるかどうか確認してほしい。おれは六週間、ボローニャ・サンドを食べつづけた。今夜はステーキが食べたい」

「了解」ローナは言った。

「それからハリーにも来るように言ってくれ」わたしは付け加えた。「開示資料ファイルを見てもらったら、なにか意見が出てくるかもしれない」

「手配する」

「あともうひとつ――法廷でマギーと話をしたかい？　姿を消したみたいなんだ。人となりについて証言する性格証人として連れてこられたことに怒っているんじゃないかと思って」

「いいえ、彼女は腹を立てていないわ。あなたの人となりを証言する必要がないと判事が言ったとたん、仕事に戻らないといけない、と彼女はあたしに言ったの。だけど、マギーはあなたのために出廷したのよ」

わたしはうなずいた。それを知ることができてよかった。

わたしはリモコンでリンカーンのロックを外すと、運転席側に向かって歩いていった。

「乗りたまえ、ご婦人がた」わたしは言った。

ケンドールは助手席をヘイリーに譲り、後部座席を選んだ。それはすてきなふるまいであり、わたしはバックミラーで彼女にほほ笑みかけた。

「ちゃんと道路を見て、パパ」ヘイリーが言った。

「了解」

路肩から車を発進させた。フリーウェイ10号線に入ると、西に向かった。その時点でたがいの声が聞こえるように窓を閉めることになった。

「どんな気持ち？」ケンドールが訊いた。

「殺人容疑がまだかかっている人間にしては、きわめていい気分だ」わたしは言った。

「でも、勝つんだよね、パパ？」ヘイリーが切実な声で訊いた。

「心配するな、ヘイ、勝つ」わたしは言った。「そのときが来たら、いい気分からとてつもなくいい気分になるだろう。わかったかい？」

「わかった」ヘイリーは言った。

しばらくみな無言のまま、わたしは車を走らせた。

「ばかげた質問をしていい？」ケンドールが言った。

「法律に関するかぎり、ばかげた質問なんてものはない」わたしは言った。「ばかげた回答があるだけだ」

「次にどうなるの？」ケンドールは訊いた。「あなたが保釈されたいま、裁判は遅れることになるの？」

「おれは裁判を遅らせないつもりだ」わたしは言った。「迅速な裁判をさせる」

「それって正確にはどういう意味なの？」ケンドールが訊いた。

わたしは娘のほうを見た。

「おまえはロースクールの一年生だ」わたしは言った。「いまの質問に答えてあげたらどうだ？」

「ロースクールにいるからじゃなく、パパのおかげで、その答えを知っているの」ヘイリーは言った。

娘はうしろの席を振り返り、ケンドールを見た。

「犯罪の告発を受けると、迅速な裁判を受ける権利が生じるの」ヘイリーは言った。「カリフォルニア州では、それは逮捕されてから十公判日以内に予備審問をおこなうか、大陪審による正式起訴をしなければならないことを意味するの。どちらにせよ、告発容疑に正式な罪状認否がおこなわれ、州は六十歴日以内に裁判をおこなうか、訴えを取り下げるかしなければならないの」

わたしはうなずいた。娘の言うとおりだった。

「歴日というのはなに？」ケンドールが訊いた。

「たんに平日という意味」ヘイリーは答えた。「週末と祝祭日を除いた六十日という意味。父は感謝祭の直前に――正確に言うと十一月十二日に――起訴され、罪状認否手続きを受けたので、それから六十日経つと二月になる。感謝祭として二日間、クリスマスから元日までの丸一週間を祝日としてカウントしている。それに裁判所が閉まるマーチン・ルーサー・キングの日と大統領誕生記念日も加わる。合計すると、二月十八日が期限になる」

「そこがDデイになる」わたしは言った。

わたしは手を伸ばし、誇らしい父親であるかのようにヘイリーの膝をギュッとつかんだ。

車はよどみなく進んでおり、わたしはフリーウェイをそのまま進んでパシフィック・コースト・ハイウェイにつながる、カーブしたトンネルに入った。そこでハイウェイを降り、ビーチクラブの一軒に付属している駐車場に入ると、車から降りた。案内係がわれわれに向かって近づいてきた。わたしはポケットに手を伸ばしたが、逮捕された夜にポケットのなかの所持品すべてを入れた封筒を、人々と握手し、ハグができるよう、ローナに渡していたのに気づいた。

「金を持っていないんだ」わたしは言った。「どちらかこの人に渡してビーチで十分過ごせるための五ドルを持っていないかい？」

「わたしが持ってる」ケンドールが言った。

ケンドールが男性に払い、われわれは三人で歩行者と自転車用の通路を横切ると、砂地を通って水際に向かった。ケンドールはヒールを脱ぎ、片手で持った。彼女がそうしている姿はとてもセクシーだった。

「パパ、飛びこむつもりじゃないよね？」ヘイリーが訊いた。

「ああ」わたしは言った。「波音を聞きたいだけさ。おれがいたところで聞こえるのは、反響と鉄の音ばかりだった。なにかいいもので耳を洗う必要があるんだ」

われわれは波が押し寄せている濡《ぬ》れた砂地のすぐ上にある段丘で足を止めた。太陽が青黒い海に向かって沈みつつあった。わたしは同伴者ふたりの手を握ったままなにも言わなかった。深く息を吸い、自分がいた場所のことを思った。その瞬間、この裁判に勝たねばならないという思いを強くした。ふたたび牢獄《ろうごく》に戻るなんてありえなかったからだ。そのためにはあらゆる手段を講じるつもりだった。

わたしはヘイリーの手を離すと、娘を引き寄せた。

「父親にこういうことがあって」わたしは言った。「おまえは大丈夫かい、ヘイ？」

「大丈夫だよ」ヘイリーは言った。「ロースクールの初年度がくそだとパパが言ってたのは、当たってた」

「ああ、だけど、おまえはおれよりはるかに頭がいい。ちゃんとやれるさ」

「そうだね」

「ママはどうだ？　きょう法廷にいるところを見た。ジェニファーの話だと、もし必要ならママはおれの人物を保証してくれるつもりだったそうだ」

「元気だよ。うん、パパのために話をする用意を整えていたんだ」

「電話して、感謝を伝えるよ」

「それがいいね」

わたしは振り返って、ケンドールを見た。わたしの元を離れてハワイにいったことなんてなかったような気がした。

「きみはどうだ？」わたしは言った。「きみは大丈夫かい？」

「いまは大丈夫」ケンドールは言った。「法廷にいるあなたを見たくなかった」

わたしはうなずいた。その気持ちはわかる。わたしは海を眺めた。寄せ来る波音が胸に響いている気がした。海の色は鮮やかだった。過去六週間の灰色とは異なっていた。美しかった。離れたくなかった。

「オーケイ」やがてわたしは言った。「時間だ。仕事に戻るとしよう」

反対方向に向かうと交通事情はあまりよくなかった。毎週の勉強会に出るため夕食の招待を断ったヘイリーをKタウンの共同住宅まで送り届けるのに一時間近くかかった。勉強会の今週の課題は、財産権不当引延処分禁止則だという。

娘を降ろしてから、路肩に車を停めたまま、わたしはローナに電話をかけた。〈ダン・ターナー〉での夕食は午後八時に予約し、ハリー・ボッシュが出席する、とのことだった。

「話し合う事柄があるそうよ」ローナが言った。

「けっこう」わたしは言った。「聞きたいものだ」

わたしは電話を切り、ケンドールを見た。

「さて」わたしは言った。「うちのチームとの食事は八時になり、事件について取り組み、話し合いをしたいという雲行きだ。どうやら――」

「かまわないわ」ケンドールは言った。「あなたがそうしたがっているのはわかっている。降ろしてくれればいい」

「どこで？」

「あのね、あなたの申し出を受けたの。あなたの家に泊まっていたの。それはかまわないかしら？」

「もちろんだ。忘れてたけど、それで問題ない。いずれにせよ、着替えに帰りたいんだ。いま着ているのは、逮捕されたときのスーツなんだ。もはや体に合っていないし、拘置所のようなにおいがしている気がするんだ」

「じゃあ、よかった。服を脱ぐのね」

わたしはケンドールを見た。彼女は挑発的な笑みを浮かべた。

「えーっと、われわれは別れたと思ってたんだが」わたしは言った。

「そうよ」ケンドールは言った。「だからこれはとても楽しいことになるの」

「ほんとに？」

「ほんとに」

「だったら、オーケイだ」

わたしはリンカーンを路肩から発進させた。

13

行きつけのレストランというのは店側が自分のことを知ってくれている場所である、とだれかが言っていた。それは本当かもしれない。〈ダン・ターナー〉では、店の人間がわたしを知っていたし、わたしも彼らを知っていた——案内係のクリスチャン、テーブル担当のアルチューロ、バーの向こうにいるマイク。だが、そのことは、チェック柄のテーブルクロスがかけられたこのキッチュなイタリアン・レストランがロサンジェルスで最高のニューヨーク・ストリップ・ステーキを提供する店であるという事実を覆い隠しはしない。店側がわたしのことを知ってくれているからこの店が好きだったのだが、それよりもステーキのほうがずっと好きだった。

ヴァレー・サービスのまえで車を停めると、レストランの正面玄関の外にボッシュがひとりきりで立っているのが見えた。彼は喫煙用ベンチにいたが、彼が煙草《たばこ》を吸わないのをわたしは知っていた。車のキーを渡してから、わたしはボッシュに近づいた。彼が三センチほどの厚みのあるファイルを脇に抱えているのにわたしは気づいた。開示資料ファイルだろう。

「ここに一番乗りかい？」わたしは訊いた。

「いや、ほかの連中はみな店内にいる」ボッシュは言った。「奥の角にあるテーブルに」

「だけど、あんたはここにいておれを待っていた。おれがやったのかどうか訊くためにここにいるのか？」

「もう少しおれを信用してくれ、ミック。きみがやったのだと思ってたら、金を出すわけがない」

わたしはうなずいた。

「で、そのファイルに心変わりをさせるものはなにもなかったんだな？」

「特になかった。きみはきわめて不利な立場に陥れられたと思っただけだ」

「その話をしてくれ。店のなかに入ったほうがいいか？」

「ああ、だけど、みんなと合流するまえにひとつ。いまも言ったように、何者かがきみを陥れた。で、おれはきみはできるだけ長く延ばすべきなんじゃないかと考えていたんだ。ほら、迅速な裁判を受ける権利をパスして……時間をかけてみたら、と」

「その話はこれくらいにしよう」

「それが現実だ」

「忠告はありがたいが、遠慮しておく。とにかく、おれはこいつを片づけたいんだ」

「わかった」

「そっちはどうなんだ？　大丈夫なのか？　まだ薬を服用しているのか？」

「毎日な。いまのところ大丈夫だ」

「それを聞いてホッとした。で、マディは？　あの子はどうしてる？」

「娘は元気だ。ポリス・アカデミーにいる」

「おい、二代目か。初代とおなじように」

「ヘイリーは検察官になりたがっていると思った」

「気が変わるんじゃないかな」

わたしはボッシュにほほ笑んだ。

「なかに入ろう」

「あともうひとつ。郡拘置所にいるきみに面会にいかなかった理由を説明したかったんだ」

「その必要はなかったと思う、ハリー。気にしないでくれ」

「わかってるんだ、おれは面会にいくべきだった。だけど、あそこに入っているきみを見たくなかった」

「わかる。ローナから話を聞いた。実を言うと、あんたを面会者リストに載せてもいなかった。おれもあそこにいる自分を見られたくなかった」

ボッシュはうなずき、われわれは店のなかに入った。タキシードを着たメートル・ドテルのクリスチャンが温かくわたしに挨拶をしてくれ、六週間以上来店していないことに触れないという上品さがあった。たぶんその理由を彼は知っているだろうに。わたしはボッシュを兄だと紹介した。クリスチャンはわれわれをほかの出席者――ジェニファーとローナとシスコ――が待っているテーブルまで案内してくれた。六人掛けの席だったが、シスコが交じっていると狭く感じられた。

われわれのまわりのテーブルの上に並んでいる料理のにおいは、圧倒的だった。わたしはそれに気を取られ、自分でも気づかぬうちに、ほかの客がなにを注文したのか見ようと首をひねったり、かしげたりしていた。

「大丈夫かい、ボス？」シスコが訊いた。

わたしはシスコのほうを向いた。

「だ、大丈夫だよ」わたしは言った。「だけど、まず注文をしよう。アルチューロはどこだ？」

ローナがわたしの背後にいるだれかに手を振り、すぐにアルチューロが注文書を手にテーブルに現れた。赤身の肉が苦手なジェニファーを除いて、全員、ステーキ・ヘレンを注文していた。ジェニファーはアルチューロの勧めに従い、茄子《なす》のパルミジャーナを頼んでいた。ローナは酒飲みのために赤ワインのボトルを頼んでおり、わたしはスパークリング・ウォーターの大壜《おおびん》を頼んだ。それにできるだけ早くパンとバターを持ってきてほしいとアルチューロに告げた。

「さて」われわれだけになると、わたしは切りだした。「今宵《こよい》、おれが自由の身になり、法廷で検察を多少痛い目に遭わせたので、われわれは祝うことができる。だけど、それだけだ。あした二日酔いになってはならない。仕事に戻るのだから」

ボッシュ以外のだれもがうなずいた。ボッシュはテーブルの向かい側の席からわたしをじっと見つめていた。

「ハリー、なにか言いたくてうずうずしているんだろ」わたしは言った。「おそらくとてもひどいことを。話しはじめてくれないか？　手にしていたのは開示資料ファイルだよな。読んでくれたのか？」

「ああ、もちろん」ボッシュは言った。「開示資料を読み、知り合いの何人かにも話を聞いた」

「たとえばだれ？」ジェニファーが訊いた。

ボッシュはチラッとジェニファーを見た。わたしはテーブルから片手を少し持ち上げて、落ち着けと彼女に合図した。ボッシュはロス市警から引退して久しかったが、まだ内部に強いコネクションを持っていた。わたしはそれを直接知っており、ボッシュに情報源を明かさせる必要はなかった。

「聞いた相手はなにを言ったんだ？」わたしは訊いた。

「そうだな、地区検事局はかんかんになっている。きみがバーグをボコボコにしたやり方のせいで」ボッシュは言った。

「ズルをしていたのがバレて、わたしたちに腹を立てているなんて」ジェニファーが言った。「それはそれで最高」

「その話の要点はなんだ？」わたしは言った。「連中はどんな手を打つつもりだ？」

「一例として、連中はやっきになって特別な事情を追いかけるつもりだ」ボッシュは言った。「きょうのあの派手な行為のせいで、きみを罰したがっている。郡拘置所にまた戻そうとしているんだ」

「そんなのばかげてる」シスコが言った。

れば」

「ああ、だけど、連中はそれができるんだ」ボッシュは言った。「もし証拠を見つけ

「証拠なんてありません」ジェニファーが言った。「金銭的利得？　嘱託殺人？　ばかばかしい」

「おれが言ってるのは、連中は調べているということだ」ボッシュは、テーブルにいるほかの人間を勘定に入れていないかのようにわたしをじっと見つめた。「きみは自分の行動に気をつけなければならない」

「理解できないな」ローナが言った。

「車のデータと電話のデータの件を強く要求しただろ」ボッシュは言った。「自宅を一度も離れていないことを証明するために必要としているんだろう。それが結局、だれかを金で雇って、スケールズを拉致し、連れてこさせたことを裏付ける証拠になるかもしれない。嘱託殺人に近づけさせるんだ」

「さっき言ったように、ばかげている」シスコが言った。

「連中がどんなふうに考えているのかを話している」ボッシュは言った。「おれならそう考える」

「サムはおれに金を借りていた」わたしは言った。「最後に弁護依頼を受けた事件で

解約手数料を払わず、うちはサムを訴えた。あれはいくらだった、ローナ？　六万ドルだっけ？」

「七万五千ドル」ローナは言った。「金利と違約金を加えて、いまでは十万ドルを超えているわ。だけど、訴えたのは、判決先取特権を得るためだけで、サムがけっして払わないのはわかってた」

「それでも、連中はそれを指摘して、金銭的利得のための殺人のように見せることができる」わたしは言った。「もしサムが金を持っていたことを連中が証明できたなら、先取特権は彼が死んでも持ちこされることになる」

「そうなのか？」ボッシュは訊いた。「金を持っていたのか？　いままでの詐欺で一千万ドルを奪い取ったという新聞記事がある。その金はどこにいった？」

「その記事は覚えている」わたしは言った。「記事のなかで、〝アメリカでもっとも憎まれた男〟とサムは呼ばれていた。誇張された内容で、納得させられるものではなかった。とりわけ、直接知っている人間としては。だが、サムはつねに詐欺をおこなっていた。たえず金が流れこんでいた。その金はどこかに消えていた」

「でも、そんなのおかしいです」ジェニファーが言った。「未払い請求があるから、元依頼人を殺すだろうと向こうは考えているんですか？　七万五千ドルのために？

十万ドルのために？」

「いや、連中はそのようには考えていない」わたしは言った。「そこが問題じゃない。問題は、連中が腹を立てており、もしこれを特別な事情に追いこめるなら、おれの保釈は取り消され、おれはツイン・タワーズに舞い戻る。それが連中の望んでいることだ。おれをひどい目に遭わせるために。テーブルを自分たちの方向に傾けるために。付け加えられた容疑がのちに法廷で持ちこたえられなくてもかまわないんだ」

ジェニファーは首を横に振った。

「それでもおかしいです」ジェニファーは言った。「あなたの情報源が変だと思う」

ジェニファーはボッシュに鋭い視線を向けた。ボッシュは新参者であり、部外者であり、ジェニファーの目には疑念が浮かんでいた。わたしはその緊張した瞬間を和らげようとした。

「オーケイ、で、連中がそんなことをするまで、おれにはどれくらい時間があるだろう？」わたしは訊いた。

「スケールズの金を見つけ、きみがその金について知っていることを証明する必要がある」ボッシュが言った。「そこまで手に入れれば、連中は現在の容疑を取り下げ、大陪審に戻っていくだろう。そこで特別な事情を添えて、提訴しなおす」

「そうなれば迅速な裁判時計がリスタートし、きょう保釈保証担保金として供託したお金が無駄になってしまいます」ジェニファーが言った。「あなたは郡拘置所に収監され、担保金は没収されてしまう」

「そんなのばかげている」シスコがまた繰り返した。

「オーケイ、まあ、そんな事態になったらすぐにウォーフィールドに会いにいく準備を整えておくべきだな」わたしは言った。「ハリー、それに関して情報が入ったらその内容をわれわれに知らせてくれ。ジェニファー、それに対応する主張が必要だ。連中は迅速な裁判を覆してくるだろう。ひょっとしたら懲罰的訴追かなにかをやってくるかもしれない」

「任せて下さい」ジェニファーが言った。「こんなことものすごく腹が立つ」

「感情に流されないでくれ」わたしは注意を促した。「怒りに任せないように、判事を怒らせよう。きょうテープを再生したときに判事の怒りを若干目にした。刑事弁護士だった当時に判事を戻したんだろう。もしおれに目にもの見せるため地区検事局がこういうことをするなら、ウォーフィールドはこちらがなにか言うまえに把握してくれるだろう」

ジェニファーとボッシュはともにうなずいて返事をした。

「くそいまいましい臆病者ども」シスコは言った。「あんたと真正面から戦うのが怖いんだ、ボス」

検察側の回避策にわたしより腹を立てているチームの様子が気に入った。陪審審理までの何週間もの日々、彼らを鋭敏にさせるのに役立ってくれるはずだった。

わたしはボッシュに視線を戻した。チームのほかのだれよりも、われわれのコートに彼を迎え入れたのが信じられないほどいいチャンスであることをわたしは悟っていた。今年三月、わたしは彼の味方になり、いま彼がこちらの味方をしてくれていた。だが、精神的なサポートは、調査員として彼がもたらしてくれるものと比べると色褪《いろあ》せた。

「ハリー、あんたはドラッカーとロペスといっしょに仕事をしたことがあるかい?」わたしは訊いた。

ケント・ドラッカーとラファエル・ロペスは、今回の事件の捜査を担当するロス市警の刑事だった。ふたりはエリート部門の強盗殺人課の人間であり、そこはボッシュがロス市警のキャリアを終えるまで働いていた部署だった。

「直接同じ事件で働いたことはない」ボッシュは言った。「強盗殺人課の人間だったが、あまり交わることはなかった。だけど、ふたりは優れた刑事だった。そうじゃなければ強盗殺人課にはたどり着かない。そこで問題となるのが、そこにたどり着いたときになにをするか、だ――現在の栄光に甘んじるのか、薪を割りつづけるのか？ふたりがこの事件の担当を割り当てられたという事実が、その問題の回答になっている」

わたしはうなずいた。ボッシュは逡巡しているようだった。もっと情報を耳にしているのだろうか。価値があるとは思っていないなにか、あるいは確実なことがわかるまで言わずにおこうと思っているなにかを。

「なんだ？」わたしは訊いた。「ほかになにかあるのかい？」

「あると言えばある」ボッシュは言った。

「みんなで意見を交わせるよう、口にしてくれたほうがいい」わたしは言った。

「そうだな、強盗殺人課で最後に担当したもののひとつに、金融詐欺が関わっている事件の捜査があったんだ」ボッシュは言った。「ある男が資金を横領し、発覚し、それに気づいた男の口を塞ごうとして殺した。わかりやすすぎる事件だったが、横領した金を見つけることができなかった。犯人のライフスタイルからはなにも見えてこなかった。男は金を使っておらず、隠していた。それでわれわれは金融科学捜査アナリストを雇い、金を追ってもらった。金を見つけるのを手伝ってくれ、と」

「なるほど」わたしは言った。「それはうまくいったのか？」

「ああ、海外に移されていた金を発見し、事件は解決した」ボッシュは言った。「いまこの話を持ちだしたのは、当時のおれのパートナーがまだ強盗殺人課でその仕事を担当しているからだ。彼女から聞いた話だと、ドラッカーが彼女のところに来て、例の金融科学捜査屋の連絡先を訊ねたそうだ」

「こちらも独自の金融科学捜査アナリストをさがすべきです」ジェニファーが付け加えた。

ジェニファーは目のまえのテーブルに置いた小さなメモ用紙にメモを記した。

「サムの過去の事件に関するうちのファイルをもう一度調べてみよう」わたしは言った。「現金の動かし方と隠し方に関する情報がそこに埋もれているかもしれない。ハリー、ほかになにかあるかい？」

わたしは肩越しにアルチューロをさがした。腹が空《す》いているからではなく、六週間ぶりに本物の食事をするのが待ち切れなかったからだ。

「あると言えば開示資料ファイルがらみで」ボッシュは言った。「写真と検屍報告書に目を通した。いずれもきわめて自明なもので、驚くようなものはなにもなかった。だが、こいつを目にした」

　ボッシュは自分が持っている開示資料の写しに目を通し、二枚の書類と一枚の現場写真を抜き取った。それをテーブルで回覧し、全員が見終わり、自分の手元に戻ってくるまで待った。

「検屍報告書では、被害者の爪は、土か油脂のようなものをこそげ取ったあとがあると記されていた」ボッシュは言った。「科捜研の報告書では、爪に付着していた物質が植物油と鶏の脂肪、サトウキビの混ざり合ったものであることを突き止めていた――報告書によれば、料理油だそうだ」

「開示資料でおれもそれを読んだ」わたしは言った。「なぜそのことが重要なんだ？」

「事件現場写真を見たら、被害者の爪が全部、この物質で汚れていたのがわかる」ボッシュは言った。

「まだ話の流れを追えていないんだが」わたしは言った。「もしそれが血液かなにかなら、おれは――」

「おれはこいつの逮捕記録を見た」ボッシュが遮った。「こいつはもっぱらホワイトカラーのペテン師だ。ほぼインターネットがらみ。なのに、爪に油脂がこびりついていた」

「で、それがなにを意味するんだ？」わたしは急《せ》きたてた。

「皿洗いの仕事をしていたのかもしれないな」シスコが言った。

「なにかまったく新しいことに取り組んでいたことを意味すると思う」ボッシュは言った。「それが今回の事件にどう影響を与えるのか、おれにはわからない。だけど、独自に調べるため、その爪の油脂のサンプルを要求するべきだと思う」

「わかった」わたしは言った。「それはこっちでできる。ジェニファー？」

「わかりました」ジェニファーは言った。

彼女はそれをメモした。バトンをローナに渡し、わたしの過去の担当事件の見直しでなにが出てきたのか確かめる頃合いだった。だが、その瞬間、アルチューロがテーブルにステーキを運んできた。わたしは皿がすべて並べられるまで口を閉じていた。そののち、一ヵ月半林檎とボローニャ・サンドイッチしか食べてこなかった人間であるかのようにストリップ・ステーキをむさぼり食った。

すぐにほかの人間からじっと見られているのに気づいた。わたしは顔を上げずに口をひらいた。

「なんだ、ステーキを食べる人間を見たことがないのか？」わたしは訊いた。

「そんなに急いで食べている人を見たことはないな」ローナが答える。

「まあ、ちょっと待ってくれ、もう一枚注文するかもしれない」わたしは言った。

「戦える体重に戻さなきゃならないんだ。ローナ、ずいぶん時間をかけて咀嚼《そしやく》しているようだから、おれの敵リストの順位を教えてくれ」

ローナが返事をするまえにわたしはボッシュのほうを見て、説明した。

「ローナはずっと、古い事件ファイルを調べて、敵のリストを作ってくれていたんだ。こんな目におれを遭わせたいと願っているかもしれない連中のリストだ」わたしは言った。「ローナ？」

「そうね、リストはいまのところ短いな」ローナは言った。「あなたは過去に問題のある依頼人を抱えていて、何件か脅迫があったものの、今回のような罠を仕掛けるほどの技能と智慧《ちえ》と総合的手段を持っていると考えられる人間は、とても少ないの」

「複雑な罠だ」シスコが付け足した。「凡庸な依頼人では、こんなことはできない」

「で、だれが可能だ？」わたしは訊いた。「きみのリストに載せたのはだれだ？」

「全部二度調べてみて、浮かび上がったのはたったひとりの名前だった」ローナは言った。

「ひとりの名前？」わたしは言った。「それだけ？　だれだ？」

「ルイス・オパリジオ」ローナは言った。

「待ってくれ、なんだって？」わたしは言った。「ルイス・オパリジオ……？」

その名前はわたしの記憶のなかで喧しい鐘の音を鳴らしたが、きちんと思いだすには少し時間が必要だった。ルイス・オパリジオという名の依頼人がいたことがないのは確かだ。と、そこで思いだした。オパリジオは依頼人じゃなかった。彼は証人だった。マフィアとつながりのある一族の出で、犯罪組織と合法ビジネスのふたまたをかけている人物だ。わたしは彼を利用したことがあった。わたしは彼を証言席で追い詰め、犯人であるかのように見せかけた。それによって陪審員の関心がわたしの依頼人から逸《そ》れ、オパリジオに向かった。彼と比べれば、わたしの依頼人は天使のようだった。

裁判所のトイレでオパリジオと会ったときのことを思いだした。相手の怒りと憎しみを覚えていた。オパリジオは、がっしりとしたたくましい男で、消火栓のような体つきであり、筋肉質の腕が胴体から離れており、いまにもそれを使ってわたしを引き裂きそうだった。彼はトイレの隅にわたしを追いこんで、その場で殺したいと思っている雰囲気だった。

「オパリジオとは何者だ？」ボッシュが訊いた。

「かつて法廷で殺人容疑を押しつけてやった人間だ」わたしは言った。

「犯罪組織に関わっている人間だ」シスコが付け足した。「ベガスの組織に」

「で、そいつがやったのか？」ボッシュが訊いた。

「いや。だけど、彼がやったようにおれが見せかけた」わたしは言った。「うちの依頼人は無罪評決を勝ち取り、釈放された」

「で、きみの依頼人はほんとうは有罪だったんだな？」

わたしは躊躇《ためら》ったが、正直に答えた。

「そうだ。だが、そのときは知らなかったんだ」

ボッシュはうなずき、わたしはそれを審判として受け止めた。あたかも人が弁護士を嫌っている理由をいま立証したかのように。

「で」ボッシュは口をひらいた。「オパリジオがそのときのお返しをしたいと思い、きみに殺人の罪を着せようとするのは、ありえないのか？」

「いや、そうでもない」わたしは言った。「あのとき法廷で起こったことのせいで、オパリジオはたくさんの問題を抱え、多くの金を失うはめに陥った。彼はスリーパーだったんだ。組織の金を合法活動分野に動かそうとしていたんだが、おれが彼を証言席に座らせたことでそれが台無しになったとでも言おうか」

ボッシュはそれについて少しのあいだ考えこみ、だれも邪魔をしなかった。

「わかった」ようやくボッシュは言った。「オパリジオはおれに担当させてくれ。その男がなにを狙っているのか突き止めてみる。それから、シスコ、きみはいまのままサム・スケールズを調べてくれ。ひょっとしたら、おれたちはどこかでばったり出くわすかもしれない。そうすれば、今回の件がなぜ起こったのかわかるだろう」

いい計画に聞こえたが、わたしはシスコに決めさせるつもりだった。全員がシスコを見ており、彼がうなずいて了承するのを待っているように思えた。

「わかった」シスコが言った。「そうしよう」

14

わたしは遅くに帰宅し、道路に駐車した。車庫に車を停めたくなかった。この先、そこに停めたい気になるかどうかわからなかった。家のなかに入ると、真っ暗だった。その瞬間、ケンドールがいなくなったのだと思った。わたしが拘置所を出たいま、ここでふたたびわたしと暮らしたいとは思っていないことに彼女は気づいたのだ、と。だが、そのとき、暗くなった廊下に動きがあり、彼女が姿を現した。彼女はローブだけ羽織っていた。

「帰ったのね」ケンドールは言った。

「ああ、遅くなった」わたしは言った。「話し合うことがたくさんあって。暗いなかで待ってたのかい？」

「実際には早くから寝てたの。ここに戻ってきたとき明かりを点けなかったでしょ。まっすぐベッドにいったから」

わたしはわかったという印にうなずいた。目が影と暗闇に慣れはじめていた。

「じゃあ、なにも食べてないのか？」わたしは言った。「お腹《なか》が空いているだろ」

「いえ、大丈夫」ケンドールは言った。「あなたのほうこそ疲れているはず」

「ちょっとね。ああ」

「だけど、自由になったことでまだ昂奮《こうふん》している？」

「ああ」

この日、わたしは郡拘置所で目覚めた。いまは、六週間ぶりに自分のベッドで寝ようとしている。分厚いマットレスに仰向けになり、やわらかい枕に頭を載せて。それで充分じゃないというなら、元カノが戻ってくれて、ローブのまえをはだけ、下にはなにもつけずに目のまえに立っている。わたしはいまも殺人容疑をかけられているが、たった一日で自分の運命がひどく変わったことに驚いていた。そこに立っていると、だれもわたしにけっして触れられないような気がした。わたしは黄金に輝いていた。わたしは自由だ。

「あの」ケンドールがほほ笑みながら言った。「あまりに疲れてなければいいのだけど」

「なんとかなると思う」わたしは言った。

彼女は身を翻し、寝室につながる廊下の闇に姿を消した。
そしてわたしはあとを追った。

第二部　蜂蜜を追え

15

一月九日木曜日

わたしは自身の潔白《イノセンス》に対してなんの幻想も抱いていなかった。それはわたしだけが確かだとわかっているものである、と理解していた。そしてそれは不正に対する完璧な盾にならないこともわかっていた。なにも保証しないのだ。なんらかの神の光が介入してくるために雲が晴れたりはしない。

自分ひとりの力でやらねばならない。

潔白というのは法律用語ではない。法廷で潔白であるのが証明された人間はだれもいない。陪審員の評決で潔白が証明された人間はだれもいない。司法制度は、有罪《ギルティ》の評決あるいは有罪ではない《ノット・ギルティ》評決を下すだけだ。それ以上でもそれ以下でもない。

身の証《あか》しを立てる法律は成文化されていない。革装のコードブックには見つからない。法廷で議論されることもけっしてないだろう。選挙で選ばれた人間によって成文化されることもありえない。抽象概念ではあるが、自然や科学の厳しい法則と密接に結びついている。物理法則では、すべての作用に向きが反対で大きさの等しい作用がある。潔白の法則では、罪を犯していないどの人間にも罪を犯している人間がいる。そして真の潔白を証明するために、罪を犯している人間を発見し、世間にさらさねばならない。

それがわたしのプランだった。陪審評決以上のものを目指す。罪を犯した人間を暴き、自分の潔白を明らかにする。それが唯一の脱出方法だった。

その目的のため、十二月は裁判の準備と同時に、わたしを再起訴し、ツイン・タワーズの独房に再拘置するための予想された検察の動きに対する準備も進めた。クリスマスまでの日数がカウントダウンされるにつれ、わたしのパラノイアは少しずつ亢進《こうしん》した。このまえの審問で浴びせられた屈辱の仕返しとしてデスロウ・ダナによる冷酷極まりない動きをわたしは予想していた――祝日で裁判所が閉まっており、カレンダーが新年に変わるまでウォーフィールド判事のまえで用意していた主張をおこなえないクリスマスの日の逮捕とか。

わたしが取れる回避行動はなかった。現在の保釈制限では、郡を離れることが禁じられており、足首に取り付けられたモニターは、二十四時間態勢でわたしの現在地を当局に無線で知らせていた。もし連中がわたしの身柄を押さえたかったら、確実に見つけることができた。逃げる手立てはなかった。

だが、だれもノックをしに来なかった。だれもわたしをさがしに来なかった。

わたしはクリスマス・イブを娘と過ごし、娘はクリスマスには母親のところにいった。そして一週間後、わたしは娘が一年の変わり目を友人たちと祝いにいくまえに彼女と早い夕食を取った。ケンドールはずっとわたしといっしょにいてくれて、大晦日《おおみそか》には、荷物を全部ハワイからこちらに送り返してもらっているとさえ言った。

おおむね自由と目のまえにある裁判に備えた仕事に追われたすばらしい一ヵ月だった。だが、たえず肩越しに振り返らずに済んだのなら、もっとよかっただろう。わたしは自分がもてあそばれているのではないかという気がしはじめていた。ハリー・ボッシュは、わたしの再逮捕という偽の物語を本物の仕返しだと思いこませられたのではないか。ダナ・バーグは、わたしがあらたに自由を手に入れたからといって安心できないように確実に手を打ち、最後に笑うのは自分にしたのだ。

ウォーフィールド判事が約束したツイン・タワーズでの秘匿特権会話の盗聴の捜査

に関しては、バーグは無傷で切り抜けた。その違法行為は、郡拘置所情報部の戸口を塞ぐように置かれた。クリスマス後のニュース枯れ週にロサンジェルス・タイムズにリークされた報告書が、新年の一面独占記事となり、保安官補たちが何年ものあいだ、秘匿特権で守られているはずの会話に耳を傾け、その中身は存在していない拘置所の情報提供者からのタレコミ報告を作成するために用いられていたと断定した。それらの情報は警察や検察に引き渡されていた。過去十年間、ＦＢＩによる複数の捜査の的とされてきた保安官事務所拘置所部門のあらたな汚点だった。被収容者による賭け決闘を主催したり、敵同士をおなじ監房に入れたり、ギャングの被収容者を使って、ほかの被収容者に暴行やレイプをさせたりするという、拘置所担当保安官補たちの恐怖譚《たん》が氾濫していた。正式起訴がおこなわれ、何人かの首が飛ばされた。当時、選挙で選ばれた保安官と彼に次ぐ部下が、腐敗に目をつぶっていたかどで連邦刑務所送りにすらなった。

今回、盗聴スキャンダルではさらに厳しい目が向けられ信用失墜することが不可避となった。ＦＢＩが捜査に戻ってくる公算が高くなり、新年には、その違法行為に影響された事件で判決を覆そうとする刑事弁護士が大挙して押し寄せてくるのはまちがいないだろう。

このことはツイン・タワーズに戻るまいというわたしの決意をいっそう強くさせる結果になった。郡拘置所にいる保安官補全員が、自分たちの身に降りかかった今回のスキャンダルがわたしのせいで起こったのを知っているだろう。もし戻されたなら報復が待っているのは容易に想像できた。

ようやくハリー・ボッシュから電話があった。祝日の挨拶やボッシュの側で調査に進展があったら連絡するようにと要求するメッセージを残していたにもかかわらず、クリスマスのかなりまえから連絡がなかったのだ。彼の身になにかあったわけではないのは知っていた——娘が休みに従姉妹《いとこ》のマディを訪ねた際、自宅にいるボッシュに会ったと彼女から報告を受けていた。しかし、いまになり、ようやくボッシュは電話をしてきた。過去数週間、コンタクトしようとしたわたしの努力をボッシュは気づいていないようだった。見せたいものがある、とだけボッシュは言った。わたしは自宅にいて、ケンドールと二杯目のコーヒーを飲んでいるところだった。ボッシュは、こちらに立ち寄り、わたしを車に乗せていくことに同意した。

ボッシュの古いジープ・チェロキーでわれわれは南に向かった。その車は、角張ったデザインで、サスペンションは二十五年経っていた。上下に揺れるし、左右にぶれる——タイヤがアスファルトの継ぎ目を乗り越えるたびに車は横に揺れ、路面のくぼみではかならず縦に揺れ、左にカーブを切ると古びたスプリングが圧縮され、車が右に傾いて横転しそうになった。

ラジオでKNX局のニュースをずっと流しており、それに耳を傾け、ときおり、その日のニュースに関するコメントを会話に投げこみながら、話をつづけるという不思議な能力をボッシュは持っていた。返事をするため、わたしがボリュームを下げても、ボッシュはまたボリュームを元に戻すのだった。

「で」わたしは、丘陵地帯を下って抜けると、言った。「どこにいくんだい？」

「まずきみに見せたいものがある」ボッシュは言った。

「オパリジオがらみだと期待しているぞ。つまり、あんたはオパリジオを調べていて、一ヵ月近く姿を消していたんだから」

「姿を消したわけじゃない。おれは事件を調べていたんだ。なにかつかんだときに連絡すると話していただろ。いま、つかんだと思っている」

「それがサム・スケールズと今回の事件をつなぐものであることを願うよ。さもなきゃ、ありえない夢を追いかけていたことになる」

「まもなくわかるさ」

「せめてあとどれくらい進むのか教えてくれないか？　そうすれば、ローナにいつ帰るのか伝えられる」

「ターミナル・アイランドだ」

「なんだって？　足首にこんなものが付いている状態だと入れてくれないぞ」

「あそこの連邦刑務所にいくんじゃない。見せたいものがあるだけだ」

「それは写真じゃだめなのか？」

「だめだろうな」

そのあとしばらく、われわれは黙って車に乗っていた。ボッシュは101号線を南に進んでダウンタウンに入り、そこから110号線に移った。そのハイウェイをまっすぐ南下すると、ロサンジェルス港のあるターミナル・アイランドに至る。会話が止まったことになにも気詰まりや違和感はなかった。われわれは母親違いの兄弟であり、沈黙に慣れていた。ボッシュはニュースに耳を傾け、わたしは事件に関する物思いにチューニングを合わせた。六週間以内に裁判がはじまるというのに、わたしはまだ弁護に足るだけの根拠をつかんでいなかった。ボッシュは黙ってしまったかもしれないが、少なくともわたしに見せたいものがあるのだ。もうひとりの調査員であるシスコとは、頻繁に連絡を取り合っていたが、サム・スケールズの背景をさぐるという彼の努力はいまのところ実を結んでいない。ありえないことをする、すなわち、迅速な裁判を受ける権利を捨てて、時間を求める、訴訟手続きの延期を求めるまであと一週間しかないとわかっていた。だが、そのような要請をすれば、あまりにも多くのことが明らかになってしまうと不安だった。そうなれば、こちらの必死さ、パニックを示すだろうし、ひょっとしたら有罪であることを示してしまうかもしれない——不可避のことを遅らせようとしている人間のようにふるまっていることになる。

「武漢《ウーハン》ってどこだ？」ボッシュが言った。

彼の言葉は思考の負のスパイラルからわたしを救ってくれた。

「だれだって？」

ボッシュはラジオを指さした。

「だれじゃない」ボッシュは言った。「中国のどこかにある場所のことだ。聴いているんじゃなかったのか？」

「いや、考え事をしていたんだ」わたしは言った。「それがなんなんだ？」

「そこで謎のウイルスが発生して、人が死にまくっている」

「まあ、少なくともここじゃなく、遠くで起こっていることだ」

「ああ、どれくらい遠いんだろう？」

「あの国にいったことがあるんじゃないのか、中国に？」

「香港《ホンコン》にしかいったことはない」

「ああ、そうだった……マディの母親の件で。すまん、その話を持ちだして」

「大昔のことだ」

わたしは話題を変えようとした。

「で、オパリジオはどんな様子なんだ？」わたしは訊いた。

「どういう意味だ？」ボッシュが反応した。

「その、おれが覚えているのは、九年まえあいつを証言席に座らせたとき、最初はおとなしくしていたが、やがて獣じみた態度になった。椅子から飛びだして、おれの喉を切り裂くかなにかやりたいような様子になった。マイケル・コルレオーネよりトニー・ソプラノみたいな様子だった。なにを言いたいのかわかればいいが（マイケル・コルレオーネは、映画『ゴッドファーザー』シリーズでアル・パチーノが演じた役、トニー・ソプラノは、ＴＶドラマ『ザ・ソプラノズ』でジェームズ・ギャンドルフィーニが演じた役）」

「まあ、いまのところおれはその男を見ていない。おれがしていたのはそういうことじゃないんだ」

わたしは車窓の外を眺め、ショックと怒りを弱めようとした。そうしてから体の向きを戻し、会話をすることにした。

「ハリー、だったら、あんたはなにをしてたんだ？」わたしは訊いた。「あんたの担当はオパリジオだったんだぞ、覚えているか？　あんたがやるはずだったのは――」

「待った、待ってくれ」ボッシュは言った。「おれがオパリジオ担当なのはわかっているが、だからと言って彼を見張るのが仕事じゃない。これは監視業務じゃないんだ。彼がなにをしているのか突き止め、それがスケールズときみに関係しているかどうかを確かめるのが仕事だ。そしてそれこそおれがやっていたことなんだ」

「わかった。だったら、この謎の旅っぽい仕掛けを止めてくれ。われわれはどこにいくんだ？」

「気を楽にしてくれ。もうすぐ着くし、目をひらくぞ」

「ほんとか？　目をひらくだって？　神の介入とかそんなようなことか？」

「かならずしもそうじゃない。だけど、気に入ると思う」

　ボッシュの言うことはひとつ正しかった。われわれはすぐに着いた。あたりを見まわして、自分のいるところを確認し、４０５号線を横切って、ターミナル・アイランドのハーバー・フリーウェイの終点からほんの数キロのところにいるのを知った。ウインドシールド越しに左手を見ると、コンテナを貨物船に積み降ろししている巨大なガントリークレーンの姿があった。

　われわれはサンペドロにいた。かつては小さな漁村だったが、いまは巨大なロサンジェルス港複合施設の一部となり、埠頭《ふとう》や海運・石油産業で働いている大勢の人々のベッドタウンになっていた。かつては十全の機能が整った裁判所があり、犯罪容疑をかけられた依頼人のため、わたしは定期的に訪れていた。だが、その複合司法施設は、経費削減の動きで郡によってばらばらにされ、事件は空港そばの裁判所に移された。サンペドロ裁判所は、いまや、十年以上も放置されていた。

「抱えている事件でサンペドロによくやってきたよ」わたしは言った。

「ティーンエイジャーのころ、おれもよくやってきた」ボッシュが言った。「おれが入れられた場所から逃げだして、埠頭まで来たんだ。一度、この地でタトゥを入れた」

わたしはただうなずいた。ボッシュはそのときの記憶を思いだしているようだったので、わたしは邪魔したくなかった。ロサンジェルス・タイムズに掲載された非公認のプロフィールで一度読んだ内容を除いて、ボッシュの若いころについてはろくに知らなかった。児童養護施設にいたことや、陸軍に早期入隊して、派遣先がベトナムであったことなどを覚えている。自分たちが血縁関係にあることを知る何十年もまえのことだった。

われわれはヴィンセント・トーマスを渡った。ターミナル・アイランドとつながっている背の高い緑色の橋で、自殺で有名な場所だった。一番奥にある連邦刑務所を除いて、島全体が港湾・工業用に使われていた。ボッシュはフリーウェイを降り、一般道を使って、島の北端に沿って進み、一本の深い水路のそばにたどり着いた。

「当てずっぽうだが」わたしは言った。「オパリジオはここでなんらかの密輸に携わっている。貨物コンテナで入ってくるものを。麻薬か？　人間か？　なんだ？」

「おれの知るかぎりではそうじゃない」ボッシュは言った。「別のものを見せるつもりだ。このあたりのことがわかるかい？」

ボッシュはウインドシールド越しに日本発の船から降ろされたばかりのビニールシートにくるまれた車がぎっしり詰まっている広大な駐車場の方向を指し示した。

「かつてはここにフォード・モーターの工場があったんだ」ボッシュは言った。「ロング・ビーチ組立工場という名で、フォード・モデルAを生産していた。おれの母の父は、一九三〇年代にモデルAのラインで働いていたらしい」

「どんな感じの人だったんだ？」わたしは訊いた。

「会ったことがないんだ。話で聞いただけだ」

「いまは、トヨタ車ばかりだな」

わたしは西部じゅうのディーラーに配られる用意ができている新車が並ぶ広大な駐

車場を身振りで示した。

ボッシュは水路沿いの岩の突堤に並行している破砕貝殻敷き道路に入った。エンドゾーンまで含めたフットボール・フィールドの長さがある白黒のオイル・タンカーが、ゆっくりと水路を通って、港に入ろうとしていた。ボッシュは、廃線となった鉄道の支線のようなところのそばで車を停め、エンジンを切った。

「突堤まで歩いていこう」ボッシュは言った。「このタンカーが通りすぎたらすぐ、手に入れたものを見せよう」

防潮堤のこちら側に通っている細い歩道の頂上まで坂道をのぼった。てっぺんに立つと、この港の操業に不可欠なさまざまな石油精製貯蔵施設が水路越しにはっきりと見えた。

「オーケイ、ここがセリトス水路《チャンネル》で、いまわれわれは北を向いている」ボッシュは言った。「湾をはさんでウィルミントンがあり、右側にロング・ビーチがある」

「なるほど」わたしは言った。「で、われわれはいったいなにを見ているんだ?」

「カリフォルニア州の石油ビジネスの中心地だ。マラソンやバレロ、テソロの石油精製施設がここにある。シェブロンはもっと北だ。あらゆるところから石油がここに集まっている——アラスカからも。スーパータンカーや大型荷船、パイプライン、あらゆる手段を使って港に運ばれてくる。そこから精製施設に送りこまれ、処理をされ、そして供給される。タンクローリーに入れられ、各地のガソリンスタンドに運ばれ、個人の車のガソリンタンクに入る」

「それが事件となんの関係があるんだ？」

「なんの関係もないかもしれない。すべてに関係しているかもしれない。タンクのまわりにキャットウォークが付いているあそこの精製所が見えるか？」

ボッシュは右側を指さし、小さな精製所を示した。一本の煙突から白い煙が空にのぼっていた。アメリカ国旗が煙突の上の部分からぶらさがっている。二基の隣合っている貯蔵タンクがあり、それらは少なくとも四階建てで、複数のキャットウォークに囲まれていた。

「見える」わたしは言った。

「あれはバイオグリーン・インダストリー社の施設だ」ボッシュは言った。「どの所有権書類にもルイス・オパリジオの名前は記載されていないが、オパリジオはバイオグリーンを支配するのに充分な株を所有している。それはまちがいない」

ボッシュはいまやわたしの目を釘付《くぎづ》けにした。

「どうやってそれを見つけたんだ？」わたしは訊いた。

「蜂蜜《ハニー》を追ったんだよ」ボッシュは言った。

「それはどういう意味だ？」

「そうだな、九年まえ、きみはリサ・トランメルという名のきみの依頼人のための裁判で法的木材粉砕機にオパリジオを放りこむことができた。おれは裁判の口述記録を引きだして、オパリジオの証言を読んだ。彼は——」

「おれに話す必要はない。現場にいたんだから、わかっているだろうけど」

別のタンカーが水路をやってきた。とても幅広い船で、両側に並んでいるギザギザの岩のあいだを通っていくのに少しのミスも許されなかった。

「きみがその場にいたのはわかっている」ボッシュは言った。「だけど、きみがおそらく知らないのは、ルイス・オパリジオが、その日、証言席できみにぶん殴られたことで多くを学んだということだ。もっとも大事なのは、彼は自分の会社と合法的な書類で二度と結びつけられないようにすることを学んだ——合法的な会社であろうとそうでない会社であろうと。オパリジオは、現在、自分の名前ではなにも所有していないし、どんな会社や取締役会《とりしまりやくかい》ともつながりはなく、記録上、どこにも投資していないことになっている。彼は他人を隠れ蓑《かくれみの》にしているんだ」

「より優れた犯罪者になる方法をやつに教えられて誇らしいよ。どうやってその情報を手に入れたんだ？」

「インターネットはいまでもとても役に立つツールだ。ソーシャルメディアや新聞社のアーカイブ。オパリジオの父親は四年まえに亡くなった。ニュージャージーで葬儀がおこなわれ、ヴァーチャルの弔問簿が存在している。友人や家族がオンラインの弔問に訪れており、まちがいなく葬儀社のウェブサイトは、まだオンラインでそれを掲載している」

「そりゃすごい。たくさんの名前が手に入ったんだ」

「名前とつながりがな。おれは追跡をはじめ、そこで見つかった情報を調べた。オパリジオの仕事仲間三人がバイオグリーン社に投資しているオーナーで、株式の過半数を形成していた。彼らを通して、オパリジオがバイオグリーンを支配している。そのなかのひとりが、ジーニー・フェリーニョという名で、この七年間で、麻薬所持で二度逮捕歴のあるベガスのストリッパーから、あちこちのさまざまな企業の共同所有者にのぼりつめている。ジーニーはオパリジオの愛人なんだと思う」

「愛しい人《ハニー》を追え」

「バイオグリーンまで」

「これはいい感じだ、ボッシュ」

わたしは水路沿いに精製所を指さした。

「だけど、オパリジオがここからベガスまでの企業を秘密で所有しているとして、なぜおれたちはこの工場を見ているんだ？」

「なぜなら、ここがもっとも金を稼ぎだしているところだからだ。あの場所が見えるだろ？　典型的な石油精製施設じゃない。バイオディーゼル燃料の工場なんだ。基本的に植物油や獣脂から燃料を作っている。廃棄物をリサイクルして、コストを抑え、よりクリーンに燃える代替燃料を作りだしている。そして、目下、それは政府にとってかけがえのない存在なんだ。なぜならわが国の石油依存度を減らすからだ。それが未来であり、ルイス・オパリジオのような企業に、その波に乗っている。政府はこのビジネスを支援しており、バイオグリーンのような企業に、製造する一バレルごとに報奨金を払っている。そのバレルを販売する代金に加えて、助成金を受け取っているんだ」

「そして政府の助成金のあるところ、つねに汚職がある」

「そのとおりだ」

わたしは細い歩道の擦り切れた路面の上を行きつ戻りつしはじめた。関連を解き明かし、どうやればこれがうまく機能するか考えようとした。

「で、ある男がいる」ボッシュは言った。「ハーバー分署を仕切っている警部補だ。

その男が一級刑事としてハリウッド分署の刑事部にやってきた二十五年まえ、おれが指導した」

「彼と話をできるのか？」わたしは訊いた。

「すでに話をした。そいつはおれが引退したことを知っており、おれは投資先としてバイオグリーンに興味を抱いている友人をさがしているんだ、と彼に言った。危険信号があるのかどうか知りたいと言ったところ、ああ、大きな赤旗が振られている、と彼は言った。ＦＢＩの赤旗が立っている、と」

「どういう意味だ？」

「バイオグリーンからどんなことが自分の皿に載せられても、彼はいっさい行動しないことになっている、という意味だ。ＦＢＩに警告を伝え、うしろに控えていることになっている。それがどういう意味かわかるか？」

「そこのなにかをＦＢＩが調べている」

「あるいは、少なくともそこに目を光らせている」

わたしはうなずいた。これは裁判のために煙幕を張るという観点からは、どんどんいい状況になってきた。だが、煙幕を張るよりももっとやらねばならないことがあるとわかっていた。これは依頼人のための仕事ではない。わたしのための仕事だった。

「オーケイ、では、われわれに必要なのは、サム・スケールズとのつながりであり、それが見つかれば法廷に持ちだすことができる」わたしは言った。「シスコに連絡して、彼がなにをつかんでいるかを確かめ――」

「もうつかんでいる」ボッシュが言った。

「なんの話だ？　どこでつながっている？」

「検屍だ。指の爪のことを覚えているだろ？　爪に付着していたものを分析した結果、植物油、鶏の脂肪、サトウキビが出てきた。それはバイオ燃料だよ、ミック。サム・スケールズは、爪にバイオ燃料を付着させていたんだ」

わたしは水路の先のバイオグリーンの精製所を見た。煙突の煙は不気味に立ち上り、港全体を覆う汚れた雲を増やすのに役立っていた。

わたしはうなずいた。

「見つけたんだな、ハリー」わたしは言った。「魔法の銃弾を」

「それで自分を撃たないようにだけ気をつけてくれ」ボッシュは言った。

16

一月十二日日曜日

ボッシュが発見したバイオグリーン社、それとルイス・オパリジオとの結びつき、また、おそらくはサム・スケールルズとの結びつきが調査と戦略の焦点をもたらしたことで弁護側の論拠に勢いをつけさせた。ターミナル・アイランドへの旅の翌朝、全員出席の打合せがおこなわれ、タスクが明確にされ、割り当てられた。スケールズとオパリジオとの結びつきを明らかにすることが最重要で、わたしはそれを調査員たちの最大の狙いにさせたかった。

オパリジオの居場所を突き止めるのも別の重要課題だった。オパリジオはバイオ燃料精製事業の直接保有や支配から自分を完全に遠ざけており、われわれは裁判がはじまるまえに関係があることを明確にしなければならなかった。直接のリンクがなかったので、われわれは二次的なリンクに取り組んだ――ジーニー・フェリーニョだ。ジーニーがオパリジオに導いてくれることを期待して、わたしはシスコに彼女の監視チームを編成するよう命じ、オパリジオを見つけたら、彼にその監視チームをあてるつもりだった。わたしに否定しがたい恨みを抱いているこの男が、わたしが殺害の嫌疑をかけられている男と結びつきがあることを陪審員に向けて立証できるようにしたかった。もしその関連性を示すことができたなら、われわれの側で着せられる濡れ衣を手に入れたことになるとわたしは信じていた。

打合せは大盛り上がりで終わった。だが、わたしの場合、そのアドレナリンはすぐに萎《しぼ》んだ。調査員たちが現場で調べる昂奮を味わっているあいだ、わたしは多くの弁護士が嫌悪しているものに週末はずっと集中していた――事件ファイルの見直しだ。ひとつの事件の文書による痕跡《ペーパートレール》は、成長し、変化する生き物だ。ある時点で見直される書類や証拠は、時間のプリズムを通して見直されると、異なって見えたり、新しい重要性を持つ可能性があった。

事件を徹底的に知るのは重要だが、事件ファイルを繰り返し見直すことでしかそれを達成できなかった。逮捕から二ヵ月以上経過しており、ファイルは開示資料の配付とともに週ごとに分厚くなっていた。届くたびにすべてに目を通し、読み返していたが、それらをひとつのものとして把握するのも重要だった。

日曜日の朝までにわたしは法律用箋数枚をメモやリストや質問で埋めていた。一枚の紙には、今回の事件でなくなっているもののリストを記した。その一番上に書いたのが、サム・スケールズの財布だった。財布は、死体が着用していた衣服とそのポケットの中身を記入した所持品報告書には載っていなかった。

財布がない。殺人犯が――つまりわたしが――奪って、廃棄したと思われている。このなくなった財布は、わたしにとって重要だった。というのも、わたしがサムを弁護してきたさまざまな詐欺で、彼はけっして本名を使っていなかったからだ。それが詐欺師のやり方だった。どの詐欺師も、被害者が欺《だま》されていることに気づいたあとで、足がつかないように、新しい人格を必要とする。その目的のため、サムは自分自身を作り変える才能があることをわたしは知っていた。わたしが彼の代理人を務めたのは、彼が逮捕されたときだけだった。気づかれずにどれほどの詐欺を働いていたのかは、不明だった。

今回の事件で、なくなった財布が重要なのは、一ヵ月間入念に調べたのに、スケールズの背景をさぐるシスコ・ヴォイチェホフスキーの努力は空振りに終わったからだ。ブラックホールだった。過去二年間のスケールズの所在に関して、いっさいデジタル記録が見つからなかった。財布のなかにスケールズの現在の人格の身分証明書が入っていれば、役に立つはずだった。また、それはスケールズをバイオグリーンと結び付けるのに役立つかもしれない。もしスケールズがそこで働いていたり、オパリジオの計画になんらかの形で巻きこまれたりしていたなら、スケールズの現在のアイデンティティは、それをたどる鍵になるだろう。

日曜日の夜、事件ファイルの三度目の見直しをしていてはじめて、事件を覆し、ウォーフィールド判事にあらたな不服申立てをさせるように思える矛盾に気づいた。

今後の動きの戦略を立ててから、わたしはジェニファー・アーロンスンに電話をかけ、彼女の夕食の予定を台なしにした。検察側に証拠開示を求める緊急申立てを作成するようジェニファーに命じた。その要請では、検察は事件のはじめから弁護側に重要証拠を隠蔽しており、当該証拠は被害者の財布とその中身である、とはっきり書き記すよう、ジェニファーに伝えた。

それは物議を醸す動きであり、ダナ・バーグはその告発に異議を唱え、ウォーフィールドのまえでの証拠審問がすぐに予定に入るだろう、とわたしは踏んだ。それこそまさにわたしが望んだものだ——開示資料をめぐる論戦のはずだったものが、まったく異なるものになるのである。

　その要請をあすの朝法廷があいたらすぐに出してほしいとジェニファーに伝えると、わたしは電話を切り、彼女を仕事に向かわせた。その仕事割り当てが今夜の彼女の計画を邪魔するかどうか、訊ねはしなかった。わたしは自分自身を守ることにのみ興味を抱いていた。ケンドールはハワイから戻ってきてから一度も〈ムッソ&フランク・グリル〉にいっていなかった。その店は彼女のお気に入りのレストランであり、われわれの最初の同棲《どうせい》中にマティーニと食事の時間を何度もいっしょに過ごした場所だった。いまではわたしはマティーニもその他のアルコール類もいっさい断っていたが、ケンドールとはひとつの取引をしていた。自宅の書斎にこもり、週末ずっと働いているのを認めてくれるのと引き換えに、日曜日の夜は〈ムッソ&フランク・グリル〉にいく。その働きが大きな成果を生み、いまわたしはケンドールとおなじくらい、夜の外出を楽しみにしていた。事件のバトンをジェニファーに渡すと、中立てを申請したあと、午前中に〈ニッケル・ダイナー〉で会おう、と伝えた。過去七十二時間の進展についてたがいに報告しあえるよう、弁護チーム全員に朝食に来るよう伝えてくれ、とジェニファーに頼んだ。

　たくさんのマティーニが用意され、サーブされ、消費されるのを目撃しなければならなかったが、〈ムッソ〉での食事は、事件についてあれこれ考えることからのかっこうの気晴らしになると気づいた。たとえ二、三時間であったとしても。また、ケンドールがハワイに去るまえの七年間、彼女とわかちあった関係に向かって彼女とわたしを引き戻してくれた。わたしをもっとも惹きつけているのは、われわれの関係にこの先、中断はないだろうという彼女の想定だった。いまから一ヵ月後にわたしが殺人の罪で有罪になり、今後一生刑務所に閉じこめられるかもしれないという考えは、ケンドールの頭のなかに入ってこなかったし、われわれの再出発した共同生活に関する話し合いにも出てこなかった。たしかに無邪気ではあったが、同時に愛しいものでもあった。そのせいでわたしは彼女を失望させたくないという気持ちになった。もしわたしが裁判に勝たなければ、彼女を失望させることは、わたしの抱える問題のなかでもっとも小さなものになるだろうとわかっていたとはいえ。

「あのさ」わたしは言った。「潔白であることは有罪ではない評決が出るのをなにも保証しないんだ。裁判ではあらゆることが起こりうる」

「いつもその話をするのね」ケンドールは言った。「でも、あなたが勝つって、わかってる」

「だけど、なにか大きな計画を立てるまえに、その評決を勝ち取ろうじゃないか、いいね？」

「計画を立てるのは悪いことじゃないわ。これが終わったらすぐ、どこかに出かけて、ビーチに寝そべり、こんなこと全部忘れたい」

「それはすてきだ」

そして、わたしはその件についてそれ以上なにも言わなかった。

17

一月十三日月曜日

翌朝の朝食でジェニファーが最後に到着した。それまでにわれわれはチームのメンバーでテーブルを囲み、前回の打合せのあとで各自が調べた内容について報告しあっていた。週末をはさんでいたことが大きく、進展はほとんどなかった。金曜の夜からジーニー・フェリーニョに監視チームを張り付かせたが、ルイス・オパリジオの姿はなかった、とシスコが言った。一方、ボッシュは、バイオグリーン社がＦＢＩのレーダーにかかっている理由を知るため、法執行機関の関係者に当たっている、と話した。

ジェニファーはその最新情報を耳にしていなかったので、追いつこうとしていくつか質問を放った。

「サム・スケールズがバイオグリーンと関わっていたという根拠は、汚れた指の爪以外になにかあるの?」ジェニファーは訊いた。

「いや、その名前では出てこない」ボッシュは言った。「自動車ローンのための雇用状況の問い合わせを偽装してバイオグリーンに電話をかけてみたが、現在も過去もサム・スケールズという名前でだれかが働いている記録はなかった」

「FBIはどうなの?」ジェニファーが訊いた。「あそこがなにを狙っているのか、わかってる?」

「まだわからない」ボッシュは言った。「その質問に正面から向かっていくのはどうかと思うので、スケールズに関する情報を手に入れようと、周辺を嗅ぎまわっている」

「金曜日の午後、バイオグリーンから出てくるタンクローリーを追跡したんだ」シスコは言った。「これといった理由もなく。たんにそれがどこにいくのか確かめたかっただけだ。だが、タンクローリーは港のセキュリティゲートを通っていったので、おれはそれ以上先にはいけなかった。およそ半時間後、タンクローリーはゲートを出てきて、精製所に戻った。燃料を積んだか下ろしたかのどちらかだろうな」

「サム・スケールズがトラックを運転していたと思っているんですか？」ジェニファーが訊いた。「それってどんな詐欺になるの？」

「ひょっとしたらサムは堅気になったのかもしれない」シスコが言った。

「いや」わたしは言った。「おれはサムという人間を知ってる。あいつはけっして堅気にはならない。なにかに取り組んでいたんだ。それを見つける必要がある」

少しのあいだ沈黙が降り、わたしはボッシュが言った内容を考えていた。わたしはキャリアのすべてにおいて州裁判所で弁護活動をおこなっており、FBI捜査官あるいは連邦政府と関わったことはほとんどなかった。ボッシュはかつてFBI捜査官と結婚していたが、連邦警察が相手になると、反目の歴史を積み重ねているのをわたしは知っていた。うちのチームのほかのメンバーも、連邦政府が相手になると部外者だった。

「一ヵ月後に裁判がある」わたしは言った。「周辺を嗅ぎまわる代わりに真正面からFBIにアプローチするのに切り換えるというのはどうだろう？」

「その手は使える」ボッシュは言った。「だが、連邦警察は脅威にのみ反応する、ということを忘れないでくれ。曝露《ばくろ》するという脅威だ。あそこで連中がなにをやっているのであれ、連中はそれを秘密にしておきたがるし、もしその機密あるいは自分たちの捜査に危険をもたらす存在としてきみのことを見なしたときだけ、きみのことを真剣に考えるだろう。ロス市警にいたときおれたちはいつもそういうやり方をしてきた」

わたしはうなずくと、それについて考えた。〈ニッケル〉のオーナーのひとりであるモニカが、われわれがすでに食べ終わっていたパンケーキと卵のセットといっしょにドーナッツのバラエティ・プレートを運んできた。まだただひとり朝食を食べていないジェニファーが、チョコレート・フロストのかかったドーナッツに手を伸ばした。

「だれかこれをシェアしません？」ジェニファーが訊いた。

協力者は出なかった。ジェニファーは話をつづけた。

「情報公開法に基づく要請をすべきだと言おうとしていたの」ジェニファーは言った。「だけど、そうすれば永遠の時間がかかってしまいます。あなたの裁判がはじまるまで、要請の受領すら認めようとしないでしょう」

わたしは同意してうなずいたが、すぐに心変わりした。

「そのアプローチをして、スケールズに関するファイルを要求する召喚状で補強できる」わたしは言った。

「ＦＢＩは召喚状を無視できます」ジェニファーが反論した。「州裁判所は、連邦政府の捜査に関する質問に答えさせる権限を持っていません」

「それはかまわない」わたしは言った。「たんに召喚状を届けるだけで、ハリーが話していた脅威になるだろう。その脅威がおれの裁判で浮かび上がるという通告を受けたことになる。連中を影から引っ張りだすことになるかもしれない。そうなったら、なにを手に入れられるのか確かめられる」

わたしはボッシュを見て、確認を求めた。ボッシュはうなずいた。

「可能だな」ボッシュは言った。

「じゃあ、やりましょう」ジェニファーが言った。

「ジェニファー、きみに全部押しつけているのはわかっている」わたしは言った。「だけど、召喚状と情報公開法に基づく要請を付け加えてもいいか？」

「問題ないです」ジェニファーは言った。「情報公開法に基づく要請は、オンラインの要請になるでしょう。きょうじゅうに終わります。まず、召喚状に取り組みます。範囲はどうします？」

「サム・スケールズとすべての偽名だ」わたしは言った。「それからルイス・オパリジオとバイオグリーン・インダストリーズも加えてくれ。ほかになにかあるか？」

　ジェニファーの携帯電話に着信があって、彼女はテーブルから立ち上がると、携帯電話を持って店の外へ向かった。ほかのみんなは召喚状のアイデアの話し合いをつづけた。

「かりに連中を引っ張りだしたところで、きみがなにを手に入れるのかは、定かじゃない」ボッシュが言った。「連中の口癖を知ってるだろ――ＦＢＩは情報を共有しない。あそこは象のように食らい、鼠《ねずみ》のように排便する」

　ローナは笑い声を上げた。この一連の話し合いのなかでシスコが黙っていたことにわたしは気づいた。

「シスコ、おまえはどう思う？」わたしは訊いた。

「あの場所から情報を手に入れる別の方法は、あそこにいき、雇ってくれるかどうか訊ねることだと思う」シスコは言った。「うまくいけばおれが内部に入り、なにが起こっているのか見られるかもしれない――たとえ雇ってくれなくとも」

「ヘルメットをかぶれば、それらしく見えるだろう」わたしはほほ笑みながら言った。「だけど、だめだ。もし連中が詐欺を働いているなら、おまえのことを徹底的に調べるだろうし、おまえの名前はおれの名前と結びつくだろう。インディアンたちといっしょにオパリジオを調べてもらいたいと考えている」

シスコは監視チームの面々をインディアンと呼んでいた。ポリティカル・コレクトネスはさておき、シスコは、メンバーを入植者たちに気づかれずに崖から幌《ほろ》馬車隊を見張っている古き西部劇のインディアンになぞらえていた。

「まあ、あんたがそれを必要とするなら、いつでもいいぞ」シスコは言った。「監視というのは、少し退屈なんだ」

「じゃあ、こうしてくれ」わたしは言った。「おまえのチームをオパリジオとフェリーニョから離してかまわないのなら、二日ほど、ミルトンを調べてくれないか。おれの車を停止させた警察官を」

シスコはうなずいた。

「おれがそれをやろう」シスコは言った。

「あの警官の話がいまだにどうも気に食わない」わたしは言った。「あいつがだれかの指示で動いていたのなら、だれの指示なのか、なぜなのか知りたい」

「任せとけ」シスコは言った。

「あたしはどうなの、ミッキー?」ローナが言った。「あたしはどうしたらいい?」

わたしはそれについて急いで考えねばならなかった。ローナは今回の事件から外されたくはないだろう。

「えーっと、トランメルに関するうちのファイルの再調査にあたってくれ」わたしは言った。「オパリジオに関するうちの下調べに関係しているものであれば、なんでも引っ張りだしてほしい。おれは全部を覚えているわけじゃないし、またあの男に立ち向かう用意をしておかねばならない——もしあいつを見つけられれば」

ジェニファーが電話を終え、テーブルに戻ってきたが座らなかった。彼女はわたしを見て、携帯電話を差しだした。

「はじまります」ジェニファーは言った。「ウォーフィールドがきょうの午後一時に強制執行の審問を予定しました。裁判長は、バーグに捜査責任者も同席させるように命じました」

わたしは驚いた。

「えらく早いな」わたしは言った。「神経に障ったんだな」

「ウォーフィールド判事の書記官であるアンドルーからの電話でした」ジェニファーが言った。「まちがいなく検察の神経には障りました。アンドルーの話だと、デスロウ・ダナは、電話を受けたときカンカンになったそうです」

「いいぞ」わたしは言った。「面白くなってきた。ダナよりも先に捜査責任者の刑事を証言席に座らせよう」

わたしは腕時計を確認してから、ローナを見た。

「ローナ、事件現場写真二枚の引き伸ばしをやってもらうのにどれくらいかかる？」

わたしは訊いた。

「あたしに渡してくれたら、大急ぎでさせるわ」ローナは言った。「しっかりした台紙に貼らせたい？」

「もしできるなら」わたしは言った。「審問に持っていけることが一番重要だ」

わたしは空になった皿を押しやり、テーブルの上でノートパソコンをひらいた。午後の審問で見せたいと考えている二枚の事件現場写真を表示させる――わたしのリンカーンのトランクのなかにいるサム・スケールズを異なる角度から撮影した二枚の写真だ。わたしはその二枚をローナに送り、生々しい写真であることを警告した。わたしが守ろうとしているのは、ローナの繊細な感受性ではなかった。フェデックス・ストアの写真係にローナから警告させたかったのだ。

18

ウォーフィールド判事の法廷に待機房から鋼鉄の扉を通って入るよりも一般の出入口から入るのは、気分がよかった。だが、同時に、〝自由人の〟出入口から入ると、昼食後に裁判所に戻ってきたおおぜいの人々と入りまじることになった。そのなかにはダナ・バーグがいて、懲罰独房から戻ってきた囚人のようにエレベーターのなかでわたしをにらみつけてきた。わたしはそれを無視し、自分の敵意を法廷に取っておいた。わたしは彼女のため、扉をあけ支えたが、彼女は礼を言うのを拒んだ。

法廷に入ると、双子のような報道関係者が、いつもの席にいた。

「報道陣に連絡してたんだ」バーグが言った。

「おれじゃない」わたしは言った。「たんに用心深いだけじゃないか。自由な社会で望まれているのは、そういう存在じゃないだろうか？　用心深い報道陣？」

「まあ、今回は、見当違いの木に向かって吠《ほ》えているからね。判事にお尻ペンペンされるところをあのふたりに見られるといい」

「はっきりさせたいんだが、ダナ、おれはきみを責めていない。実を言うときみのことは好きなんだ。猛烈で、集中している人間だから。政府の人間みんながそうだったらいいと願っている。だけど、きみは自分にとってなんの役にも立ってくれない人間を働かせている」

われわれは手すりを通り抜けて左右にわかれた。ダナ・バーグは左側の検察側テーブルに、わたしは右側の弁護側テーブルに。ジェニファーはすでにそこに座っていた。

「ローナから連絡は？」わたしは訊いた。

「車を停めたところで、いま向かっています」ジェニファーは言った。

「だといいがな」

わたしはブリーフケースをあけ、一階のカフェテリアで最終準備をしているときに取り組んでいた法律用箋を取りだした。ジェニファーが体を傾けて、わたしの手書き文字を見た。

「準備はいいですか？」ジェニファーが訊いた。

「ああ」とわたしは答えた。

わたしは座ったまま体をひねり、傍聴席をチェックした。この審問について娘にショートメッセージを送っていたが、直前であり、娘の月曜午後の授業予定をよく知らなかった。娘から返事はなく、法廷にはいなかった。

午後のセッションをウォーフィールド判事は十分遅れではじめ、そのおかげでローナははじまるまえに写真証拠品を持って法廷にたどり着くことができた。チャン保安官補が法廷に静粛を求め、ウォーフィールドが法壇についたときにはわれわれは戦闘準備が整っていた。

わたしは法律用箋を手にして、発言台に呼びだされる用意をしていた——これはわたしの申立てであり、最初に発言する権利はわたしにあった。だが、バーグが立ち上がって、判事に話しかけた。

「閣下、ハラー氏がここで起立し、この審問にみずから招いた報道関係者向けにまったく根拠のない主張をするまえに、検察は、弁護側が手を伸ばそうとしている陪審員候補者たちを、かかる粗野でまったく根も葉もない告発で汚染しないよう、審問を判事室において非公開でおこなうことを要請します」

わたしはバーグが言い終えないうちに立ち上がりかけており、判事がわたしにキューを出した。

「ハラーさん？」

「ありがとうございます、判事。本審理を判事室での非公開にする申立てに弁護側は異議を申立てます。ミズ・バーグがこれから耳にするであろうものを気に入らないからといって、発言され、提示されるものに蓋《かぶ》を被せる理由にはなりません。これからおこなうのは重大な告発であるのは確かですが、太陽の光こそ最良の殺菌薬なのです、閣下。そして本審問は、余人にひらかれたものであるべきです。加うるに、そして正確を期すために、この緊急審問に報道陣への注意喚起をわたしはおこなっておりません。だれがそうしたのかしらないのです。ですが、用心深い報道陣が悪いものだという考えがわたしに浮かんだことはけっしてありません。どうやらミズ・バーグには浮かんだみたいですが」

わたしは体の向きを変え、ふたりの記者を身振りで示しながら発言を終えた。そのとき、今回の事件の筆頭捜査官であるケント・ドラッカーが到着し、検察側テーブルのうしろの傍聴席に腰を下ろすのを見た。

「終わりましたか、ハラーさん？」ウォーフィールドが訊いた。

「はい、閣下」わたしは言った。「発言は以上です」

「非公開審問の要請は却下します」ウォーフィールドは言った。「ハラーさん、証人はいますか?」

わたしはためらった。完璧な世界では、弁護士は答えを知らない質問をけっして訊ねはしない。ということは、優れた弁護士は、彼または彼女が必要とされる回答を制御できない、あるいは引きだせない証人を証言席にけっして座らせないという意味だ。わたしはそれらを充分わかっていたが、それでも一般通念に反する決断を下してしまった。

「閣下、本法廷にドラッカー刑事がいるのが見えます。最初の証人として彼からはじめたいと思います」

ドラッカーはゲートを通って、証言席につき、宣誓した。二十年以上の経験があるベテラン捜査員で、その半分の歳月、殺人事件捜査を担当していた。彼はいいスーツを着て、殺人事件調書の写しを持参していた。わたしに召喚されて驚いたとしても、ドラッカーはそれを表に見せなかった。われわれは陪審員をまえにしているわけではないので、わたしは導入の優しい質問を飛ばして、問題の核心に迫った。

「刑事、あなたは殺人事件調書を持参していますね」

「はい、そうです」

「本件の被害者、サム・スケールズの所持品に関して記録された所持品報告書を見ていただけますか？」

ドラッカーは証言席のまえの平らな面に置いた分厚いバインダーをひらき、パラパラとめくって、当該報告書をすばやく見つけた。わたしは彼にそれを判事にむけて読み上げてもらうよう頼み、ドラッカーは衣服や靴に加えて、スケールズのポケットの中身も列挙した。バラバラの小銭や、一揃いの鍵類、櫛《くし》、二十ドル紙幣で百八十ドル分を留めているマネークリップ。

「被害者のポケットにはほかになにも入っていなかったのですか？」わたしは訊いた。

「はい、入っていませんでした」ドラッカーは答えた。

「携帯電話は？」

「ありません」

「財布は？」

「ありません」

「それはあなたには注目に値することでしたか？」

「はい」

わたしはさらなる答えを待ったが、なにも出てこなかった。ドラッカーは求められているること以外にはなにひとつ出してこようとしないたぐいの証人だった。

「その理由を話していただけますか？」わたしは呆《あき》れた様子を隠そうとせずに訊いた。

「そのことで疑問が生じました」ドラッカーは言った。「なくなっている財布——これは盗まれたのだろうか？」

「ですが、ポケットにマネークリップがありましたよね？」

「はい」

「そのことは盗難説を覆し、別の理由で財布が取られた可能性が生じたのではありませんか？」

「ええ、その可能性はありえたかもしれません」

「い、い、いい、ありえたかもしれない？　わたしは可能性が生じたのかどうか訊いています」

「すべてが疑問でした。被害者は明らかに殺害されていました。動機に関してたくさんの可能性がありました」

「財布や身分証明書がなくて、どうやってあなたは被害者をサム・スケールズだと特定したのですか？」

「指紋です。モバイル指紋読み取り機を持っている巡査部長がいました。われわれはすぐさま身元を確認できました。財布を調べるよりもずっと信憑性の高い情報でした。人は偽の身分証を持ち歩くものです」

ドラッカーはわたしが指摘させようとしていた点をそれと気づかずに取り上げた。

「被害者がサム・スケールズであると特定されてから、あなたは彼の犯罪歴を確認しましたか？」

「わたしのパートナーがしました」

「彼はなにを見つけましたか？」

「あなたがきっとご存知のはずの、詐欺やそれ以外の犯罪の長いリストです」

わたしはその嫌味を無視し、先をつづけた。

「そうした詐欺やその他の犯罪のそれぞれにおいて、サム・スケールズが異なる偽名を使っていたのは事実ですか？」

「そのとおりです」

バーグはとどめの一撃がくるかもしれないと感じて、立ち上がり、異議を唱えた。

「閣下、これは証拠開示請求の申立てであります。弁護人は、本件の捜査全体を証人にのんびり説明させています。なにか意図があるのでしょうか？」

それはたいした異議ではなかったが、わたしのリズムを乱すのに役立った。判事は訊問の本題に入るか、さもなければ次に進むようわたしをたしなめた。

「ドラッカー刑事、この殺人事件の被害者が異なる偽名を用いていたのを知れば、死亡時にどんな偽名を使っていたのか確かめるため、彼の財布を回収するのは捜査上重要ではなかったのでしょうか？」

ドラッカーはその質問の意味を時間をかけて消化してから、回答をした。

「わからないですね」ドラッカーは言った。

その回答で、わたしは、ドラッカーからはこちらが欲しがっているものをけっして得られないだろうとわかった。彼はわたしを警戒するあまり、ほとんどなんの価値もない短い回答をすることから逃れられなくなっていた。

「わかりました、先をつづけましょう」わたしは言った。「刑事、殺人事件調書の犯罪現場写真をめくり、写真番号三十七番と三十九番を見て下さい」

ドラッカーが殺人事件調書の当該ページを見つけると、わたしは無人の陪審席のまえにすばやく二本の携帯イーゼルを設置し、そこにローナがけさ作らせた六十×四十五センチ・サイズの引き伸ばし写真を置いた。いずれもサム・スケールズがわたしのリンカーンのトランクのなかで横向きに倒れている写真だった。二枚目の写真は一枚目よりほんの少しアップになっていた。

「写真は見つかりましたか、ドラッカー刑事?」

「はい、ここにあります」

「あなたが見ている三十七番と三十九番の写真は、法廷でよくわかるようにわたしが引き伸ばしたものと対応していますか?」

「対応とは? わたしは――」

「いっしょのものですか、刑事? 同一のものですか?」

ドラッカーはわざとらしく、自分が手にしている写真を見おろしてからわたしがイーゼルに置いた二枚の写真を見るという仕草をした。

「おなじものであるようです」ようやくドラッカーは言った。

「完璧です」わたしは言った。「記録のため、二枚の写真に写っているものを話していただけますか?」

「両方ともあなたの車のなかにいる今回の事件の被害者の写真です。一枚は、もう一枚よりもズームアップされたものです」

「ありがとうございます、刑事。被害者は右側を下にして横になっていますね?」

「そのとおりです」

「オーケイ、では、被害者の左の臀部《でんぶ》に注目してもらえますか、カメラに向かって上になっているところです。被害者のズボンの左の尻ポケットが見えますか？」

「見えます」

「ポケットの四角い形をした膨らみが見えますか？」

ドラッカーはこの話がどこに向かうのか悟ってためらった。

「それが見えますか、ドラッカー刑事？」

「そこにそのような型のたぐいが見えます。それがなんなのか、わかりません」

「その尻ポケットに入っていた財布を示すものだとは思いませんか、刑事？」

「確かなことは、そのポケットを見ていないのでわかりません。わたしにわかっているのは、鑑識あるいは検屍局からわたしに渡された財布はないということだけです」

バーグが立ち上がり、一連の質問に異議を唱えた。

「閣下、弁護人は被害者の着衣に見える型に基づいて本件の捜査に疑念を抱かせようとしています。そのポケットには財布はありません。被害者あるいは事件現場から回収された財布はないからです。弁護側はこの問題、つまりこの幽霊財布を利用し、法廷の気を逸らし、マスコミに陰謀論を流して、陪審員候補に伝わるよう願っているのです。再度、検察は第一にこの審問自体に異議を唱え、第二にこれが公開法廷で議論されていることに異議を唱えます」

バーグは怒りをあらわに腰を下ろし、判事はわたしに目を向けた。

「閣下、いまのは立派なスピーチでしたが、だれの目にも被害者が尻ポケットに財布を入れていたのが見て取れるという事実は揺るぎません。その財布がいまなくなっており、それが今回の殺人事件捜査に疑念を生じさせるだけでなく、財布のなかにあった証拠を吟味することができないため、弁護側にきわめて不利な状況になっています。そうは言いましても、もし法廷があと五分間、この証人の訊問に時間を下さったなら、この捜査で重大な誤謬《ごびゅう》が生じていることが充分明らかにされるとわたしは思っています」

ウォーフィールドは返事をするまでに時間をかけたが、これは彼女が検察ではなくわたしの話のほうに乗ろうとしているのだと、わたしに告げた。

「証人訊問の継続を許可します、ハラーさん」

「ありがとうございます、判事。わたしの同僚のミズ・アーロンスンが、いまから、ミルトン巡査のボディーカメラのビデオを大きなスクリーンに映します。われわれがお見せするのは、テープのはじまりのころの映像であり、ミルトン巡査がリモコン・キーを使ってトランクをあけるところです」

ビデオが陪審席の向かい側の壁にかけられた薄型液晶画面で再生されだした。カメラのアングルは、リンカーンの後端の横方向からのものだった。ミルトンの手が画面に現れ、彼は親指でトランクを撥ね上げた。蓋があがり、サム・スケールズの死体が現れた。カメラはミルトンが反応するのに従って動きはじめた。

「オーケイ、そこで止めてくれ」わたしは言った。「トランクがあく瞬間まで戻してくれるかい？」

ジェニファーが指示に従い、画像を一時停止させた。ミルトンはトランクをあける際に、安全な横からの角度を取っていた。なかにだれがあるいはなにが入っているのかわからなかったからだろう。それによって、鑑識のカメラマンが撮影しなかった角度の、死体の側面映像が二秒分映っていた。たまたまミルトンのボディーカメラが捉えていたのだ。

「ドラッカー刑事」わたしは言った。「もう一度、被害者の左ポケットに注目してもらえますか？　この角度から見て、死体が発見されたとき被害者がポケットに財布を入れていたかどうかに関するあなたの見解は変わりますか？」

わたし以外の全員の目がビデオ画面に向けられていた。こちらからはジャーナリストのひとりが、画面をもっとよく見られるよう、傍聴席から横に体を滑らせるのすら目に入った。ビデオのカメラのアングルは、被害者のズボンの尻ポケットがそのなかに入っている物体のせいで、わずかにあいているのをはっきり映しだしていた。それは黒っぽい物体だったが、その中央に明るい色の線が縦方向に入っていた。

わたしにとっては、それは明らかに紙幣の端がはみだしている財布だった。ドラッカーにとっては、あいかわらずなんでもないものだった。

「いいえ」ドラッカーは証言した。「それがなんなのか、確かなことはわかりません」

捕らえた。

「どういう意味ですか、それがなんなのか、とは、刑事?」

「わたしにはわからないという意味です。どんなものでもありえます」

「ですが、あなたはいま彼のポケットになにかが入っていることを認めましたね?」

ドラッカーは自分が弁護側の罠にはまったのだと悟った。

「その、確かなことは言えません」ドラッカーは言った。「ポケットの裏地にすぎないかもしれません」

「ほんとですか?」わたしは不信をあらわにして言った。「あなたはいまあれがポケットの裏地だと言うんですね?」

「わたしは確かなことはわからないと言ってます」

「刑事、殺人事件調書に記録された所持品報告書に戻っていただけますか。最後の質問をさせていただきます」

ドラッカーが調書を自分のまえに持ってくるまで、法廷の人間たちは黙って待っていた。

「オーケイ、では」わたしは言った。「その所持品報告書は、回収された品目ごとにリストにしているものですね？」

「はい、そうです」

ドラッカーは簡単な質問が来てほっとしているようだった。だが、わたしはそれを長引かせなかった。

「オーケイ、さて」わたしは言った。「その報告書には、被害者のズボンの左尻ポケットからなにが取りだされたと記されていますか？」

「なにもありません」ドラッカーは言った。「なにもリストに記載されていません」

「質問は以上です」わたしは言った。

19

優れた検察官のように、ダナ・バーグはこの先の裁判のことを考えていた。バーグによるドラッカー刑事の反対訊問は、きょうの勝利よりも、裁判で勝利することを重視したものだった。バーグは、きょう記録に残ることが元になり、裁判で陪審員たちがドラッカーあるいは検察に敵対することのないようにさせなければならなかった。バーグが取ったもっとも賢明な行動は、わたしが直接訊問を終えたあと、十分間の休憩を求めたことだった。それによってバーグは、ドラッカーとひそひそと相談し、ここで起こっていることを理解する余地ができた。

法廷が再開されると、ドラッカーは、わたしが見せた写真とビデオに関するまったく異なる見方を提供した。

わたしは驚かなかった。

「ドラッカー刑事、休憩のあいだに被害者の事件現場写真すべてを見直すチャンスがありましたね？」バーグは訊いた。

「はい、見直しました」ドラッカーは言った。

「で、あなたが見たものに関してなんらかの新しい結論を導きだしましたか？」

「トランクのなかの死体に関して、われわれが所持している写真すべてを見、死体がトランクのなかにあった時点でズボンの尻ポケットに財布が入っていた可能性がきわめて高いと信じるに至りました」

わたしは笑うしかなかった。バーグはあたかも検察チームがこの発見をして、それを明るみに出したかのように見せるつもりでいた。

「それでもあなた自身の所持品報告書には、財布と書かれていません。それをどう説明しますか？」

「そうですね、どうやら、財布はどこかの時点で取られたようです」

「取られた？　取られて、なくなったという意味ですか？」

「おそらくは」

「盗まれた可能性はありますか？」

「おそらくは」

「死体の着衣はいつ調べられたのですか？」

「トランクのなかにあるあいだは、われわれは触れていません。検屍局の人間が到着するのを待っており、そのあと、死体はトランクから取りだされました。指紋読み取り機で指紋を採取してから、死体はビニールで包まれました。そのあと、解剖のため、検屍局に運ばれたんです」

「では、どの時点で着衣が脱がされ、調べられ、所持品の目録が作られたのでしょう？」

「それはすべて検屍官の職務に属します。死体は翌日の検屍解剖のための処置が取られ、わたしは検屍局にいる調査員から連絡を受け、所持品を受け取りに来ていいと言われたんです」

「で、あなたはそうしたんですね？」

「すぐにではなかったんです。解剖は翌朝に予定されていました。わたしはそのときまで所持品を引き取りにいきませんでした」

「急ぎではなかったんですか？」

「そうでもありません。検屍局にいる調査員から電子メールで所持品リストを送ってもらっていました。わたしは、財布がなく、ほかの所持品も捜査に密接に関連しているようではない、と心に留《とど》めたのです」

「その電子メールをいつ受け取りましたか？」

ドラッカーは何気なさを装って判事を見上げた。

「記録を参照してよろしいですか？」ドラッカーは訊いた。

「どうぞ」ウォーフィールドは言った。

ドラッカーは殺人事件調書のページをめくり、やがて手を止めて読みはじめた。

「ここにその電子メールがあります」ドラッカーは言った。「連絡があったその午後四時二十分に届きました」

「では、計算をしてみると」バーグは言った。「殺人現場に呼びだされ、捜査をはじめてからおよそ十七時間後に、あなたは財布がないことを知った。そうですね？」

「そのとおりです」

「そしてその間、あなたは被害者の着衣あるいは個人的な所持品を持っていなかった。そうですね？」

「そのとおりです。その間に財布にどんなことでも起こりえたのです」

「盗まれたり、なくなったりした可能性がある、と？」

「そのとおりです」

「あなたは財布を取りましたか、ドラッカー刑事？」

「いいえ、一度もその財布を見たことがありません」

「あなたは弁護側のためにまとめるよう依頼された開示資料から財布を意図的に隠しましたか？」

「隠していません」

「質問は以上です、閣下」

バーグを称賛せざるをえなかった。彼女は巧みにドラッカーを信頼性の廃棄処分から救いだし、裁判で再戦できるよう生き延びさせたのだ。ドラッカーは証言席から退席を認められ、わたしは判事にほかに証人はいないことと、弁論の用意ができていることを伝えた。バーグも対応する用意が整っている、と言った。

わたしの口火となる一斉射撃は短く、的を射たものだった。

「閣下、検察が重要証拠の取り扱いを誤り、みずからの不正行為を弁護側に隠蔽したという状況になっており、弁護側は検察の失態による損害を被っております。彼らの行動が意図的なものであろうとなかろうと、公正な裁判を受けるわたしの権利は、侵害されただけではなく、踏みにじられたのです。わたしは被害者を知っていました。彼の経歴を知っており、彼の手口を知っていました。人が靴を交換するように、彼は偽名を変えていました。死亡時点でのサム・スケールズの身分証明書が入っていたこの財布を失ったことで、わたしのチームは、被害者の行動を十全に調査し、その結果、潜在的脅威と殺人犯について知ることができなくなってしまったのです。もし財布をついうっかり失ったり、あるいは検屍局の廊下をうろついていた何者かに盗まれたりしたという検察の説明を本法廷が信じるのであれば、これがわたしの主張です。正直言って、わたしはそんなものを少しも信じていません。これは公正な裁判を覆すための意図的な試みです。検察と警察が結託して――」

バーグが飛び上がって、検察の行動と動機を中傷しているとして、異議を唱えた。

「これは主張です」わたしは言った。「わたしはなんでも好きなことを主張できるのです」

「ある程度まではね」ウォーフィールドが言った。「記録に残るものから逸脱をさせるつもりはありません。あなたはご自分の主張をなされたと思います。なにかほかに付け加えたいことがありますか？」

バーグが効果的にわたしを脱線させ、判事はわたしを元の線路に戻すつもりはなかった。

「いえ、閣下」わたしは言った。「以上です」

「ミズ・バーグ」判事は言った。「簡潔にお願いします」

バーグは発言台に向かい、話しはじめた。

「閣下、弁護側弁護人の芝居がかった話しぶりはさておき、本件において公正な裁判を妨げるような重大な陰謀を示す証拠は存在しておりません。あるいは提出されておりません。そして、なによりも重要なのは、開示手続きを阻害したり、中止させたりする計画の証拠あるいはそれを示唆するものは存在していないということです。確かに、被害者の財布は紛失しておりますが、このことはけさになってはじめて弁護側弁護人が明らかにしたものです。ここに来て、不正行為や陰謀を声高に叫ぶことで、弁護人はマスコミ向けのスタンドプレーをおこなっているだけであり、検察は法廷にこの申立ての却下を求めます」

わたしは立ち上がって答えようとしたが、判事はそれを認めなかった。

「もう充分聞きました、ハラーさん。あなたがなにを言い、ミズ・バーグがなにを言い返すのか、わかっています。それゆえ、時間を節約しましょう」

わたしはそのメッセージを受け取り、腰を下ろした。

「当法廷は本日明らかにされた情報が非常にやっかいなものであると考えます」ウォーフィールドはつづけた。「検察は、被害者のポケットに財布があったことを認めていますが、その財布を弁護側が吟味するために提供できない状況にあります。その財布が消えたのが、過失によるものか、あるいはもっと悪意のあるものなのかはともかく、現況では、弁護側は不利な立場に置かれています。ハラー氏が示唆したように、財布には被害者が用いていた別の身分証明書が入っていた可能性があります。それがハラー氏の立場を支持する証拠につながる可能性がありました」

ウォーフィールドはそこでいったん口を閉じ、一瞬、メモを確認したような様子を見せてから、先をつづけた。

「現時点で、法廷はどういう救済策があるのかわかっておりませんが、それを検討するのに四十八時間かけるつもりです。おなじ四十八時間をかけて、検察は財布を見つけるか、あるいは財布に正確になにが起こったのか調べて下さい。この審問は水曜日の午後一時まで継続します。検察に対するわたしの提案は、手ぶらで戻ってこないようにすることというものです。休廷します」

そう言うとウォーフィールドは椅子の上で向きを変えて、立ち上がった。足早に、法服をうしろにたなびかせて優雅に法壇から三段下がると、判事室に通じる扉まで進み、姿を消した。

「おみごと」ジェニファーがわたしの耳元で囁いた。

「どうかな」わたしは囁き返した。「二日後にわかる。あの召喚状を印刷してくれたかい？」

「しました」

「判事が弁護側に友好的な気持ちでいるあいだに署名してもらえるかどうか確かめにいかせてくれ」

ジェニファーがブリーフケースをあけ、書類を取りだそうとしていると、バーグが法廷を出ていく途中、弁護側テーブルのそばで立ち止まった。

「わたしがあれに関与していると本気で思ってるの？　わたしが知っていたとでも？」

わたしは一瞬バーグを見上げてから答えた。

「わからない、ダナ。おれにわかっているのは、初日から、きみが盤上のすべての駒を自分のほうに転がそうとしてきたということだけだ。だから、それを信じないで済む理由をくれ。財布を見つけろ」

バーグは顔をしかめ、返事をせずに立ち去った。

「これを」ジェニファーが言った。

わたしは召喚状を受け取り、立ち上がった。

「わたしは出かけます」ジェニファーは言った。「なにか問題があれば連絡して下さい」

「そうする。あしたの朝、話そう。それからきょうこの件で急がせてすまなかった」

「問題ありません。シスコに任せるんですか？」

「ああ、だけど、いっしょにいって、相手を少しいらつかせることができるかどうか確かめてみる」

「幸運を祈ります。ＦＢＩはなかなかいらついたりしないですよ」

わたしはウォーフィールドの書記官のところにいき、判事が判事室に落ち着いてしまうまえに連絡して、召喚状に署名をもらいにいってもいいか確かめてもらうよう頼んだ。書記官は連絡を入れるのを渋ったが、判事がどうやらわたしをなかに通すように言ったらしく、彼の顔にわずかな驚きが浮かんだのがわかった。

書記官は自分の柵にある腰高扉をひらき、ブザーを押して、判事室に通じる扉をあけて、わたしを通してくれた。扉の先は書記官の領域の延長にあたる廊下になっており、片側にファイル・キャビネット、反対側に大型プリンターと作業机があった。そこから別の廊下に入ると、個々の判事室の扉が並んでいた。

ウォーフィールドの部屋は、左側の奥にあり、扉があいていた。判事は机の向こうにいた。黒い法服は、すでにコート掛けにかけられていた。

「わたしが署名する召喚状を持ってきたんですって？」ウォーフィールドは言った。

「はい、判事」わたしは言った。「記録要請の召喚状です」

わたしはジェニファーが用意した書類を机越しに手渡した。判事が中身を確認しているあいだ、わたしは立ったままでいた。

「これは連邦機関宛の召喚状よ」判事は言った。

「ＦＢＩ向けの召喚状ですが、州発行のものです」わたしは説明した。

「それはわかるけど、無駄足を踏むことになるわよ。ＦＢＩは州裁判所の召喚状には応じようとしません。連邦検事局を通さないと、ハラーさん」

「連邦検事局を通すのは無駄足を踏むことになるという人もいますよ、判事」

ウォーフィールドは召喚状にじっと目を向けたまま、声に出して読み上げた――

『サミュエル・スケールズあるいはその偽名との関わりに関するすべての書類』……」

今度はウォーフィールドはその書類を机の上に落とし、椅子にもたれかかるとわたしを見上げた。

「これがどこにいくのかわかっているわね？」判事は言った。「紙くずカゴよ」

「そうなるかもしれません」わたしは言った。

「ただの釣りをしているだけ？　反応を引きだそうとして？」

「わたしは勘で動いています。もし財布と、取り組める名前があれば役に立ったはずなので。わたしの釣りになにか問題はありますか、判事？」

わたしは彼女のなかの元刑事弁護士に話しかけていた。彼女がおなじ立場に立ったことがあるとわかっていた——きっかけを必要とし、それを手に入れるために博奕《ばくち》を打つ。

「あなたがやろうとしていることに反対するつもりはまったくありません」ウォーフィールドは言った。「ですが、それには少々遅すぎる気がします。一ヵ月後に裁判がはじまるんですよ」

「準備は整えます、判事」わたしは言った。

ウォーフィールドはまえかがみになり、机の上の洒落《しゃれ》た銀のペン立てからペンをつかむと、召喚状に署名した。彼女はそれをわたしに返してくれた。

「ありがとうございます、判事」わたしは言った。

わたしは扉に向かったが、そこを通り抜けようとしたとき、声をかけられた。

「陪審員選定と裁判に二週間を確保しました」ウォーフィールドはわたしの背中に向かって言った。

わたしは振り返って彼女を見た。

「試合開始時間ぎりぎりまで費やし、さらに延長を求めて、わたしを怒らせようとするなら、答えはノーよ」

わたしは理解したということでうなずいた。

「ありがとうございます、閣下」わたしは言った。

わたしは博奕の召喚状を手にして扉を通り抜けた。

20

法廷に戻ると、書記官から、傍聴席でわたしを待っていたがきょうはこれで法廷を閉じるので廷吏である保安官補に追いだされた人間がいる、と告げられた。

「大男かい？」わたしは訊いた。「黒いTシャツで、ブーツを履いた？」

「いや」書記官は言った。「黒人だ。スーツを着ていた」

それを聞いて興味を覚えた。弁護側テーブルの自分の席に置いていた資料をまとめ、法廷をあとにした。廊下に出ると、法廷の扉の外にあるベンチで来訪者が待っているのに気づいた。スーツとネクタイ姿のせいで、相手がだれなのかわからないところだった。

「ビショップ？」

「弁護士さん」

「ビショップ、ここでなにをしてるんだ？　出られたのか？」

「出たよ、いつでも働けるぜ」

それを聞いて気づいた。郡拘置所を出たら仕事を与えると提案していたのだ。ビショップはわたしのためらいを読み取った。

「かまわんよ、仕事がないなら。あんたには裁判があり、心配ごとがくそほどあるだろうから」

「いや、かまわない。ただ……驚いたんだ、それだけだ」

「で、運転手は必要かい？」

「要る、ほんとだ。つまり、毎日じゃないけど、連絡したらすぐ来てもらえる人間が必要なんだ。いつからはじめたい？」

ビショップは自分自身をさらけだすかのように両腕を広げた。

「葬式用のスーツを着てきたんだ」ビショップは言った。「いつでもいけるぜ」

「運転免許証はどうなってる？」わたしは訊いた。

「それも手に入れた。出所してすぐに車両登録局にいったんだ」

「それはいつだ？」

「水曜だ」

「わかった、見せてくれ。その写真を撮って、きみを保険に加えないとならない」

「いいとも」

ビショップはズボンのポケットから薄い財布を引っ張りだし、新品の免許証をわたしに渡した。わたしが見たかぎりでは、正真正銘の免許証に見えた。はじめて彼の名前がバンバジャン・ビショップだとわかった。わたしは携帯電話を取りだして、写真を撮影した。

「この名前はどこから来たものなんだ？」わたしは訊いた。

「母親がコートジボワール出身なんだ」ビショップは言った。「母親の親父《おやじ》の名前だ」

「さて、召喚状を届けにウェストウッドにいかなきゃならないんだ。いまからはじめたいか？」

「おれはここにいる。出かける準備はできてる」

わたしのリンカーンはブラックホールの駐車場に停まっていた。われわれはそこまで歩いていき、わたしはビショップにキーを渡すと、後部座席に座った。

地上階の出口まで駐車場のなかを進んだ。わたしはビショップの運転技倆《ぎりょう》に細心の注意を払いながら、仕事の概要の説明をした。原則として二十四時間態勢で待機してもらうが、たいていの場合、平日のみの勤務だ。こちらからショートメッセージを送れる携帯電話を持ってもらう。使い捨て携帯じゃないものを。飲酒運転禁止。武器携帯禁止。ネクタイを締める必要はないが、そのスーツ姿がいいな。車を運転しているときは、上着を脱いでかまわない。運転をしてもらう日には、車を置いてあるわたしの家まで来てもらい、そこから出発する。その車で自分の家に帰り、一晩置いておくことはできない。

「携帯は持ってる」わたしが話し終えるとビショップは言った。「使い捨て携帯じゃない」

「よかった」わたしは言った。「番号を教えてくれ。なにか質問は?」

「ああ、いくら払ってもらえる?」

「護衛用にきみに払っていた四百ドルは、おれが出て、きみも出たので、現在停止中だ。運転手をしてもらうことで週八百ドル払おう。不稼働時間や休みの日も多いからな」

「千ドルはもらえると思っていた」

「おれはずっと八百ドルだと思ってた。働きぶりを見せてもらおう。そのあとで千ドルについて話をしよう。この裁判を切り抜け、また金を稼げるようになったら、話をしよう。それでいいか?」

「ああ、取引成立だ」

「よかった」

「ウェストウッドのどこにいくんだい？」

「ウィルシャー大通りと４０５号線の角にある連邦ビルだ」

「正面にたくさん旗竿《はたざお》が並んでいるところだな」

「そのとおり」

　地下駐車場を出ると、ビショップはフリーウェイ10号線まで進み、わたしが指示せずとも西に進路を取った。それはいい兆候だった。わたしは携帯電話を取りだし、シスコにショートメッセージを打ち、ウェストウッドの連邦ビルのロビーで会おう、と伝えた。

どうした

召喚状をＦＢＩに送達する

いまから向かう

わたしは携帯電話をしまい、バックミラーでビショップと目を合わせた。

「なんと呼んだらいいかな？」わたしは言った。「きみをビショップと呼ぶのに慣れていたが、それは拘置所でのことで、ひょっとしたら——」

「ビショップでいいよ」

「で、おれがあそこにいたときは、自分のことだけ考えていたかった。だれにもなにも訊かなかった。だけど、いまはきみに訊かなきゃならない、どうしてツイン・タワーズに入っていたんだ、そして、どうやって出られたんだ？」

「保護観察中の違反で一発《ブレット》くらいこんでいたんだ。普通ならピッチェスに入れられるところだが、ロス市警ギャング情報課の男がおれの担当で、はるばるピッチェスまで車で行き来するのがいやだったんだ。で、おれは運がよかった。ピッチェスの娯楽室の折り畳み式ベッドの代わりにツイン・タワーズで独房が手に入った」

「ということは、法廷があると言ってたのは、実際にはギャング情報課にチクっていたわけか？」

ビショップはミラー越しにわたしを見やると、声のトーンを上げた。

「おれがやつを利用していたんだ」ビショップは言った。「あいつがおれを利用したんじゃない」

「では、訴訟で証言する必要が出てきたりはしないんだろうな？」わたしは念押しした。「ここで自分を的にするはめには陥りたくないんだぞ、ビショップ」

「訴訟はないよ、弁護士さん。刑期が終わるまでその仕事をしていたが、もう出所したんだ。もしあいつがいまやってきたら、うせやがれと言ってやれる」

ビショップの話は辻褄《つじつま》が合っていた。一発というのは一年のことで、一年以下の刑期の罪人は通常、州刑務所には送られない。郡の収容施設で短い刑期を過ごすのだ。ピーター・J・ピッチェス・オーナー・ランチョは、そのなかで最大の施設だった。

「きみはクリップ団の団員なんだろ？」わたしは訊いた。

「おれは準構成員だった」ビショップは答えた。

「どのセットだ？」

「サウスサイドだ」

公選弁護人事務所に勤めていたころ、わたしはブラッド団とクリップ団のおそらくすべての既知のクリークやセットの依頼人の弁護を経験したが、それはずいぶん昔のことであり、昔の依頼人の名前はだれひとり脳裏に浮かばなかった。

「きみの時代よりまえの話だが、サウスサイドの連中がベガスでトゥパック・シャクールを殺《や》ったと言われている」わたしは言った。

「ああ、それそれ」ビショップは言った。「だけど、それは古代史だぜ。当時の連中はおれがいたころには、だれもいなかったな」

「なにをやって保護観察処分を受けたんだ？」

「ヤクの売買」

「では、仲間のところに戻って、ヤクをばらまけるのに、おれのところで働きたいのはなぜだ？　そっちのほうがもっと稼げるぞ」

「わかってるだろうが。おれには彼女とガキがいるんだ。結婚するつもりで、ああいうこととは全部縁を切る」

「本気か、バンバジャン？」

「調べてくれ。わかるはずだ。おれは一度も麻薬を使ったことがなく、あんな生活から脱出した。この地で住む場所を借り、二度とあそこへは戻らないつもりだ」

ビショップはウィルシャー大通りで降りるため、北向き405号線に移行した。連邦ビルはフリーウェイの隣に聳《そび》える十七階建ての建物だった。巨大な灰色の墓石のように見えるビルだ。

すぐにわれわれは連邦ビルを囲む広大な駐車場に入った。わたしはビショップに駐車場のなかにいるようにと指示し、さらに、出てくるときにこちらからメッセージを送る、と伝えた。

「あまり長くかからないだろう」わたしは言った。

「税金を払いにいくのかい？」ビショップは訊いた。

わたしは返事をしなかった。自分の仕事のことを彼に話しはじめる気にはまだなれなかった。

ロビーで金属探知機の向こうにシスコが待っているのを見た。彼はローナを連れてきていた。ローナも州に登録されている送達者であることから、これは歓迎すべきことだった。カリフォルニア州の法律では、すべての召喚状は、送達者あるいはライセンスを持つ私立探偵によって送達されることを求めている。これは弁護士あるいはその依頼人が紛争相手に召喚状やその他の法律文書を送達しなくて済むようにするための安全策だった。

本来なら、わたしはこの召喚状送達の近くにはいないようにするのだが、発言するため、その場にいたいと思っていた。捜査局から反応を引きだすことを期待しての発言になる。

わたしは金属探知機を通ってからシスコとローナに合流した。エレベーターで十四階にのぼり、その階にはシカゴ以西最大のＦＢＩ支局が入っていた。十四階にたどり着くころには、エレベーターに乗っているのはわれわれだけになった。

「連中がこれを受け取らないのはわかってるよな？」シスコが言った。

「わかってる」わたしは言った。「少し波を立てたいだけなんだ。ドラムをいくつか叩き、どうなるか見てみたい」

「FBIが？」ローナが言った。「あいつらが反応するなんて思わないほうがいい」

「電話の用意だけしといてくれ」わたしは言った。

ルールに従い、わたしはウォーフィールド判事が署名した召喚状をシスコに手渡した。エレベーターのドアが十四階でひらくと、犯罪多発地域にある銀行窓口の檻のような分厚いガラスに守られた受付カウンターが目に入った。スライド式引き出しの奥のスツールにひとりの女性が座っていた。彼女はガラスに取り付けられた双方向スピーカーのスイッチを入れた。

「ご用件はなんでしょう？」女性は訊いた。

シスコはスピーカーにかがみこみ、召喚状に記された名前を読んだ。

「支局長のジョン・トレンブリーとお会いしたい」シスコは言った。

「身分を証明するものをお持ちですか？」受付係は訊いた。「お三方全員の？」

わたしは財布を取りだして、運転免許証と名刺を抜き取った――カリフォルニア法曹協会が、わたしのすべての広告とマーケティング文書から〝リーズナブルな料金で合理的疑い《リーズナブル》を〟を削除させるまえに印刷した古い名刺だ。シスコとローナはそれぞれのIDを取りだし、われわれは三つの身分証明書を引き出しに入れた。受付係はじっくり時間をかけてそれらを見てから言った。

「支局長はお約束のない方とはお会いしません」受付係は言った。「そちらから連絡して、なにかを設定するとき使えるように、わたしから電子メールをお送りできますが」

シスコはトレンブリーの名前が書かれた書類を掲げた。

「ここにあるのは、トレンブリー捜査官に書類を要求する、判事署名済みの召喚状だ」シスコは言った。「彼はすぐにこれを見なければならないし、おれは間違いなく送達しなければならない。さもないとふたりとも法廷侮辱罪に問われかねない」

「すべての召喚状送達は連邦検事局を通しておこなわれ、そこはダウンタウンに位置しています」受付係は言った。「当然ご存知のはずですが」

「それは知っている」シスコは言った。「これは異なる召喚状だ。この召喚状には時間制限がかかっている」

わたしはスピーカーに向かって身をかがめた。

「トレンブリー捜査官に連絡してもらえませんか?」わたしは訊いた。「彼はこれについて知りたいと思うはずですよ」

受付係はその要請にいらだっている様子だった。

「それを引き出しに入れて下さい」彼女は言った。

われわれのIDが入ったスチール製の引き出しが滑り出てきて、われわれはそれを回収した。わたしの名刺は一番下にあった。わたしはその名刺を手に取り、シスコに渡し、シスコは複数ページの召喚状を留めているペーパークリップの下に名刺を滑りこませた。

シスコが召喚状を引き出しに入れたところ、それはすぐに引きこまれた。受付係はスピーカーを切ると、召喚状を取りだして、目を向けた。そののち、受話器を手に取り、電話をかけた。短い会話で彼女の声は、ガラスに阻まれて聞こえにくかった。

少しして、スーツ姿の男性が受付係のうしろにあるドアから入ってくると、召喚状を手に取り、それにちらっと目を走らせてから、ドアをあけて待合室に入ってきた。

「トレンブリー捜査官?」わたしが訊いた。

「いや」男は言った。「イースン捜査官だ。ここでは召喚状を受け取らないことになっている」

わたしは男が手にしている召喚状に向かってうなずいた。

「だけど、あんたは受け取ってるぞ」わたしは言った。

「いや、これは連邦検事局に持っていってもらわないと」イースンは言った。

ローナは携帯電話を掲げ、イースンと召喚状を一枚の写真に撮った。

「おい！」捜査官が声を上げた。「写真は撮るな。いますぐ削除しろ！」

「あんたは送達を受けた」シスコが言った。

ミッションを達成し、わたしはうしろに手を伸ばして、エレベーターのボタンを押した。すぐにドアがあいた。わたしはイースンを振り返った。

「そこにわたしの名刺がある」わたしは言った。「いつでも電話してきてかまわないとトレンブリーに伝えろ」

われわれはその場で召喚状を持って立ち尽くしているイースンを残してエレベーターに乗った。エレベーターのドアが閉まる際に、イースンがガラス越しに受付係に目を向けるのが見えた。彼は怒ったような、恥ずかしそうな顔をしていた。

ロビーに戻ると、わたしはビショップに関するニュースをローナとシスコに伝えた。

「運転手をさっき雇った」わたしは言った。

われわれはガラスドアを通り抜けて、旗のたくさん立っている広場に向かった。

「だれなの？」ローナが訊いた。「人を雇うのはあたしの仕事だと思ってたんだけど」

「バンバジャン・ビショップだ」わたしは言った。

「なに？」と、ローナ。「だれ？」

「ツイン・タワーズであんたの背中を守っていてくれたやつじゃないのか？」シスコが訊いた。

「そのとおり」わたしは言った。「彼は出所したんだ。運転手として試用している。あそこにいたときにその仕事を約束したとでも言おうか。いまや恋人に渡る用心棒代は止まっており、おれは週に八百ドル払って、運転してもらうつもりだ」

「で、その人をあなたは信用しているの？」ローナが訊いた。

「かならずしもそうじゃない」わたしは言った。「彼が本物であることを確かめる必要がある。盗聴事件があり、財布が紛失した以上、相手側がなにを仕掛けてきても驚きじゃないな」

「その人が連中のために盗聴器を身につけていると思ってるの？」ローナが訊いた。

「そんな証拠はないが、確かめたいんだ」わたしは言った。「そこで出番だ、ビッグマン」

「そいつはどこにいる？」

「駐車場のどこかにいる。迎えに来いとメッセージを送るよ」

「で、おれにやらせたいのは、そいつを車に押しつけて身体検査をするとかなんとかか？」

「彼が盗聴器を仕込んでいないかさぐってもらいたいんだが、無理強いする必要はない。協力してくれると思う。もししてくれなかったら、それでわかるわけだ」

駐車場にたどり着くと、わたしはビショップから伝えられた番号にメッセージを送って、待った。リンカーンがそばまで来て停まると、ローナとわたしは後部座席に座り、シスコは顔合わせのため、前部座席に大きな体を押しこんだ。

「ビショップ、こちらはローナとシスコだ」わたしは言った。「ローナが業務管理を担当しており、きみに働いてもらうのに必要な書類の手配をしてくれる。それから、シスコはおれの調査員で、彼はきみをチェックする必要がある」

「おれのなにをチェックするんだ？」ビショップが訊いた。

「盗聴器だ」シスコは言った。「軽く体を叩いてさぐるだけさ」

「ばかげてる」ビショップは言った。「おれは盗聴器なんか着けていない」

「おれもきみが着けているとは思わない」わたしは言った。「だけど、秘密の会話がこの車ではひんぱんに交わされるんだ。おれは依頼人にここが秘密を守れる空間であることを請け合う必要があるんだ」

「好きにするがいいさ」ビショップは言った。「おれはなにも隠していない」

シスコはシートの上で体の向きを変え、大きな両手でビショップの胸に触れた。一分もしないうちに、シスコは判断を下した。

「彼は白だ」シスコは言った。

「よかった」わたしは言った。「チームにようこそ、ビショップ」

21

彼らはその夜わたしの家に来た。ノックはあまりにも鋭く、ケンドールが悲鳴を上げそうになった。『ザ・ソプラノズ』の最終シーズンをまとめて見ているところで、すでに緊張状態だったのだ。わたしはカウチで彼女の隣に座っていて、これまで扱ってきたサム・スケールズの古い事件のファイルに目を通していた。

ドアをあけると、男女一組が立っていた。彼らが一言も喋らず、バッジも見せないうちに、ＦＢＩの人間だとわたしはわかった。ふたりはリック・アイエロ捜査官とドーン・ルース捜査官だと自己紹介した。ふたりはわたしの肩越しにカウチにケンドールが座っているのを見て、余人を交えず話せる場所はないか、と訊いた。わたしは玄関ドアから外に出ると、デッキの一番奥にあるテーブルと椅子を指さした。

「あそこなら都合がいいんじゃないか」わたしは言った。

われわれはテーブルに移動した。その動きでデッキの明かりが点灯した――壁に設置された装飾電灯二灯と屋根の庇《ひさし》に設置された頭上灯一灯。それにより、人感センサーで動くカメラも作動しているとわたしはわかった。

われわれはハイトップテーブルで足を止めたが、だれも腰を下ろさなかった。わたしが口火を切った。

「これは、きょうそっちのボスのところに送達した召喚状の件だろうな」わたしは訊いた。

「はい、そうです」アイエロが言った。

「捜査局がサム・スケールルズの活動に関する情報を持っているであろうとあなたが信じている理由を知る必要があります」ルースが言った。

わたしは笑みを浮かべ、両手を広げた。

「それがいま重要だろうか？」わたしは訊いた。「あなたたちふたりが夜九時にわたしの家に姿を現していることでそれを証明しているんじゃないかい？　あの召喚状がそれなりの動揺と狼狽《ろうばい》を引き起こしたんじゃないかと思ったが、正直言うと、あなたたちが来るのは少なくともあしたか、ひょっとしたら水曜日かもしれないと思っていたんだ」

「面白いと思っていただけて嬉しいですよ、ハラーさん」アイエロが言った。「われわれは面白くない」

「いや、ＦＢＩに監視されていた男を殺害した容疑をかけられているわたしとしては面白くないんだ」わたしは言った。「そっちが話してくれるんじゃないか――どうしてそんなことが起こったのかを？」

わたしははったりをかましていた。自分がサム・スケールズに関して正しい道を進んでいることの確認あるいはそれなりの示唆を手に入れられることを期待して。だが、捜査官たちはそんなものを与えないくらい賢明だった。

「いい試みですね」ルースが言った。

ＦＢＩの官給品のような青いブレザーの内ポケットからアイエロは、折り畳まれた書類を取りだし、わたしに手渡した。

「おたくのばかげた召喚状だ」アイエロは言った。「それでケツを拭いてろ」

「情報公開法に基づくこちらの請願はどうなる？」わたしは訊いた。「それも使ってケツを拭けと言いたいのかい？」

「二度とあなたから連絡があるとは思っていません」ルースが言った。

彼女がアイエロにうなずくと、ふたりは背を向け、階段に向かった。わたしはふたりが出ていくのをじっと見ていたが、ふと、考えもせずにカメラに撮影されるための芝居を打った。

「それともなにか？」わたしはふたりに声をかけた。「これが裁判で公表されるとわかっているんだな。そっちがバイオグリーン事件を秘密にしておけるようおれは黙っているつもりはないぞ」

ルースは百八十度身を翻し、わたしに近づいた。だが、アイエロがルースを外側から追い越し、先にわたしに到達した。

「いまなんと言った？」アイエロが訊いた。

「よく聞こえたと思うが」わたしは言い返した。

アイエロは両手をまえに持ってきて、わたしをデッキの手すりに押しつけ、乗り越えんばかりにした。デッキから下の道路まで高さは八メートルほどある。

「ハラー、言われてきたはずだ」アイエロは言った。「おまえの……状況に……なんの関係もない捜査局の捜査を危うくするような試みを少しでもするなら、非常に厳しい反応が返ってくることになるぞ」

ルースはパートナーをわたしから引き離そうという努力をしたが、そのための体重も筋肉もなかった。

「あの工場でなにが起こってるんだ？」わたしは訊いた。「オパリジオはなにをやってる？　おれは九年まえあいつの正体を暴いた。あんたらはゲームに乗り遅れたんだ」

アイエロはわたしにさらに体重をかけてきた。木の手すりであり、それが背骨に強く当たっているのをわたしは感じた。手すりが折れて、ふたりとも道路に墜落するのではないかという気がした。

「リック！」ルースが叫んだ。「彼を離して。いますぐ！」

アイエロはやっとわたしの胸倉をつかんでしっかりした足場に引き戻すと、こちらの顔に指を突きつけた。

「おまえは自分がなにを相手にしているかわかっていないんだ」アイエロは言った。

「見当違いも甚だしいんじゃないのか？」わたしは言った。「それを言うなら――」

「そっちこそとんでもない見当違いだ、ハラー」アイエロは言った。「この件に近づくな。さもなければ、おまえは連邦政府の力を思い知ることになる」

「それは脅しか？」わたしは訊いた。

「それが現実だ」アイエロは言った。

ルースはパートナーの腕をつかんで引っ張った。

「おやすみなさい」ルースは言った。

ルースはアイエロを階段のほうへ引っ張っていった。ふたりはケンドールのまえを通りすぎた。彼女は昂奮した声にTVを離れ、家のあいた戸口に立っていた。わたしはふたりが立ち去るのを見つめていた。今回は、これ以上彼らを刺激しないでおこうと決めていた。彼らは階段を下り、道路にたどり着いた。こわばった小声でルースがアイエロをたしなめているのが聞こえた。

「あのざまはなに？」ルースは言った。「車に乗りなさい」

わたしは彼らの車のドアがあいて、閉まる音を聞いた。やがてエンジンがかかり、タイヤが砂利を撒《ま》き散《ち》らしながら発進し、丘を下っていった。

「あの人たちは何者？」ケンドールが訊いた。

「FBIだ」わたしは答えた。

「なんなの？　彼らはなにをしたかったの？」

「おれを脅したかったんだ。なかに入ろう」

室内に戻って最初にしたのは、携帯電話のカメラ・アプリのRingを起《た》ち上《あ》げ、正面デッキでの対峙をはっきり見聞きできるか確かめることだった。全部録画されていたが、音声はところどころ不明瞭だった。必要であれば音の専門家に頼んで聞き取れるようにできるはずだった。わたしはそのビデオをシスコとジェニファーに送り、ふたりがコピーを持っているようにした。また、そのファイル転送の際に短いメモを添えた――どうやら痛いところをついたようだ。

わたしはカウチに座るケンドールの隣のわたしの居場所に戻ったが、事件ファイルに目を通すという作業に戻るのが難しいことに気づいた。

「あの人たちはいったいなにが望みだったの？」ケンドールが訊いた。

「きょう連中をいらつかせてやったんで」わたしは言った。「あいつらはおれをいらつかせようとした」

「彼らは成功したの？」

「いいや」

「よかった。仕事をつづけたい？」

「いいや、きょうの分は済んだかな」

「じゃあ、ベッドにいきましょう」

「いい考えだ」

だが、寝室への移動はシスコに妨げられた。わたしが送ったビデオを見終わって、電話をかけてきたのだ。わたしは、少ししてからいく、とケンドールに伝えた。

「かなりピリピリしていたようだな」シスコが言った。

「送達してやった召喚状が面白くなかったのはまちがいない」わたしは言った。「連中がバイオグリーンでなにをやろうとしているにせよ、おれたちが関わってくるのを望んでいない様子だ」

「だけど、離れたりしないいんだろ？」

「そうだ。きょうの午前中以降、インディアンたちからなにか連絡はあったか？」

「愛人に関する報告を受けた。あいかわらずオパリジオの姿は見えない」

「あの男を見つけないと。そっちがやってる別件はどうなってる？」

「ああ、あした伝えるつもりだったんだ。今夜はなにもなかった。フラグは立ってない。家まであんたを送り届けたあと、彼は歩いてサンセット大通りまで丘を下っていき、あそこの〈ザンコウ・チキン〉で料理を頼んでから、車を待ってた。すると一台の車が停まって、彼のガールフレンドが運転していた」

「ガールフレンドだとどうしてわかったんだ？」

「なぜなら、あんたが逮捕されてから毎週おれが彼女に現金を届けていたからだ」

「なるほど。忘れてた」

「彼女は車に子どもも乗せていた。料理といっしょに彼を乗せ、イングルウッドの家に帰った。それだけだ」

「あの男は電話をかけなかったか？」

「二回かけていたが、おれはじっと様子をうかがっていた。社交的な電話のようだった。あいつはニコニコと笑っていた――秘密情報提供者として報告しているようには見えなかった」

「とはいえ、機会があれば、その電話を確認すべきだな。通話記録を手に入れてくれ。念には念を入れたい」

自分の口調が、まるでバンバジャン・ビショップが検察あるいは警察に情報を漏らしているようではなかったことにガッカリしているように聞こえる、と気づいた。実際にそうだったんだろう。もしビショップが密告をしていたなら、それを自分の得になるように利用でき、加えて、法廷でその悪事を暴くときに究極の報酬を得られる。

「郡拘置所の監視の件や財布の紛失があったあとで、彼らはこっそり妨害工作をやろうと必死になっているだろうな」シスコは言った。

「たぶんそうだろう」わたしは認めた。「だけど、もう一晩、彼についていてくれ。なにがあるか知れたもんじゃない」

「了解」

「オーケイ、シスコ、ありがとう。あした話そう」

電話を切ってすぐ、わたしはボッシュのことを思い浮かべた。ふたりのＦＢＩ捜査官との対峙のビデオをボッシュには送らなかった。

直接ボッシュに電話をかけたところ、二回の呼びだし音で相手は出た。

「ちょっと待ってくれ」ボッシュは言った。「はっきり聞こえるところに移動する」

背景にカジノのそれとわかる明白な音が聞こえた——スロットマシンのベルや叫んでいる人々の声。やがてそれが静まり、ボッシュがもしもし、と言った。

「ミックだ。いったいいまどこにいるんだ？」

「ベガスだ。わからないか？　いまマンダレーにチェックインしたところなんだ」

「そこでなにをやってるんだ？　おれのために働いてくれていると思ってたんだが」

すぐにわたしは自分の言葉の選択を悔やんだ。

「おれといっしょに、という意味だ」

「働いてるよ。だからここにいるんだ。あるものを追っててな」

「聞いてくれ、きょう、捜査局を盛大にいらつかせたんだ。ふたりの捜査官がさっきここに来て、おれたちがバイオグリーンに関して見当違いも甚だしいことをしていると言った。実際には、それで見当が当たっていたことを確認できた」

「あいつらはそういうことをしたがる」

「で、そこであんたがなにをつかんでいるのかわからんが、手持ちのすべての情報をまとめて、サムがオパリジオとバイオグリーンにどうやって関わり合ったのかを突き止めたいんだ。それが魔法の銃弾だと思っている。訴訟に勝つための」

「わかった。あすの夜までには戻る」

「なにをしているのか話してくれないかい？」

「サム・スケールズを追跡しているんだ。あの男が最後に捕まったのは、ここで起こった音楽祭の無差別銃撃事件の犠牲者を悼む偽のオンライン募金活動でだった。それを覚えているかい？　銃撃犯は実際にこのマンダレーにいたんだ」

「もちろんだ。高性能武器を容易に入手できることで、止まることのない無意味なハイパー暴力行為の一件だ」

「あんたは全米ライフル協会メンバーじゃないだろうな？」

「いや、ちがうよ」

「いずれにせよ、ネヴァダ州では、その銃撃事件関連の詐欺がいたるところでおこなわれており、ＬＡでスケールズが逮捕された。裁判のためスケールズは当地に引き渡され、司法取引をして、詐欺罪によりハイ・デザートで十五ヵ月服役したんだ」

「そこの刑務所にいたサムから電話がかかってきたのを覚えている。代理人になってくれと頼まれたが、断った。だけど、そういうのは電話で手に入れることができるんじゃないのか？　あんたにはここに戻ってきてほしい」

「おれがあしたやる予定のことは、電話じゃできない。ハイ・デザート州刑務所は、ここから一時間の距離にある。スケールズの同房仲間はまだそこで服役しており、おれはそいつと話をしにいくつもりだ。午前八時の面会が予定されている。そのあとでLAに戻る」

「その相手がなにか持っていると思うか？」

「そいつは重詐欺罪で五年の刑期を務めているんだ。偽のカジノ・チップを売って、捕まるまえに二百万ドルを欺し取った。とにかく、ふたりはひとつの囚房に十五ヵ月いっしょに入っていた。自分たちがやっていたことや計画していたことに関していくつか打ち明け話を交わしていたかもしれない、とおれは考えている」

「完璧だな、詐欺師同士をおなじ囚房に入れたのか。みごとな組み合わせだ」わたしは言った。

「暴力事件の囚人に狙い撃ちされないよう、ホワイトカラー犯罪の囚人をいっしょにしておこうとするのは普通なんだ」

「わざわざご教示ありがとう」

「すまん、きみのほうがおれより刑務所には詳しいだろうな」ボッシュは言った。

「それが皮肉なのかお世辞なのかわからない。飛行機でいったのか、車でいったのか？」

「車だ」

「わかった、戻ってくるときに連絡してくれ。それから次のステップを検討するため、水曜日の法廷のあとで全員に集まってもらいたい」

「出席するよ」

電話を切ると、わたしは数分間、あれこれ考えた。チームが今回の事件の大きな秘密に近づきつつあるとわたしは感じた。真実と勝利へ導いてくれる勢いがわれわれにはあった。あとは、そこに間に合うのかどうかという問題だった。

ケンドールが寝室から廊下に向かって声をかけてきた。

「ベッドに来るの、来ないの？」

わたしは広げたファイルを全部積み上げると、カウチから腰を上げた。ファイルをブリーフケースに放りこみ、カチリと音を立てて閉じた。

「いくよ」

わたしが廊下に向かうと、ケンドールはバスローブ姿でそこに立っていた。わたしは急停止した。

「ビックリしたぞ」わたしは言った。

「あのね、こんなことがまえにもあったの」ケンドールが言った。

「なにがあったって？」

「ほら。夜も昼も。あなたは自分の仕事に自分の生活を支配させてしまった。わ、わ、わたしたちの生活を。するとわたしたちが持っていたものが消えてしまった。で、わたしたちはいまここにいて、よりを戻した。だけど、あなたはまたおなじことをしているわ」

わたしは手を伸ばし、ローブのタオル地のベルトをそっとつかんだ。そのベルトをケンドールは自分の腰にゆるく結んでいた。わたしはベルトをもてあそぶように引いた。

「おいで。これはおなじにはならないさ、ベイビー。これはおれなんだ。おれの事件だ。おれは全部を注ぎこまないといけない。さもなきゃ、おれたちの未来はなくなってしまう。裁判まであと一ヵ月だ。きみにはこれを一ヵ月だけ我慢してもらわないとならない。わかるかい？　その時間をくれるかい？」

わたしは自分の両手で彼女の腕をさすり上げ、肩に触れ、待った。彼女はなにも言わなかった。ただふたりのあいだの床を見おろしていた。

「一ヵ月をおれに与えてくれることはできないのかい?」わたしは訊いた。

彼女は首を横に振った。

「そういうんじゃないの」彼女は言った。「一ヵ月をあげることはできる。だけど、ときどき、あなたはわたしが陪審員であるかのように話しているの。自分が無罪であることを納得させようとしているかのように」

わたしは彼女の肩を離した。

「で、どうなんだい、おれが有罪だと思っているのかい?」

「いいえ。あなたのわたしに対する話し方を言ってるの」

「なにを言ってるのかわからない」わたしは言った。「だけど、おれがきみを手玉に取ろうとしていると思うのなら、きみはベッドにいき、おれは仕事に戻るべきかもしれない。おれは自分が殺人犯ではないことを本物の陪審員に納得させる方法を突き止めなきゃならないんだ」

わたしは彼女を廊下に残して、離れた。

22

一月十四日火曜日

遅くまで働いていて、カウチで寝てしまった。足首モニターを充電するのを忘れており、午前八時十五分に断続的な鋭いビープ音に起こされた。あと一時間で装置が電池切れになることを告げていたのだ。そうなるとわたしは保釈条件に違反したことになる。

ビープ音のタイミングを測る。現時点でアラームは五秒間隔だったが、どんどん短くなり、残り一時間のカウントダウンがはじまると耳をつんざくほどの音量になるだろうとわかっていた。下手に充電器を取りに寝室にいけば、アラームでケンドールを起こしてしまうだろう。彼女は午前中ずっと寝ているのが好きなのだ。だが、この件では選択の余地がないので、動きのタイミングを見計らい、すばやく寝室に入り、次のビープ音が鳴るまえに足首の装置に充電コードを差しこむことができた。ケンドールはぐっすり眠っているようだ。彼女は横向きに寝て、わたしに背を向けていた。眠っているリズミカルな呼吸に合わせて腕が上下しているのが見えた。装置に充電が完了するまで一時間かかるが、自分の携帯電話とノートパソコンとブリーフケースをリビングに置いてきてしまっていた。充電器を外して、それを持って部屋から駆けだすことはできたが、すでに自分の運を使い果たした気がしていた。もしアラームがまた鳴ったら、今度こそケンドールを起こしてしまうにちがいない。

寝室のＴＶのリモコンはベッドの手の届くところにあった。昨夜、ケンドールがそこに置いていたのだ。わたしは薄型ＴＶを点け、すぐに音声を消した。字幕モードにして、ニュースを読みはじめる。下院は上院に大統領の弾劾決議案を提出する計画を立てていた。決議案が通るわけはないと全米のだれもがわかっていたのだが。だが、そのニュースはニュース・フィードを独占していた。わたしが二十分間、画面を眺め、字幕を読んでいると、あらたなニュースが数秒流れた。それは中国の武漢で発生した謎のウイルスが国境を越えてほかの国でも感染が確認され、アジアで懸念が高まっていることを伝えるものだった。

リビングでわたしの携帯電話が鳴っている音が聞こえた。腕時計を確認する。八時四十五分になっており、足首モニターはいま充電コードから外してもアラームが鳴らないくらいまで充電されているだろうと思った。すばやくコードを外し、急いで移動して電話に出ようとした。間に合わなかったが、ボッシュからの電話だとわかった。わたしはすぐにかけ直した。

「ミック、同房者の件で問題が発生した」ボッシュは言った。

「いま刑務所にいるのか？」わたしは訊いた。

「来てる。例の御仁に会った。名前は、オースティン・ネイダーランドだ。だけど、おれと話そうとしない。サム・スケールルズがやろうとしていたことに関して、われわれが知るべきことを話せるであろう人間を知っているというんだ。だけど、おれにはその人間の名前を言おうとしない」

「そいつの望みはなんだ？　もう控訴期限はすぎているはずだぞ」

「きみが欲しいんだそうだ、ミック」

「それはどういう意味だ？」

「きみにだけその名前を伝えると言ってる。やつはきみのことを知ってるんだ。きみが腕のいい弁護士だとスケールルズから聞いたみたいだな。きみがやってきて、自分の弁護人として契約して話をするなら、その名前を伝えようとネイダーランドは言ってる。自分の事件でなにか打つ手があるのかどうか確かめようとしているんだろう。刑期がまだ二年残っている。つまり、服役しなきゃならない期間があと十八ヵ月あるということだ」

「きょうという意味か？　そちらにきょういくという意味か？」

「できないのか？　手はずを整え、こっちで待つが」

「ハリー、いけないよ。おれは足首モニターを付けられていて、保釈の移動制限をかけられているんだ。郡を離れられない」

「しまった、忘れてた」

「ビデオで接続するのはどうだ？　そのようなものを設定できないか？」

「調べてみた。ここの刑務所は裁判所の審問のみその対応をするそうだ。TV会議を利用した面会や弁護士と依頼人の打合せは認められていない」

わたしがそれについて考えているあいだ、電話は静まり返った。

「で、その名前について、その男はほかになにか言ったのか？」ようやくわたしは訊いた。「つまり、こちらがありとあらゆる障害を乗り越えたあげく、そいつは、『ああ、ルイス・オパリジオだ』と言う程度なのか。そうだとしたら、なんの役にも立たない。その名前はとっくにつかんでいるのだから」

「オパリジオではない」ボッシュは言った。「ネイダーランドにその名前をぶつけてみて、表情を読んだ。彼はその名前を知らなかった」

「わかった、で、そもそもこれはきょうじゅうにできるのか？　おれはあした出廷しなきゃならない。そこにいかせてもらえるよう判事を説得できたとしても、今夜じゅうに戻ってこなくちゃならない――遅くとも明日の朝には。そこへいって出てこられると思うか？　そこは刑務所であり、職員は刑事弁護士に協力するのを好んではいない」

「決めるのはきみだ、ミック。だが、許可を得るために判事と話さなければならないなら、判事は、きみを刑務所のなかに入れる命令書に署名できるだろう」

「州が異なるんだよ、ハリー。ウォーフィールド判事には管轄権がない」

「うーん……どうしたい？」

「わかった、そっちで待機してくれ。自分になにができるか確かめてみる。なにかわかり次第、かけ直す」

わたしは電話を切ると、どのようにアプローチするのが一番いいのか考えた。そしてローナに電話をかけ、自分のスケジュールを確認した。

「最初の証人リストを提出する締切《しめきり》がきょう」ローナは言った。「でも、それだけ。それ以外は、あした午後一時にきのうの審問のつづきがあるだけ」

「わかった、証人リストはもう準備できている」わたしは言った。「それを送るよ。おれはラスベガスにいくかもしれない——もし判事がいかせてくれるならだが」

「ベガスになにがあるの？」

「サム・スケールズが最後に服役していた刑務所がある。おなじ房にいた男と話をしたいんだ」

「うまくいくといいね。なにかあったら連絡して」

次にわたしはウォーフィールド判事の法廷に電話をかけ、彼女の書記官のアンドルーを捕まえた。証人を追跡するため、きょう一日郡を離れる許可を求める電話会議を判事とおこないたい、と告げた。書記官は判事に確認し、かけ直すと言った。ダナ・バーグにも伝える必要があるだろう、と書記官に念押しした。

待っているあいだにわたしは判事の許可が得られた場合に合わせて行動しようと決め、バーバンク空港からラスベガスへ向かうジェットスイートのフライトを予約した。州外行き便は二時間後に出発する。

三十分がすぎ、判事あるいは書記官からの電話はかかってこなかった。わたしは法廷に電話をかけ、返答を求めた。電話会議に判事はオーケイを出したが、ダナ・バーグは伝言に返事をしてこない、とアンドルーは言った。

「それならば判事がわたしと話すだけで済まないだろうか？」わたしは訊いた。「これは一刻を争うものなんだ。この証人候補とは、きょうしか会えないので、会いにいけるかどうかを知りたいんだ。バーグに会議の開始時刻を伝言で伝えてくれるなら、たぶん彼女は連絡してくるだろう。彼女が電話をかけ直してくるのを待つだけだと、終日待っていることになりかねない」

書記官はわたしが言ったことを検討し、結果を連絡します、と言った。さらに二十分がすぎてからアンドルーが電話をかけてきて、いまから判事とダナ・バーグ検事補との電話会議につなぎます、と言った。わたしの飛行機は七十分後に出発する予定だった。

まもなく判事の声が電話から聞こえた。

「全員そろっているようですね」判事は言った。「ハラーさん、保釈制限の例外措置をあなたは求めていますね？」

「はい、閣下、一日だけです」わたしは言った。「わたしは証人に会うためラスベガスにいかねばなりません」

「ラスベガス。ほんとですか、ハラーさん？」

「お考えのものとはちがいます、判事。わたしはラスベガス商業地域《ストリップ》の近くにはいきません。サム・スケールズは、最後にハイ・デザート州刑務所で服役していました。そこはラスベガスから北に車で一時間ほどのところにあります。スケールズの同房者が、まだそこで服役しており、わたしはその人物と話をしたいのです。検察は、殺害されるまでのスケールズの活動に関していっさい開示資料をわれわれに寄こしていません。その同房者は、弁護側の重要証人になる可能性があるんです。わたしの調査員のひとりが、こうしてわれわれが話しているいま、その刑務所にいます。調査員の話では、同房者はわたしにしか話さないと言っているそうです。わたしはベガスいき十一時四十分のフライトと、午後七時発の復路便を予約しています」

「それはちょっと先走った行動ではないですか、ハラーさん？」

「いえ、閣下。わたしは法廷がどのような裁定を下すのか予想していませんでした。たんにもし法廷が認めて下さったなら、確実にそこへいけるようにしたかっただけです」

「ミズ・バーグ、まだ聞いていますか？　検察は弁護側の要求に異議を唱えますか？」

「はい、聞いています、閣下」バーグは言った。「まず、彼が会おうとしている同房者の名前をお聞きしたいです」

「オースティン・ネイダーランドです」わたしは言った。「彼はいまハイ・デザート州刑務所に収監されています」

「閣下」バーグは言った。「検察はこの保釈制限地域以外への移動に異議を唱え、本保釈審問のもともとの主張を変わらず主張します。ハラー氏には逃亡の危険性があるとわれわれは考えています。以前よりも裁判に近づけば近づくほど、有罪判決と終身収監が確実だとハラー氏には明白になっているだけに」

「判事、いまの検察の意見はばかげています」わたしは急いで言った。「身柄拘束を脱していまでは五週間になりますが、自分の弁護の準備に没頭してきました。ルールに則《のっと》って行動するのを好まぬ検察と戦うというハンディキャップを抱えながらも」

「閣下、ハンディキャップなんかありませんし、検察がルールに則って行動していないという証拠はありません」バーグは力強く言った。「弁護側の弁護人はそもそも最初から――」

「止めなさい、止めて」ウォーフィールドが叫んだ。「あなたがたふたりのレフリーをして一日をはじめるつもりはありません。もううんざりしてきました。さて、要請に関して、弁護人はこの面会をTV会議でおこなう可能性を追求しましたか？」

「はい、閣下」わたしは言った。「信じてほしいのですが、そうしたいのは山々なれど、わたしの調査員が言うには、州刑務所は法廷の審問を除いて、その手の面談を利用させないとのことです」

「なるほど」ウォーフィールドは言った。「本法廷は、ハラー氏にその証人との面会を認めるつもりです。保釈と拘置の関係者に適切な連絡をわたしからおこないます。それから、ハラーさん、今夜十二時までにこの郡に戻ってもらわねばなりません。さもなければ、ミズ・バーグの予言がほんとうのことになるでしょう。あなたは逃亡犯と見なされます。それはおわかりですか？」

「はい、閣下」わたしは言った。「ありがとうございます。それから、もうひとつ急ぎの要請をしてよろしいですか？」

「ほら来た」バーグが言った。

「なんです、ハラーさん？」ウォーフィールドが訊いた。

「閣下、わたしは足首モニターを装着しています。それがネヴァダ州の刑務所では問題になるだろうと確信しています」わたしは言った。

「**だめよ**」バーグが強い口調で割り込んだ。「冗談でしょ。モニターを外すのを認めるつもりはありません。検察は――」

「わたしはそれを求めていません」わたしは口をはさんだ。「わたしは法廷からの書簡を求めています。閣下の書記官がわたしの立場を説明するものをすぐに書き上げて、わたしに電子メールで送っていただけるよう――わたしの立場が問題になった場合に備えて」

バーグが異議を唱えるのを判事が待っていたと思われる間があった。だが、検察官は、モニターの取り外しに声高に異議を唱えたことでやりすぎたと思ったのだろう。バーグは過剰な反応をしてしまったため、いまは黙っていた。

「けっこう」ウォーフィールドは言った。「わたしがメモを作成し、アンドルーからあなたに電子メールで送らせます」

「ありがとうございます、閣下」わたしは言った。

その電話のあとでわたしはボッシュに連絡し、いまから向かうと伝えた。ネイダーランドとの約束を午後二時に設定するよう、ボッシュに言った。これでベガスまで飛んでいき、刑務所まで車で向かうのに充分な時間がとれる。それからボッシュに、気をつけろ、と伝えた。

「ネイダーランドの名前を検察に伝えざるをえなかった」わたしは言った。「連中がおれより先に現地にだれかを派遣できるとは思えない。だが、どうにかしてわれわれの足を引っ張ろうとするかもしれない」

「おれはここにずっといるよ」ボッシュは言った。「なにか変わったことがないか気をつける。近くまで来たら連絡してくれ」

すばやくシャワーを浴び、ひげを剃《そ》ってから、旅行用の新しい服に着替え、出かける準備を整えた。ウォーフィールド判事からの文書をダウンロードし、プリントアウトして、ブリーフケースにしまった。

ケンドールが起きており、キッチンにいた。言外のほのめかしが鳴り響いている沈黙をケンドールが最初に破った。

「きのうの夜のことはごめんなさい」ケンドールは言った。「持てるものすべてを自分の弁護に注ぎこまなきゃならないのはわかっている。わたしは自分勝手だった」

「いや、こちらこそすまない」わたしは反論した。「おれはきみを無視していた。それはやっちゃいけないことだ。改善する。約束する」

「わたしのためにあなたができる最善のことは、訴訟に勝つことよ」

「そのつもりだ」

われわれは抱き合い、わたしはいってくるよのキスを彼女にした。

　家を出て、ドアに鍵をかけると、バンバジャン・ビショップが階段の下に座っていた。

「時間どおりだ」わたしは言った。「そういうのが好きだ」

「どこにいくんだい？」ビショップが訊いた。

「バーバンク空港だ。ベガスに飛ぶ。そのあと、きみはおれが戻ってくる夜八時までフリーだ。出迎えに来てほしい」

「了解」

　ジェットスイートのターミナルは、バーバンク空港の民間飛行場にはなかった。プライベートジェット会社や格納庫の長い列のなかに隠れていた。このあまり知られていない航空会社の魅力は、プライベートジェットのように運用されているが、民間航空会社のサービスを提供しているところだった。わたしはフライトの十五分まえに到着したが、なんの問題もなかった。

　全席完売のフライトは、三十人の乗客を乗せて、サンゲイブリエル山脈の上空を飛び、モハーヴェ砂漠を越えた。朝の超慌ただしさから解放され、わたしはようやくリラックスしはじめた。

　わたしは窓際の席だったが、隣に座っている女性はサージカル・マスクを着けていた。彼女は病気なのか、それとも病気にかからないようにしているのだろうか、とわたしは訝しんだ。

窓を向き、眼下の広大ななにもない世界を見おろした。陽に灼《や》けた茶色い砂漠が、目の届くかぎり四方八方に広がっていた。それがあらゆることを取るに足りないものにしているようだった。わたしを含め。

23

ハリー・ボッシュは州刑務所の正面玄関まえでわたしを待っていた。車から降りるわたしをドアのところまで来て迎えてくれた。太陽が焼けつくように照り、わたしはサングラスを持参するのを忘れていた。目を細めて、ボッシュを見る。

「車を帰して、帰りはあんたに空港まで送ってもらえるだろうか？」わたしは訊いた。「フライトは七時だ」

「ああ、問題ない」ボッシュは言った。

わたしはブリーフケースを自分が持っていることを確認してから、運転手にチップを払い、帰らせた。

ボッシュとわたしは州刑務所の入口に向かって歩きはじめた。

「その扉を通ると、弁護士用の別の扉がある。そこを通れば、万事用意できているはずだ。ネイダーランドは、午後二時までに部屋に来る予定になっている」

「弁護士通路をいっしょに通ってもらってかまわないぞ」わたしは言った。「あんたは――」

「いや、おれはいっしょにいく気はない。きみとあの男だけだ――弁護士と依頼人のみ」

「それをおれが言おうとしたんだ、あんたは調査員としておれのために働いており、それによって弁護士依頼人間の秘匿特権の傘の下にいることになる」

「ああ、だけど、きみはあの男のために働こうとしている。おれはあいつのために働いてはいない」

「なんの話だ？」

「おれは担当案件を選ぶんだ、ミック。おれは犯罪者のためには働かない――そんなことをすれば自分のキャリアでやってきたすべてを台無しにしてしまうだろう」

わたしは立ち止まり、ボッシュをじっと見た。

「それを敬意の言葉と受け取るべきなんだろうな」やがてわたしは言った。

「〈ダン・ターナー〉で、きみを信じていると、おれは言った」ボッシュは言った。

「そうでなきゃ、おれはここにいない」

わたしは振り返って、州刑務所を見上げた。

「まあ、だったら、いいか」わたしは言った。

「おれはここにいる」ボッシュは言った。「きみがあいつから名前を聞きだしたら、おれはそれを調べる準備ができている」

「知らせるよ」

「幸運を」

四十分が経つまでネイダーランドといっしょの部屋に入ることはなかった。予想どおり、足首モニターが刑務所職員たちに警告を発した。ウォーフィールド判事の文書は、それが偽造可能であることから、充分な証明とはみなされなかった。だれかが判事のオフィスに連絡し、判事がわたしにネヴァダ州への移動許可を与えたことを確認しようとしたが、判事は目下法壇についている、と言われた。ウォーフィールドが午後なかばの休憩を取り、判事室から折り返しの連絡を寄こすまで、わたしは弁護士依頼人面談室に通されなかった。わたしは予定より三十分遅れてしまい、部屋に入るとネイダーランドは怒っている様子だった。

ネイダーランドはボルトで固定されたテーブルをあいだに挟んだ反対側の椅子に座っていた。両手には手錠がかけられ、腰にまわされたリードチェーンが手首から椅子の前にボルトで固定されたリングまで通っていた。椅子も床にボルトで固定されている。それでも、ネイダーランドはわたしが自分の椅子に腰を滑りこませると、立ち上がろうとして、チェーンを激しく引っ張った。

「ネイダーランドさん、わたしがマイクル・ハラーです」わたしは話しはじめた。

「遅れて申し訳──」

「おまえがどこのくそ野郎か知ってる」ネイダーランドは言った。

「わたしの調査員にあなたが言ったところでは──」

「ファックユー」

「なんです？」

「ここから出て失《う》せろ」

「わたしはLAからわざわざ飛んできたんだぞ、きみがわたしの調査員に──」

「わからんのか？」

ネイダーランドは手錠のはまった両手を上にグイッと引っ張り、リードチェーンがふたたびピンと張った。想像上の首を絞めているかのように両手を握りこむ。想像上の首とは、わたしの首だ。

「むかしはこんなことはしなかった」ネイダーランドは言った。「こんなふうに鎖をつなぐことは。弁護士と面会するときには。知らなかったぜ。くそいまいましいことに知らなかった。ほんとなら、おまえはいまごろ死んでいたのにな、くそ野郎」

「なんの話だ？」わたしは訊いた。「なぜわたしが死なないとならない？」

「なぜならおれがおまえの首をへし折っていたはずだからだ」

ネイダーランドは歯を食いしばったままその言葉を投げつけてきた。彼は大男でも筋肉隆々でもなかった。ブロンドの髪の毛が禿《は》げかけており、顔色は黄ばんでいた――現住所を考えれば不思議ではない。だが、その顔に浮かんだ純粋な憎悪の表情は、誠におぞましいものだった。わたしが最初に思ったのは、罠が仕組まれ、ネイダーランドがルイス・オパリジオのために働いているというものだった――わたしを排除するための綿密な企《たくら》みで起用されたヒットマンである、と。だが、次の瞬間、わたしはその可能性を捨てた。いまわたしがやってきた環境がそのような計画に反していた。そしてネイダーランドの顔に浮かんだ憎しみの裏には明白な感情があった。

「きみはわたしを殺すつもりだった」わたしは言った。「なぜだ？」

「なぜならおまえがおれの友人を殺したからだ」またしても歯を食いしばったまま言う。

「わたしはサム・スケールズを殺していない。だからこそここに来たんだ。それをやった人間をさがそうとしているんだ。きみはわたしとわたしの調査員の時間を丸一日無駄にしたんだぞ。信じないかもしれないが、わたしはそのせいで監獄に入ることになるかもしれない。だが、これは知っておいてくれ――この事件を起こし、まんまと逃れている人間がほかにいるんだ。そして、わたしに協力しないことで、きみはそいつを助けている」

わたしは立ち上がり、鋼鉄の扉のほうを向き、腕を持ち上げて、それを叩こうとした。わたしはいらだち、腹を立て、丸一日が無駄にならないよう早めの復路便があるだろうか、と考えていた。

「ちょっと待った」ネイダーランドが言った。

わたしは振り向いて彼を見た。

「証明しろ」ネイダーランドは言った。

「それをわたしはやろうとしている」わたしは言った。「それに無駄な追跡をしてもなんの役にも立たな――」

「いや、ここで証明しろという意味だ」

「どうやって？」

「座れ」

ネイダーランドは空いている席をあごで示した。わたしは渋々腰を下ろした。

「きみに証明することはできない」わたしは言った。「少なくとも現時点では」

「あいつはあんたに裏切られたと言ってた」ネイダーランドは言った。「ああ、かの有名なリンカーン弁護士にだ。あんたは自分を主人公にした映画が作られるとき、ハリウッドにいき、あんたを信用していた人間をみんなドブに捨てたんだ」

「それは事実と異なる。わたしはハリウッドにいってない。サムがわたしに弁護料の支払いをするのを止めたんだ。それが大きな理由だ。だが、実際には、もう弁護をできなくなっただけだ。サムは、大勢の人間を傷つけ、彼らから金を巻き上げ、彼らを笑いものにしていた。サムはそれを楽しんでいたが、わたしはもうたくさんだった。彼の弁護はもう引き受けられなくなったんだ」

ネイダーランドは反応しなかった。わたしはもう一度説明しようとした。まだ彼が役に立つかもしれないと考えていたので、説得したかった。

「きみはわたしを本気で殺すつもりだったのか？」わたしは訊いた。「あと二年もしないうちに出られるというのに」

「わからん」ネイダーランドは言った。「だが、なにかするつもりだった。おれは怒っていた。いまでも怒ってる」

わたしはうなずいた。部屋の温度が落ち着いてきたのが感じられた。

「こんなことを言ってもなんにもならないだろうが、わたしはサムを気に入っていた」わたしは言った。「あの男はおおぜいの人間を欺していたし、それは受け入れがたいことだったが、それでもどういうわけかずっと彼を気に入っていた。わたしはただ線を引かざるをえなかったんだ。サムがやっていることがマスコミやわたしの家族にわたしに影響を与えていたので。それに加えて、彼は弁護料の支払いを止めた。それは彼が欺している愚か者のひとりとして、わたしを扱っているのとおなじことだった」

「あいつは関係が長くなるとおおぜいの人間に嫌われた」ネイダーランドは言った。コミュニケーションのドアがひらきはじめたのがわかった。

「だけど、きみの場合はそうじゃなかった？」わたしは訊いた。

「ああ、おれはあいつをけっして見捨てなかった」ネイダーランドは言った。「そしてあいつもおれをけっして見捨てなかった。おれたちはここから出たらやる計画があったんだ」

「それはどんな計画だ？」

「大きな獲物を見つけ、ものにして、とんずらする」

「どんな獲物なんだ？　サムはすでに見つけていたのか？」

「わからん。手紙に書けるようなものじゃなかった。ここではなにもかも監視されている——面会者、電話、手紙。娑婆にいる前科持ちとはいっさい連絡を取ってはいけないことにもなっている」

「じゃあ、どうやって連絡を取っていたんだ？」

ネイダーランドは首を横に振った。その話をするつもりはない様子だった。

「おい、わたしはきみの弁護士だぞ」わたしは言った。「なにを言ってもかまわないし、彼らは盗聴できないし、わたしが内容を外に漏らすこともできない。特権で守られているんだ」

ネイダーランドはうなずき、態度を和らげた。

「あいつはおれに手紙を送ってくれていた」ネイダーランドは言った。「おれのおじのふりをして」

わたしはいったん口をつぐんだ。次の質問と回答が今回の事件のすべてを変える可能性があるとわかった。また、人が物語を作り、演じる際、たとえ詐欺師といえども、その物語に真実を加えるのが普通だということもわかっていた。ネイダーランドは、わたしが刑務所まで来るなら名前を伝えるとハリー・ボッシュに約束していた。ひょっとしたら、そのペテンのなかに真実があるかもしれない。

「きみのおじさんの名前は？」わたしは訊いた。

「もう過去の話だ」ネイダーランドは言った。「おじは死んだよ。名前はウォルター・レノンだ。おふくろの兄弟だ」

「きみはサムに手紙を送っていたのか——自分のおじとして？」

「ああ。ここにいてほかになにをすることがある？」

「どこにその手紙を送っていたか覚えているか？」

「サムはサンペドロに車庫付きのアパートを借りていた。だけど、それは三ヵ月まえの、まだあいつが生きていたころのことだ。たぶん荷物は道路に放りだされているだろう」

「住所を覚えているんだな？」

「ああ、けさ、サムの手紙を何通か見たんだ。差出人の住所は、カブリロ二七二〇だった。小さい部屋だと言ってた。金を貯《た》めており、おれが出所したらもっとでかい部屋を手に入れることになっていた。サムは、家を買うと言ってたんだ」

わたしがさきほどから感じている雰囲気では、ネイダーランドは、実際に口にせずとも恋愛関係の話をしているというものだった。サム・スケールズの性的指向をまったく知らなかったことにわたしは気づいた。それは彼の犯行またはわれわれの弁護士依頼人関係でなんらかの役割を果たしたことがなかったからだ。

「貯めている金をどうやって手に入れているのか、話したことはあるかい？」

「港で働いていると言ってた」

「なにをして？」

「サムは言わなかったし、おれも訊かなかった」

サムにとって、仕事をしているというのは、詐欺を働いているということだった。

わたしは法律用箋に名前と住所を書き記した。これは弁護士の秘匿特権のある収集情報と見なされ、開示する必要があるものとは見なされないだろう。

「ほかになにかわたしが知っておくべきことはあるかい？」わたしは訊いた。

「それだけだ」ネイダーランドは言った。

わたしはいま受け取った情報を保護することについて考えた――少なくとも、それを確かめるまで。

「ロス市警の捜査官が会いにくるかもしれない」わたしは言った。「連中はわたしがサムを殺したと考えており、そのことだけを気にしている。そいつらに話す義務はないことを覚えておいてくれ。いまやわたしがきみの弁護士であり、連中にはわたしの名前を伝えればいい」

「そいつらになにひとつ言うもんか」

わたしはうなずいた。それこそがわたしの望みだった。

「オーケイ、では」わたしは言った。「戻るとしよう」

「あんたの裁判はどうなる？」ネイダーランドが訊いた。「おれに証言させたいか？」

わたしはどうやれば自分の弁護にネイダーランドを利用できるか、あるいは判事にそれを認めてもらえるかどうか、わからなかった。刑務所と法廷間のTV会議は、陪審員を眠らせてしまうだろう。また、利益相反の問題もある。ネイダーランドは正式にわたしの依頼人だ――少なくともこの刑務所の書類上では。

「連絡するよ」わたしは言った。

わたしはまた腰を上げ、扉を叩く用意をした。

「だれがあいつを殺したのか、ほんとに見つけるつもりなのか？」ネイダーランドが訊いた。「それとも、たんに自分がやってないことの証明だけを気にしているのか？」

「わたしがやっていないことを証明する唯一の方法が、だれがそれをやったのかを証明することだ」わたしは言った。「それが潔白の法則だ」

第三部　反響と鉄

24

一月十五日水曜日

われわれは翌朝午前九時三十分にサンペドロに到着した。別々の車で向かった。紛失財布に関する審問に出席するため、午後一時まえにダウンタウンにたどり着く必要があったため、わたしはビショップの運転で来ていた。ボッシュは古いチェロキーに乗り、シスコはハーレーにまたがっていた。オースティン・ネイダーランドから聞いたカブリロにある家にわれわれは集まった。正面の芝生には〝空き部屋あります〟の看板が出ていた。ビショップはシスコによって身の潔白が立っていたが、なにごとも百パーセント確実なことはない。その家のまえでビショップにリンカーンのなかにいてほしくなかった。わたしは近くでコーヒーを飲んでくるようにビショップに告げ、法廷にいく準備が整ったら呼ぶから、と伝えた。そののち、わたしは調査員たちとともに家に近づき、ドアをノックした。バスローブ姿の女性が応対に出た。わたしは名刺を提示すると、ネイダーランドから知った情報に基づき頭のなかで書き上げた脚本に従った。

「どうも、奥さん、マイクル・ハラーと申します。ウォルター・レノンの遺産に関する問題を扱っている弁護士です。彼が残した遺産を確認し、吟味するため、ここに来ました」

「遺産？　あの人が死んだってこと？」

「はい、奥さん。レノン氏は去年の十月に亡くなりました」

「えー、だれも言ってくれなかったじゃない。たんに夜逃げしたと思ってたの。十一月まで家賃は払っていたけど、十二月になって、姿が見えないし、家賃の小切手も届かなかったのよ」

「正面の看板を見ました。部屋を再度貸しだしているんですね？」

「もちろんよ。あの人はいなくなって、家賃も払っていないんだから」

「彼の荷物はまだ部屋のなかにあるんですか？」

「いいえ、片づけた。荷物は車庫に入れている。捨てたかったんだけど、ほら、法律でね。六十日間、待たないと」

「法律を守って下さり、ありがとうございます。車庫にある品物を見てもかまいませんか？」

大家は答えなかった。ドアの裏にあるなにかに手を伸ばせるように、ドアを途中まで閉めた。すると、リモコンを持ってドアから手を出すと、それを押した。

「三番区画」彼女は言った。「いまあけたよ。箱にはあの人の名前を書いて、タイヤ痕のあいだに積んである」

「ありがとうございます」わたしは言った。「部屋を見てまわってもかまいませんか？　ちょっと確認するだけです」

彼女はドアの裏にふたたび手を伸ばしてからわたしに鍵を渡してくれた。

「階段は車庫の横にあるの」彼女は言った。「用事が済んだら鍵を返してね」

「もちろんです」わたしは言った。

「それから、散らかさないでね。きれいにしたんだから。レノンさんは散らかしたままにしていったのよ」

「どれくらいです？　どの程度散らかっていたんですか？」

「竜巻に遭ったみたいだった。家具が壊れ、床一面に物が投げだされていた。だから、敷金《しききん》を訊いたりしないでね。あそこの片づけ費用でトントンだったんだから」

「わかりました。もうひとつよろしいですか？　わたしどもが話しているウォルター・レノンが、あなたが話しているウォルター・レノンと同一人物であることを確認するため、写真を見てほしいんです」

「かまわないわ」

シスコは自分の携帯電話にサム・スケールズの写真を表示させた。それは逮捕されたあとに公開されてきた車両登録局用の写真だった。シスコが戸口の女性にそれを掲げたところ、彼女は写真を見てうなずいた。

「この人だよ」彼女は言った。

「ありがとうございます、奥さん」わたしは言った。「長くはかかりません」

「鍵を返してね」彼女は言った。

われわれはアパートの部屋からはじめた。車庫の上にある寝室一間の小さなアパートだった。そこは新しい借り主用に清掃され、準備されていた。一目でなにかが見つかるとは思っていなかった――とくに大家の言ったことから、すでにここが家捜しされたのが判明した以上。だが、サム・スケールズは、根っからの詐欺師で、性急な捜索では見過ごしてしまいそうな形で自宅に物を隠す理由があったかもしれなかった。

この捜索の中心人物は、ボッシュになった。犯罪者の家の捜索では長年の経験があったからだ。

ボッシュは小さな工具袋を持参していた。彼が最初に足を止めたのは、キッチンで、そこでてきぱきと、引き出しの裏を確認し、キャビネットの下の幅木の裏を確認し、冷蔵庫と冷凍庫の扉の断熱材の隙間をあけ、コンロの上の照明とファンの組み合わせ装置を調べた。わたしはボッシュの徹底した捜索にどれくらい時間がかかりそうか悟り、別行動を取ることに決めた。わたしはボッシュを部屋に残すと、シスコとともに車庫に降りていった。時間どおりに裁判所に到着できるようにしなければならなかった。

三番区画の中央に四段に重ねられた段ボール箱が二列あった——長年の賃借人の車が残したとおぼしきタイヤ痕のあいだに。箱には封がされており、それぞれにレノンの名前と十二月十九日の日付けが記されていた。シスコはひとつの列から調べはじめ、わたしは別の列を担当した。

わたしが見た最初の箱には衣服が入っていた。車庫の二番区画には一台の車が停まっていた。わたしは衣服をその車のボンネットに置いて、一枚ずつ調べ、ポケットを確認してから、箱に戻した。

二番目の箱には靴や靴下、下着が入っていて、それ以外はなかった。わたしは靴の内と外を確認し、靴底に油じみたゴミが詰まっている編み上げ作業ブーツを見つけた。それはサム・スケールズの指の爪に見つかった油っぽい物質のことを思いださせた。

わたしはそのブーツを脇へどけ、シスコの様子を確認した。彼も最初のふたつの箱に入っている衣服を調べていた。

わたしの担当の三番目の箱には、洗面道具やコンセントにつなぐ目覚まし時計、何冊かの本を含む私物が入っていた。わたしはそれぞれの本のページをめくってみたが、そこに隠されているものはなにもなかった。一冊を除いて、すべて長篇《ちようへん》小説だった。例外の一冊は、マック・ピナクル・タンクローリーの二〇一五年版オーナーズ・マニュアルだった。このマニュアルがバイオグリーンと合致するのはわかっていたが、どのように合致しているのかは不明だった。わたしはそのマニュアルを二番区画の車のボンネットに取りのけた。

四番目の箱も多かれ少なかれおなじようなものだった。さらなる書物とさらなる私物。ドリップ式コーヒーメーカーや古新聞にくるまれた何個かのコーヒーマグカップ。箱の底に未開封の封書の束があり、おそらく割れやすいガラスのコーヒーポットやマグカップのクッション代わりにそこに置かれたのだろう。

封書の大半はダイレクトメールだったが、AT&Tの電話料金請求書と、ネヴァダ州ハイ・デザート州刑務所の差出人住所が記されたオースティン・ネイダーランドからの未開封の手紙だけが例外だった。わたしは未開封の州刑務所からの手紙を箱に戻した。サム・スケールズがどんな詐欺をたくらんでいるのかネイダーランドが知らなかったのは、彼との面会から明らかだった。その手紙があまり役に立つようには思えなかった。その代わり、電話の請求書を開封し、かけた電話番号のリストが含まれているかどうか確かめようとしたものの、それは前回の請求分が支払われていないことを伝える督促状だった。サム・スケールズが利用しているサービスのリストは記されていたが、通話記録は載っていなかった。

シスコは、わたしより一箱遅れていて、三番目の箱からだした本のページをめくっていた。わたしは近づいて、シスコの担当の最後の箱をあけた。そこには未開封のハニカム・シリアルが三箱、ライス・クリスピーが一箱入っていた。

「サムはシリアル好きだったみたいだな」

わたしは首を振り、それが工場で封をされたものか、なかになにかを隠すためサムが封印したものか確かめるため、それぞれの箱をじっくり見た。ただのシリアルの箱だと判断し、先に進んだ。シリアルの下に、挽《ひ》いたコーヒー豆が数袋、ほかにキッチン・キャビネットにあったと思われる未開封の品物が入っていた。

「これを見てくれ」シスコが言った。

シスコはカリフォルニア州の営業用自動車運転免許試験用の薄い教本を差しだした。

「なかに下線が引いてある」シスコが言った。「どうやら本気で勉強していたようだ」

「こっちはマックのタンクローリーのオーナーズ・マニュアルを見つけた」わたしは言った。

「もう一度言うけど——ひょっとしたらサム・スケールズは堅気になろうとしてたのかもしれない。トラック運転手かなにかになることで」

「ありえない。サムにとって、堅気の仕事をすることは刑務所に入るよりひどいことなんだ。彼は長いあいだ詐欺を働いてきた。けっして堅気にはなれないんだ」

「じゃあ、これはなんなんだ？」

「わからないが、答えに迫ってきている。だからこそやつらは財布を盗んだんだ」

「なぜ？」

「財布にはサムの現在の偽名が入っていた。それがここにつながり、それからバイオグリーンにつながったんだろう。やつらはわれわれをそこにいかせたくなかったんだ」

「やつらというのはだれだい？」

「まだわからない。オパリジオかもしれない。FBIかもしれない。FBIはオパリジオとあの場所に狙いを定めており、自分たちの捜査がバイオグリーンと殺人事件捜査が結びつくことで邪魔されたくなかった。あの夜、ロス市警がサムの指紋を照会したとたん、捜査局はアラートを受け取ったんだろう。連中は状況を見極め、だれかに見られないうちに財布を取りにいった。連中はここに来て、この場所を捜索し、なんらかの関連証拠を取り除いた。サムがウォルター・レノンの偽名と結びつくことがなければ、捜査はバイオグリーンに及ばない」

「ということは、あんたが殺人事件の容疑をかけられているのに、やつらは傍観し、その罪であんたが収監されるのを放っておいたと言っているのかい？」

「わからん。後先考えずに立てた計画だったはずだ。もしかしたら、バイオグリーンの捜査の結着をつける時間稼ぎをしているだけだったのかもしれない。ところが、おれが迅速な裁判の権利放棄を断ったことでそのスケジュールが台無しになった。七月あるいはそれ以降の裁判ではなく、二月の裁判になり、連中はそれを予想していなかった」

「かもしれない。たくさんのかもしれないがあるな」

「いまのところはすべて推測にすぎない。だけど、思うんだが、おれたちは――」

ボッシュが車庫に入ってきて、わたしは話を止めた。

「上の階になにかあったか？」わたしは訊いた。

「きれいなものだ」ボッシュは言った。「寝室のクローゼットのなかに床を偽装した収納スペースを見つけたが、うまく隠されておらず、なかは空だった。まえにあの場所を捜索した人間がいれば、だれでもそれを見つけただろう」

「どれくらいの大きさだった？」わたしは訊いた。「ノートパソコンが収まるくらいか？」

「ああ、収まるな」ボッシュは言った。

「それがここに見当たらないものだ」わたしは言った。「サムは詐欺にインターネットを利用していた。いつもコンピュータを持ち歩いていた。しかも、ここにある電話料金の請求書には、自宅Ｗｉ‐Ｆｉを含むフルサービスのパッケージを利用したことが記載されていた。もしコンピュータを持っていないなら、Ｗｉ‐Ｆｉを設置する意味があるか？」

「では、なくなっているのはコンピュータと電話と財布だ」シスコが言った。

「そのとおり」わたしは言った。

「箱にはなにがあった？」ボッシュが訊いた。

「たいしたものはない」わたしは言った。「靴底に油脂分がついたブーツ。ほとんど調べ終えている」

わたしは最後の箱に戻り、底にさまざまな書類や紙の層ができているのを見た——たぶん台所の引き出しに詰めこまれていたものだろう。コーヒーメーカーのマニュアル、イケアのテーブルを段階を追って組立てるための説明書、ネイダーランドからの開封済み手紙など。スケールズがその手紙を取っておいていることが、ふたりが恋愛関係にあったという考えを裏付けた。

ニューヨーク・タイムズの記事のプリントアウトを三つ折りにして、ホッチキスで留めたものもあった。その見出しは、「獣から巻き上げること」だった。

その記事はソルトレークシティの日付け欄が付いていた。読みはじめ、読み終えるころには、この記事がすべてを変えるものだとわかった。そしてこのプリントアウトは、開示資料として検察に引き渡さねばならないものだとわかった——もしわたしが車庫からこれを持ちだせば。

わたしはプリントアウトを畳み直し、箱に放りこんで戻した。マックのタンクローリーのオーナーズ・マニュアルを手に取ると、おなじように放りこんだ。それから、箱を閉じ、その上にほかのふたつの箱を積んだ。

わたしは携帯電話を取りだし、ビショップにメッセージを送り、迎えにくるように伝えた。

「オーケイ、ここを出よう」わたしは言った。

「待った」シスコが言った。「ここからなにも持ちださなくていいのか？」

「持ちだせば、分かちあわねばならない」わたしは言った。

「開示義務か」シスコが言った。

「連中には独力で見つけさせよう」わたしは言った。「連中はおれになにもしてくれないし、おれも連中になにかしてやるつもりはない。いこう。法廷が待っている」

わたしは歩いて出ていきながら、ボッシュの様子をうかがい、すべてを残していこうというわたしの判断に彼がなんらかの不満を表すかどうか確かめた。なにも見当たらなかった。

車庫から出ていくと、ビショップが正面に車を停めていた。わたしはシスコにアパートの部屋の鍵を渡した。

「あの老婦人に鍵を返してくれないか？」わたしは頼んだ。「それから彼女の名前と連絡先を聞いといてくれ。証人リストに載せるためだ」

「了解」シスコは言った。

「箱のなかに遺産として価値のあるものはなにも見つからなかったと伝えてほしい。寄付するのでもいいし、好きなように処分してくれていい。そうしたいのならすぐにでも」

シスコはわたしを見て、うなずいた。彼はわたしが言わんとしていることを理解した。警察や検察がこの場所を見つけるまえにあの所持品を処分するのだ。

「そのメッセージを伝えよう」シスコは言った。

25

サム・スケールズのなくなった財布に関する最初の審問から事態は急速に変化していた。証拠紛失とそれがわたしの事件に与える影響へのわたしの怒りは、過去四十八時間にわがチームが見つけたものによって和らげられていた。わたしは自分が財布の鍵となる秘密を知ったと思っていた——サム・スケールズが人生の最後の年に使っていた偽名を。そして、その秘密を必要に迫られるまで検察とわかちあいたくなかった。裁判所命令で追及されたり、ずっと問題になったままなのは嫌だった。そのため、ウォーフィールド判事の法廷での審問ではアプローチを慎重に進め——とりわけ出席しているはずの記者たちのまえで——得点を重ねつつも、寝ている犬を起こさぬようにする計画を立てた。

ウォーフィールド判事はまたしてもきっちり十分遅れて、午後のセッションのため法壇についた。そのおかげで、ジェニファーに午前中の活動について説明する時間があった。ソルトレークシティ発のタイムズの記事についてジェニファーに話し、その記事が与えてくれた知識を表沙汰にしないように伝えた。新聞社のアーカイブでそれを見るならば記事をプリントアウトしないようにとジェニファーに警告した。

「紙に印刷すれば、開示資料に入ってしまう」わたしは言った。「だから、紙はなしだ」

「わかりました」ジェニファーは言った。

「それから、その記事に登場する男がいる。アート・シュルツという名の証人だ。環境保護庁《EPA》を引退した人間だ。彼を見つけて、証人として連れてくる必要がある。彼が鍵になるだろう」

「でも、その人を証人リストに載せたらどうなります？　検察はそれを調べて、こちらがそれでなにをするつもりなのかわかってしまいますよ」

双方の証人リストは開示資料に含まれており、法廷は証人全員がなにを証言するかに関する概要を求めることになっていた。表面上は正確ながらも、フルの証言の戦略や重要性を少しも漏らさないように概要を書くのは、芸術の域に達する作業だった。

「迂回《うかい》方法はある」わたしは言った。「カモフラージュするための。シュルツと連絡を取り、彼の職務経歴書を手に入れてくれ。彼は環境保護庁にいたのだから、たぶん生物学の学位かそれに近いものを持っているはずだ。彼をリストに載せ、被害者の指の爪で見つかった物質に関する証言をすることになっている、と記載するんだ。彼は油脂の専門家証人になり、たぶん検察のレーダーに感知されないだろう。だが、いったん彼を証言席につかせれば、爪に見つかったものとバイオグリーンで起きていることを結びつけるのに彼を利用できる」

「リスキーですが、オーケイですね」ジェニファーは言った。「この審問のあとで、わたしがそれに取り組みます」

判事が判事室に通じる扉から姿を現し、法壇についた。まず、遅れたことを詫《わ》び、月例判事昼食会が長引いたのだと説明した。そののち、本題に入った。

「これは弁護側による開示要求の審問の継続です。ミズ・バーグ、紛失した財布の件を調査し、法廷にその結果を報告するよう指示したと思います。なにが見つかりましたか？」

バーグは発言台に歩み寄り、判事に呼びかけた。マイクの高さを調整しながら、苦しい表情を浮かべていた。

「ありがとうございます、閣下」バーグは言った。「率直に申し上げて、財布は紛失したままです。過去二日間、ドラッカー刑事がその捜索をおこない、必要とあれば証言するため、ここに来ております。ですが、財布は見つかりませんでした。月曜日に弁護側が提示したビデオ証拠はその点に関して決定的であったことに検察は同意します――すなわち、被告の車のトランクで死体が発見されたとき、被害者の尻ポケットには財布があったように見えるということです。ですが、のちに死体が検屍局でロス市警に引き渡されたときの所持品に財布は含まれていませんでした」

「いつ財布が取られたのか、あるいはだれに取られたのか、判明しましたか？」ウォーフィールドが迫った。

「いいえ、閣下」バーグは言った。「死体は検屍局に移送され、そこで準備室に置かれるというのが手順です。そこで、着衣が脱がされ、所持品が取り除かれ、死体の検屍解剖の準備がおこなわれる一方、所持品には封がされ、警察に渡すため保管されます。今回の場合はとりわけ、死体が発見されたのが夜間であり、それゆえ、およそ午前二時になるまで準備室に運ばれなかったのです。ということは、検屍解剖の準備が翌朝まではじまらなかったということになります」

「それでは、死体はそこにだれにも付き添われずに放置されていたということですか？」判事が訊いた。

「かならずしもそうではありません」バーグは言った。「検屍局の施設の一部である巨大な死体保管冷蔵室に運ばれたはずです」

「では、ほかの死体といっしょになっていたということですね？」

「はい、閣下」

「分離されていたわけではなく」

「入室許可が必要とされる冷蔵室に入っていたとしかわかりません」

「ドラッカー刑事は、その場所に監視カメラがあるかどうか確認しましたか？」

「確認しました。カメラはありません」

「では、だれがその冷蔵室に侵入し、財布を取っていったのかを知る方法はないのですね」

「現時点ではそのとおりです」

「現時点では？　それが変わる可能性があると思っているのですか？」

「いいえ、閣下」

「それに対して検察はわたしにどうせよと提案なさいますか、ミズ・バーグ？」

「閣下、検察はこの証拠物の紛失になんの言い訳もしません。しかしながら、これは双方に等しく衝撃を与える紛失です。検察と弁護側のどちらも、財布とそこに含まれている本件の情報が仮にあったとしてもそれにアクセスする機会がありません。それゆえ、この紛失の責任はわれわれが受け入れるものの、その損害は——仮にあるとしても——等しいものである、というのが検察の立場です」

ウォーフィールドはいまの発言をしばらく咀嚼してから口をひらいた。

「おそらくハラーさんは、検察のいまの評価に同意しないでしょう」ウォーフィールドは言った。「弁護側は対応したいですか？」

わたしはバーグに脇へどく暇も与えないほどすばやく立ち上がって、発言台にたどり着いた。

「はい、まさに閣下のおっしゃるとおりです」わたしは言った。「弁護側と検察側への損害は、けっして同等と見なせるものではありません。検察は本件が変わらないままでいるので余裕綽々《よゆうしやくしやく》でいます、閣下。彼らは車のトランクに死体があり、運転していた人間に容疑をかけました。それ以上深くほじくる必要がないのです。一件落着。弁護側が指摘するまで、なくなった財布のことを問題視すらしていません。彼らは明白に興味がないのです。なぜなら、財布と被害者が用いていたIDは、サム・スケールズがその人生の最後の日々にやろうとしていたことに結びつく可能性があり、それは検察がわたしに関してまとめた整然としたパッケージに合致しないかもしれないからです。明白なのです、判事、ここでの損害は弁護側にとってであり、検察にとってではありません」

「わたしはあなたの意見に同意します、ハラーさん」ウォーフィールドは言った。「弁護側はどんな救済策を求めますか？」

「救済策はありません。弁護側は財布を求めます。それが救済策です」

「では、処罰はどうします？　この捜査に関して関係者が悪意ある行動を取ったという証拠はないようです。財布は、検屍局に保管されているあいだに死体に近づいた何者かによって盗まれた模様です。本件は検屍局の内部捜査の対象にかならずなるでしょう。ですが、この不幸な一連の状況に対して法廷は検察を処分する気にはならないのです」

わたしはこれが自分の期待していた、そしてけさの発見に基づいて望んでいた結果に近づきつつあるのをわかっていながらも、いらだちのあまり首を横に振った。

「閣下」わたしは言った。「では、記録に留めるため、紛失した財布の捜索は、本件の事件現場と証拠を保全する責任を有していたのとおなじ刑事によっておこなわれたことを明記していただきたいです」

「そのように明記します、ハラーさん」ウォーフィールドは言った。「休廷まえにほかになにかありますか？」

「はい、閣下」バーグが言った。

わたしは発言台をバーグに譲り、自分の席に戻ろうとした。判事の裁定にいらだっているかのように首を振りながら。

「すみません、ちょっとお待ちを、ミズ・バーグ」ウォーフィールドは言った。「ハラーさん、あなたの反抗的な態度に気がつきました。あなたは法廷の裁定に腹を立てているのですか？」

わたしは歩みを止めた。

「閣下、わたしはたんにいらついただけです」わたしは言った。「わたしは論拠をまとめようとしていますが、なにかあるたびにわたしは妨害されています。検察は財布を紛失しました——過失ゆえか、悪意ゆえかはどうでもいいです——そしてわたしはその代償を払うのです。それだけです」

「双方の弁護人に忠告します。感情的発言と反抗的な態度を控えるように」ウォーフィールドは言った。「とくに裁判になったときには。そのときに、陪審員のまえで、そのような暴発に対して法廷は我慢いたしません」

「判事、暴発というものではありません。わたしはただ——」

「いま、法廷と言い争うつもりですか、ハラーさん？」

「いえ、閣下」

わたしは席に向かって歩くのを再開し、ウォーフィールドはわたしがまた渋面をこしらえた場合に備えて、わたしを目で追った。ようやく判事は視線を外し、検察官を見た。

「ミズ・バーグ、つづけて下さい」ウォーフィールドは言った。

「判事、昨日、われわれは弁護側から最初の証人リストを受け取りました」バーグは言った。「そこにはたった二名の名前しか載っていません――被告自身と彼の調査員の二名です。被告からはすでに二度にわたって本法廷に開示問題に関する苦情が出ております。なのに、被告は大胆にも証人リストにたった二名の名前しか載せていないのです」

ウォーフィールドは検察と弁護側のあいだの頻繁な砲火の応酬にうんざりしているか、判事昼食会で飲んだであろう二杯のマティーニによるだるさが出てきたかのように見えた。わたしに嚙《か》みつく気になったのはアルコールのせいだと確信した。こちらがバーグの苦情に異議を唱えるまえにウォーフィールドはわたしに向かって片手を上げ、わたしの返事に興味がないことを示した。

「時期尚早です、ミズ・バーグ」ウォーフィールドは言った。「まだ三十日近くあります。来週には、またそれから週ごとに双方からリストのアップデートがなされるでしょう。彼が召喚しようと計画している人物に関してパニックになるのは、もう少し待ちましょう。なにかほかに重要な性質をもつ問題はありますか？」

「いえ、閣下」バーグは言った。

「いえ、閣下」わたしは言った。

「けっこう」ウォーフィールドは言った。「では、休廷にします」

26

審問のまえに食事をする時間がなかったので、わたしは退廷後、シュリンプ・ポーボーイ・サンドイッチを食べに〈リトル・ジュエル〉に直行した。ボッシュを除く、弁護チーム全員がそこに集まった。ボッシュはまだ自分なりの調査をしているらしく、連絡が取れなかった。過去四十八時間で集まった事件に関する知識のおかげで、弁護側は危機を脱し、陪審員に論証を提示する方法を考えはじめる頃合いだ、とわたしはチームの面々に話した。検察のプレゼンテーションがどういうものになるか、われわれははっきり予想がついていた。なぜなら、事件の発生からそれは本質的には変わっていなかったからだ。われわれはそれに備えることができたが、それよりも重要なのは、こちらのストーリーを語る用意を整えることだった。

裁判は検察あるいは弁護側のどちらがよりすぐれたストーリーテラーであるかで決まることが多い。もちろん、証拠がある。だが、物証は、最初ストーリーテラーによって陪審員向けに解釈されるのだ。

ストーリーA：ある男が敵を殺し、その死体をトランクに入れ、だれも目撃者がいないであろう夜遅くにそれを埋める計画を立てた。

ストーリーB：ある男が元依頼人の殺害の濡れ衣を着せられ、知らず知らずのうちにトランクにその死体を入れたまま車を運転したあげく、警察に停止させられた。

物証はどちらのストーリーにも適合している。細かく見れば、一方のストーリーのほうが他方よりも信憑性が高いかもしれない。だが、すぐれたストーリーテラーは、正義の天秤を平らにするか、あるいは、ひょっとしたら証拠の異なる解釈によって他方へ傾けることすらできる。これがわれわれのいま立っている場所であり、わたしはこれまで経験したすべての裁判で手に入れたそのビジョンを手に入れようとしていた。証言席にいる証人のビジョン、自分が自分のストーリーを陪審員に語っているビジョン。

「われわれは明確に第三者有責性を狙う」わたしは言った。「そしてわれわれが指を突きつける相手はルイス・オパリジオになるだろう。オパリジオが引き金を引いたとは思えないが、命令を下したのは彼だ。それゆえ、彼がわれわれの身代わりであり、一番の証人だ。あの男を見つけなければならない。あの男に召喚状を送達しなければならない。あの男が確実に出廷するようにしなければならない」

ジェニファー・アーロンスンが蜂の群れを追い払うかのようにてのひらを広げて振った。

「少し話を戻していいですか？」ジェニファーは訊いた。「わたしが陪審員であるかのようにいまのを説明して下さい。われわれはなにが起こったと言ってるんでしょう？　つまり、わたしにはわかってます。オパリジオがスケールズを殺したか、殺させ、その罪をあなたになすりつけようとした。だけど、それがどのように起こったのか、現時点で正確に言えるでしょうか？」

「現時点ではなにも正確ではない」わたしは言った。「埋めなきゃならない穴がたくさんある――だからいまここに集まっているんだ。だが、なにが起こったのか、証拠が――それをわれわれがつかんだとたん――なにを証明するのかについて、おれが考えていることを話せる」

「じゃあ、どうぞ」ローナが言った。「あたしはジェンに賛成だな。あたしの目から見ると、なかなか状況は厳しいと思う」

「問題ない」わたしは言った。「ゆっくりと説明しよう。まず、ふたつのことからはじめる。一番目は、おれに対するルイス・オパリジオの敵意だ。九年まえ、おれはあの男を法廷でボコボコにした。マフィアとの関係と、住宅差し押さえ世界での怪しい取引を曝露してやった。その事件では、オパリジオは、黒幕の身代わりだった。彼はおれが陪審員のまえに置いた光輝く餌で、陪審員たちはその餌に襲いかかった。彼はおれが法廷で指摘した殺人犯ではなかったが、なかなか怪しいくそ仕事に関わっているると政府が勘づいて、彼とマフィアの資金援助者たちは、彼がやり終えたばかりの一億ドルの合併を連邦取引委員会が取り消した際に数百万ドル失うはめになった。そういうあれやこれやがあって、オパリジオがおれに恨みを抱いているのももっともだと思う。おれがあの男の正体を曝露しただけでなく、あいつとマフィアの資金援助者たちに多額の損をさせたんだ」

「まちがいないな」シスコが言った。「あんたに対してアクションを起こすのにいままで待ったのが驚きだよ。九年は長い歳月だ」

「まあ、ひょっとしたらオパリジオは完璧な罠が手に入るまで待っていたのかもしれない」わたしは言った。「なぜなら、おれがいま窮地に陥っているからだ」

「それは確かかね」ローナが言った。

「オーケイ、さて、論証の二番目の構成要素は、被害者だ」わたしは言った。「サム・スケールズ、なみはずれた詐欺師。われわれのストーリーは、このふたり――オパリジオとスケールズ――が、バイオグリーンで出会ったというものになる。ふたりは長期詐欺を働いて、獣から巻き上げていたが、なにかまずいことが起きた。オパリジオはスケールズを排除しなければならなかったが、同時に、スケールズ殺害の捜査がバイオグリーンに近づかないようにしなければならなかった。そこでおれが身代わりになった。オパリジオはどういうわけかおれとスケールズの長年の歴史と、それがひどい終わり方をしたことを知っていた。オパリジオはサムの死体をわたしの車のトランクに突っこみ、わたしはその車を運転した。その間、バイオグリーンはきれいなままでいて、おそらく政府が愛してやまないリサイクル燃料の出荷をつづけているのだろう」

わたしはテーブルのまわりの三人の顔を見た。

「質問は？」わたしは訊いた。

「ふたつあるわ」ローナが言った。「第一に、彼らがやってた詐欺とはなに？」

「獣から巻き上げること、と呼ばれているものだ」わたしは言った。「政府――つまり、獣――からだまし取ることだ。緑色の黄金――リサイクル燃料――製造に対する連邦政府の助成金をかすめ取る」

「うわぁ」ローナが言った。「サムはのしあがったのね。彼がその名を知られたインターネット詐欺とは大違い」

「いい指摘だ」わたしは言った。「そこはサムについておれが知っていることと合致していないんだが、いまのところ話しているのは仮説にすぎない。サムは爪に緑色の黄金をつけていた。おれたちが調べなければならないのは、サムは詐欺のアイデアをもってオパリジオのところにいったのか、あるいは進行中の詐欺作戦にたんに採用されたのかということだ」

「仲違《なかたが》いがなんだったのか、わかります？」ジェニファーが訊いた。「なぜサムは殺されたんでしょう？」

「それも埋めなければならない穴のひとつだ」わたしは言った。「おれの推測では、その穴の底にＦＢＩがいると思う」

「ＦＢＩがサムを寝返らせたんだな？」シスコはなかば質問、なかば示唆の形で言った。

わたしはうなずいた。

「その線でなにかがあったんだろう」わたしは言った。「オパリジオが気づき、サムは消えなければならなかった」

「だけど、賢明な動きをするなら、たんにサムを消せばいいだけだ」シスコは言った。「なぜ死体を発見される場所に、発見される可能性の高い場所に置いたんだろう？」

「そうだな」わたしは言った。「それも未知の項目のリストに載る。だけど、たんにサムを消すのは、連邦政府からのさらなる監視の強化につながったかもしれない。連中の取った方法でやれば、バイオグリーンを切り離すのに役立ち、うまくいけばそこでおこなわれている詐欺となんの関係もないように見せられるかもしれない」

「これがあんたに仕返しするいい方法だとオパリジオがわかっていたのは言うまでもなく」シスコが付け加えた。

「いまのところそれはたんなる仮説にすぎません」ジェニファーが言った。「次はなんです？　どうやって仮説を確かな論拠に変えるんです？」

「オパリジオだ」わたしは言った。「あいつを見つけ、召喚状を送達し、判事に召喚を執行させるようにする」

「それしか彼を法廷に連れてこられないでしょうね」ジェニファーは言った。「前回、あなたはオパリジオに黙秘権を行使させたかった。だけど、今回は、実際に証言させなければなりません」

「かならずしもその必要はない」わたしは言った。「もしこちらがあいつの悪事の証拠を握れば、重要なのはこちらが訊ねる質問になる。回答ではなく。あいつは好きなだけ黙秘権を行使すればいい。陪審員は質問のなかでストーリーを耳にするだろう」

わたしはシスコに目を向けた。

「で、オパリジオはどこにいる？」わたしは訊いた。

「オパリジオのガールフレンドに監視を付けている。いまで、そうだな、五日か？」シスコが言った。「あいつの形跡はない。揺さぶる必要があるかもしれない。ガールフレンドをびびらせ、オパリジオと会わねばならない必要性をつくるんだ」

わたしは首を横に振った。

「それにはまだ早いと思う」わたしは言った。「まだ少し時間がある。ゲームの終盤にかかるまでオパリジオに召喚状を送達したくないんだ。さもないと、アイスバーグがこちらの動きを察するだろう」

「もう察していますよ」ジェニファーは言った。「FBIの召喚状の写しを手に入れているでしょうから」

「だが、彼女はそれを当てずっぽうだと見なしている、とおれは思う」わたしは言った。「FBIがなにかつかんでいるのかどうか確かめるための探りいれだと。判事でさえそう考えていた。とにかく、まだ召喚状にはいきたくない。召喚状を送達すれば、こちらの論拠をさぐるための時間を検察にたっぷり与えることになる。だから、まずオパリジオを見つけ、ぎりぎりまで監視する必要があるんだ」

「それは可能だ」シスコが言った。「だけど、金がかかる。これを裁判までつづけるとは思っていなかった」

「どれくらいかかる？」わたしは訊いた。

「いまあそこに配置している監視チームには一日四千ドルかかっている」シスコが言った。

わたしはローナを見た。法律事務所の銀行口座の管理人だ。彼女は首を横に振った。

「裁判まで四週間ある」ローナは言った。「つづけるには十万ドル必要よ、ミッキー。それだけのお金はない」

「アンドレ・ラコースやボッシュのところに戻らないかぎり」ジェニファーが言った。「あなたの保釈保証担保金負担は安く済みましたが、あのふたりは六桁のお金を進んで払おうとしていました」

「ボッシュには頼めない」わたしは言った。「金を借りるよりも金を払う立場にいる。ローナ、おれとアンドレの食事の場を設定できるか確かめてくれ。彼がいくらなら払ってくれるか確かめよう」

「シスコが割引き交渉をできるんじゃないかしら？」ローナはテーブル越しに夫を見て、言った。「なんてったって、ミッキーは常連客でしょ」

「交渉は可能だ」シスコは言った。

シスコがインディアンに仕事を持ちかけた場合、いくらか手数料を取っているだろう、とわたしはわかっていた。それゆえ、ローナの提案はシスコ自身の財布を直撃した。

「よし」わたしは言った。

「それで、ＦＢＩはどうなんです？」ジェニファーが話題を変えて、言った。「情報公開法と召喚状は行き詰まりました。正規の手続きでトウィ・レターを持って、連邦検事局にいくことはできます。ですが、ＦＢＩがそれを黙殺できるのは、みんな知っていますし、こちらの時間的制限のなかでは有効にならないでしょう」

「トウィ・レターとはなんだ？」シスコが訊いた。

「連邦政府職員の証言を要求する手順の第一ステップ」ジェニファーが言った。「それを作成した事件の当事者だったイリノイ州の既決囚にちなんで名づけられたの」

「だけど、きみの言うとおりだ」わたしは言った。「永遠の時間がかかるだろう。だが、ＦＢＩ相手に奇策があるかもしれない。もしこちらがバイオグリーンで波風を立てるか、少なくとも立てそうになったら、連中はテーブルにつくかもしれない」

「そうなったら幸運ですが」ジェニファーが言った。

「ああ、運こそわれわれが必要としているものだ」わたしは言った。

その一言で打合せは重々しく終わった。

27

水曜日はいつも娘が泊まっていく曜日だったが、ロースクール入学とともに事態は変化した。彼女は午後七時に集まる不法行為研究グループがあり、そのためわたしは早割サービスで食事をせざるをえなくなった。娘とはキャンパスあるいはその付近で会って、そそくさと早い夕食を取り、そのあと娘はロースクールに向かって、グループの会議室にいくのがつねとなっていた。

わたしはビショップにエクスポジション大通りのキャンパス・ゲートで降ろしてもらった。車を降りるまえにわたしは座席越しにビショップに六十ドルを渡した。

「二時間後にここに迎えに来てくれ」わたしは言った。「そのあいだにこの金を使って、プリペイド使い捨て携帯を買って、残りの金でなにか食事をしてくれ。もしそのあとで時間があれば、使い捨て携帯の設定をしてほしい。戻ったときに電話をかけなきゃならないんだ」

「了解」ビショップは言った。「メッセージを送れるようにしときたいかい？」

「いや、いい。うまくいけば、一回だけ電話をかけ、一回受け取るだけだ。それだけだ」

わたしはそこからキャンパスを横切って学生センターのなかの〈モートン・フィグ〉にいった。レストランの名前になっている背の高いオオバゴムノキ《モートン・フィグ》のそばの屋外テーブルにヘイリーがいた。驚いたことに、隣に娘の母親が座っていた。ふたりはテーブルのおなじ側に腰を下ろしていたので、わたしはふたりと向かい合う形で座った。

「さて、これは嬉しい驚きだ」わたしは言った。「会えて嬉しいよ、マグズ」

「こちらも嬉しいわ。食べるよね？」マギーが訊いた。

「あー、それがおれがここにいる理由だ」わたしは言った。「それからわれわれの娘に会うためだ」

「あなたは食べてるように見えないな」マギーは言い返した。「監獄から出て、なに、一ヵ月経ったんでしょ？　それなのに、体重を落としつづけているように見える。どうしたの、ミッキー？」

「これはなんだ、干渉か？」わたしは訊いた。

「パパを心配しているの」ヘイリーが言った。「ママに来てと頼んだの」

「ああ、そうだな、自分がやってもいない殺人容疑をかけられてみろ」わたしは言った。「拘置所にいてもいなくても消耗するんだ」

「なにか力になれる?」マギーが訊いた。

わたしが答えるまえに口をつぐんでいると、ウエイトレスがメニューを持ってきた。マギーは食事をするつもりはないと言って、メニューを断った。

「おれに食べなきゃだめと言いに来たくせにきみは食べないのか?」わたしは言った。

「この食事が特別なものだと知ってるの」マギーが言った。「あなたたちふたりにとって――もうなくなってしまった〈デュパーズ〉でパンケーキを食べていた時代まで遡る歴史がある。わたしはたんにあなたに会ってどうしているか訊きたかったんだけど、あとはふたりだけにするわ」

「いていいよ」わたしは言った。「いつもきみのスペースは空けてある」

「いえ、予定があるの」マギーは言った。「いかなくちゃ。だけど、あなたは質問に答えていない。なにか力になれる、ミッキー?」

「そうだな」わたしは言った。「同僚のアイスバーグに、おれを自分の棚に飾るトロフィーにするという考えに取り憑《と　つ》かれたあまり、この事件の実態を見ようとしていない、と伝えてもらえるならありがたい。示談が――」

マギーは両手を振って、こちらの言葉を遮った。

「わたしが言っているのは、法廷外でできること」彼女は言った。「わかっているでしょうけど、仕事上これはとても扱いにくい状況なの。利益相反のため、わたしはこの事件から遠ざけられているけど、事件や証拠を見ずとも、あなたがそんなことをするわけがないとわかっている。あなたが裁判に勝つのがわかっているのとおなじくらいに。ヘイリーとわたしはそれ以外の可能性を考えられない。だけど、あなたは裁判に勝てるようにしなきゃだめよ。あなたの体調が鍵。それなのにあなたはひどいありさまじゃない、ミッキー。残念だけど、法廷であなたを見た。ヘイリーはあなたがスーツを仕立て直したと言ってたけど、それでも骨と皮みたいよ。目の下には隈《くま》ができている……あなたは自信があるように見えない。わたしたちが知っていて、愛しているリンカーン弁護士には見えないわ」

わたしは黙っていた。彼女の言葉は胸に応えた。それが真摯なものであるとわかっているだけに。

「ありがとう」わたしはようやくそう口にした。「ほんとにそう思っている。いい忠告になる。勝者のようにふるまえば、勝者になる。それがルールであり、おれはそれを忘れていたようだ。勝者のように見えなければ勝者のようにふるまえない。すべては睡眠不足のせいなんだと思う。この件がのしかかってきて、よく眠れないんだ」

「医者にかかりなさい」マギーは言った。「処方箋を書いてもらって」

わたしは首を横に振った。

「処方箋は要らない」わたしは言った。「だけど、なんとかする。注文しないか？　ほんとにいられないのかい？　ここの料理はすばらしいんだ」

「いられないわ」マギーは言った。「ほんとうに会議があるの。あなたとヘイに訪ねてきてほしい。この子は、ＵＳＣロースクールの神聖な講堂にいるより、法廷であなたを見ているほうが学ぶものが多くあるってさっき言ってたところよ。とにかく、もういくわ」

マギーは椅子をうしろに押しやった。

「ありがとう、マグズ」わたしは言った。「とても意味があった」

「体に気をつけてね」マギーは言った。

するとマギーは驚くべきことをした。身をかがめ、ヘイリーの頬にキスしたあと、テーブルを回ってきて、わたしにも同様のことをしたのだ。なん年ぶりだろう、思い出せないくらい久しぶりだった。

「さよなら、みんな」マギーは言った。

わたしは彼女が立ち去るのをじっと見ており、しばらく黙っていた。

「あんなふうに彼女を呼んでるの？」ヘイリーが訊いた。

「なんだって？」わたしは訊いた。

「アイスバーグ」

「ああ、呼んでる」

娘は笑い声を上げ、わたしも笑った。ウエイトレスがやってきて、わたしたちはハッピーアワー・メニューを注文した。ヘイリーはロブスター・タコスを、わたしはマギーの〝骨と皮〟コメントに触発されて、昼食が遅かったにもかかわらず、グリル・オニオン添えのクラシック・ハンバーガーを頼んだ。

その食事のあいだ、わたしたちは主に彼女の授業について話をした。娘は法律がすばらしいものであるという段階にいた。あらゆる人々にとっての保護を提供し、犯罪者にひとしく罰を与えるものである、と。それはわくわくする時間であり、わたしはそれをよく覚えていた。理想が設定され、目標がそこに付随していた時代だった。わたしは娘にしゃべらせ、ほとんどただほほ笑んで、うなずくだけだった。わたしの心はマギーのことでいっぱいだった。彼女が言った言葉、最後のキス。

「今度はそっちの番」ヘイリーが途中で言った。

わたしは顔を上げた。フライドポテトが口のなかに入る用意をしていた。

「どういう意味かな？」わたしは訊いた。

「さっきからしゃべっているのは、あたしのことと、法の理論的な世界のことだけ」ヘイリーは言った。「パパと現実世界はどうなの？　事件はどんな進み具合になっているの？」

「なんの事件だい？」

「パァパ」

「冗談だ。うまくいってるよ。いいものが手に入りつつある、と思う。裁判がいい方向に進むと見えはじめている。あるフットボールのコーチがいた。だれだったか思いだせない——ひょっとしたらペイトリオッツのベリチックかもしれない。とにかく、彼は、試合がはじまる二日まえにオフェンス・チームに最初の十二プレーを指示するのがつねだった。ほかのチームの映像を見て、彼らの癖を研究し、彼らがディフェンスでどうふるまうか予想し、そのプレーを書きだすんだ。おれがたどり着こうとしているのはそういう地点だ。諸々《もろもろ》のことがひとところに集まろうとしているのが見える

——証人や証拠が」

「でも、検察側のあとでないと弁論をはじめられないんでしょ」

「そのとおり。だけど、彼らがなにをやろうとしているのか、かなりわかっているんだ。まあ、裁判まで四週間ある。ということは事態が変化し、向こうがこちらの意表を突く時間はたっぷりある。だけど、いまは、おれは自分の論証について考えている、検察側の論証ではなく。そしてそれに関していい感じになりかけているんだ」

「それはすごいね。教授たち全員と話をして、あたしは、その場に居合わせる必要があると言ったんだ」

「あのさ、おまえがこの件でおれの味方だとはわかっているが、その場に居合わせて、授業をサボる必要はないんだ。冒頭陳述に来てもいいかもしれないが、そのあとは、おまえが見たいようなものがあるときに連絡するよ。それから評決とそのあとの祝勝会だ」

わたしは笑みを浮かべ、娘がわたしの楽観主義を共有してくれるのを願った。

「パパ、フラグを立てるようなこと言わないで」ヘイリーは共有の代わりにそう言った。

「USCロースクールで教えられているのはそういうことなのか?」わたしは言っ

た。「担当事件にフラグを立てるようなことを言うな、と?」

「いえ、それは学部三年生のときの教え」

「面白い子だな」

われわれはレストランをあとにすると別々の方向に向かった。わたしは歩み去ったが、途中で立ち止まり、娘がプラザを抜けて歩いていくのを見守った。もう暗くなっていたが、キャンパスは煌々《こうこう》と明かりに照らされていた。娘は堂々と、早足に歩いていた。わたしは娘がふたつの建物のあいだに見えなくなるまで見つめていた。

ビショップが約束した場所でわたしを待っていた。わたしは後部座席の助手席側に乗りこんだ。ビショップは座席越しに安物の折りたたみ式携帯電話と渡していた六十ドルの釣り銭を寄こした。

「なにか食べたのか?」わたしは訊いた。

「フィゲロア・ストリートの〈タムズ〉にいったよ」ビショップは言った。

「おれもハンバーガーを食べた」

「あれに限るぜ。で、どこにいく?」

「電話をかけるあいだ、このままちょっと停まっていてくれ」

自分の本物の携帯電話でFBIロサンジェルス支局の番号をグーグル検索してか

ら、使い捨て携帯でそこにかけた。男性の声で、そっけなく「ＦＢＩ」という言葉で応答があった。

「捜査官に伝言を届ける必要があります」

「いま、だれもいません。みんな帰宅しました」

「わかってます。ドーン・ルース捜査官に伝言を届けてもらえませんか？」

「あしたかけ直してもらわねばなりません」

「秘密情報提供者からの緊急電話です。あしたでは遅すぎます」

長い間があり、やがて相手は折れた。

「この番号に彼女は電話をしなければなりませんか？」

「はい。名前はウォルター・レノンです」

「ウォルター・レノンね。了解」

「いますぐ彼女に連絡して下さい。ありがとうございます」

わたしは使い捨て携帯を畳み、座席越しにビショップを見た。

「オーケイ、発進してくれ。相手が折り返し電話してくるときに移動していたいんだ。そうしたほうが足取りを追跡されにくくなる」

「どこでもいいのかい？」

「そうだな——きみの家に向かってくれ。おれを降ろしてからウーバーを使う代わりに、今夜はおれがきみを降ろすよ」

「ほんとかい？」

「ああ、いってくれ。移動していたいんだ」

　ビショップは路肩からリンカーンを発進させると、移動を開始した。彼はすぐにフリーウェイ110号線に入り、南へ向かった。105号線とのインターチェンジで西に曲がってイングルウッドを目指すとわたしにはわかっていた。

　カープール車線を進んでおり、予定より早く進んでいた。105号線に向かう出口にさしかかったとき、使い捨て携帯が鳴りだした。発信者番号通知はブロックされていた。わたしは携帯電話をひらいたが、口はひらかなかった。まもなく女性の声が聞こえた。

「だれなの？」

「ルース捜査官、電話してくれてありがとう。ミック・ハラーです」

「ハラー？　いったいなにをしているの？」

「これは私用回線ですよね？　この通話を録音されたくないでしょうから」

「ええ、私用よ。いったいこれはなにごと？」

「そうですね、これはウォルター・レノンの件です。それであなたがこんなにも早く折り返してきた事実が、彼が何者なのか、あなたが正確に承知していることを証明しています。彼が何者だったかですね、正確に言えば」

「ハラー、わたしが切るまで三秒あげるわ。なぜわたしに電話をかけてきたの？」

「わたしはギャンブルをしているんですよ、ルース捜査官。先日の夜、あなたのパートナーのアイエロがデッキからわたしを投げ落とそうとしたとき、あなたは彼を引き戻した。よい警官悪い警官のルーティンをいやというほど見たことがありますが、あそこで起こっていたのはそれではないと思っています。あなたは彼がやろうとしていることを気に入っていなかった」

「電話を切るまえにもう一度訊くけど、なにが望みなの？」

「そうですね、たとえば、あなたに証言してもらいたい」

わたしは皮肉な笑い声を耳にした。

「それがだめなら」わたしはひるまずに言った。「ウォルター・レノンことサム・スケールズとバイオグリーンに関して起こっていたことを話していただきたい」

「頭がおかしいんじゃない、ハラー」ルースは言った。「自分の仕事を投げ捨てるとでも思っているの？」

「あなたが正しいことをするのを期待している、それだけです。それがあなたがFBI捜査官になった理由じゃないですか？　わたしは先日の夜起こったことに基づいてこう言っているんですが、なにが起こっていようと——この隠蔽策です——あなたはそれに反対しているとわたしは推測しています。あなたのパートナーはどっぷり浸《つ》かっているかもしれないけれど、あなたはそうではない。あなたはわたしがサム・スケールズを殺していないのを知っており、それを証明するため、わたしに協力することができる」

「もう一度言う。わたしがあなたのために自分のキャリアを捨て去るだろうと思っているのなら、頭がおかしい。それに、いいえ、わたしはあなたがサム・スケールズを殺したかどうか、ほんとに知らないんだ」

「まあ、キャリアを捨て去る必要はないかもしれませんよ。正しいことをして、キャリアを維持できるかもしれない。わたしにわかっているのはこうです——あなたのパートナーはキャリアを維持しないんです」

「いったいなんの話？」

「あの男はわたしをデッキから放りだそうとしていました」

「あのね、大げさに言ってる。彼はやりすぎた、それは認める。だが、あなたがこっちのボタンを押していたんだ、ハラー。そして彼はあなたを放りだそうとはしていなかった。その主張はまったく的外れだ」

わたしは返事をしなかった。そのため、ルースが先をつづけた。

「それにふたりの捜査官の証言がある一方、そっちはあなたの証言しかない。計算してみて」

「だからあなたたちはいつもペアで行動しているのか？」

ルースは返事をしなかった。わたしは念押しした。

「いいか、ルース捜査官、それなりの理由があって、わたしはあなたのことを気に入っている。ＦＢＩとの経験では過去になかったことだが、いまも言ったように、あなたはわたしからあいつを引き剝がした。だから、あなたにいいことをしてあげよう。わたしが苦情を申立てたときにあの出来事に関する虚偽の報告を上げるのを止めるよう申し上げる。それであなたは職を失わずに済むし、わたしのおかげで正しいことができるかもしれない」

「あなたがなにを言っているのかわからない。これは――」

「個人の電子メール・アドレスを持っているかい？　それを教えてくれれば、今夜、あるものをお送りしよう。そのとき、わたしがなにを言っているのかわかるだろう。

家のバルコニーにはカメラを設置しているんだ、ルース捜査官。一部始終を捉えている。ふたりの捜査官がビデオに向かって話している言葉も入っている。あなたは負けるぞ」

長い沈黙が降り、わたしは車窓の外を見た。建築費数十億ドルの新しいフットボール・スタジアムのそばを通っているのに気づいた。すると、ルースがひとつの電子メール・アドレスを空で口にしているのが聞こえた。わたしは室内灯を点け、法律用箋にそれを書きつけた。

「わかった」わたしは言った。「自宅に戻り、安定したＷｉ－Ｆｉ環境になったらすぐにビデオを送るよ。たぶん一時間後だ。願わくは、そちらからなにか連絡をもらって、この件が避けられるように――あなたにとってもあなたのパートナーにとっても」

ルースはそれ以上なにも言わずに電話を切った。わたしは使い捨て携帯電話を上着のポケットに入れ、室内灯をパチンと消した。

「そのビデオはさぞかし鮮明にちがいない、だろ？」ビショップが前部座席から訊いてきた。

わたしは彼を暗闇のなかからじっと見つめた。ダッシュボードの明かりの淡い光を受けて顔が浮かび上がっている。彼が検察のスパイである可能性をシスコが否定したことについて再度考えこむ。どちらにせよ、ビショップにわたしの仕事を知らせる必要はなかった。

「いいや」わたしは言った。「ハッタリをかませただけさ」

28

一月十六日木曜日

翌朝は、午前七時に玄関の戸をドンドン叩く音のせいで、早くに訪れた。まずケンドールがベッドから飛び起き、ついでわたしは腰の筋肉がズキズキするくらい急いで上半身を起こした。

「いったいなに？」ケンドールは悲鳴を上げた。

「わからん」わたしは言った。「とにかく着替えよう」

わたしは昨晩床に脱ぎ捨てていたズボンを穿き、クローゼットからきれいなシャツをつかんだ。そのボタンをかけながら、裸足《はだし》で廊下を歩いていると、一歩ごとに自分がツイン・タワーズに戻るのではないかという恐怖が募ってきた。こんな早くにドアをドンドン叩くのは警官だけだ。

わたしがドアをあけると、案の定、ドラッカーと、見覚えのない別の刑事がいた。そのうしろにはふたりの制服警官が立っていた。ドラッカーは見覚えのある書類を掲げていた。捜索令状だ。

「おはようございます、この敷地《しきち》内の捜索令状がここにあります」ドラッカーは言った。「入ってもよろしいか？」

「まず、手にしているものを見せてくれ」わたしは言った。

わたしはその令状を手に取った。ホッチキスで数ページを留められているものだった。わたしは前文や相当の理由の記述をすっ飛ばして、彼らがさがしているものの本質にたどり着く方法を知っていた。

「請求書の控えが欲しいんだな」わたしは言った。「それはここにはない。わたしのオフィス・マネージャーが最近のものを全部持っており、残りは倉庫にある」

「わたしのパートナーがミズ・テイラーの住居の令状を送達しているところです」ドラッカーは言った。「それから、あなたの倉庫用の三枚目の令状もここにあります。このあとでそこの捜索を円滑におこなうため、あなたに協力していただき、そこで落ち合いたいと考えておりました」

わたしは戸口から一歩下がり、腕をまえに出して、彼らになかに入るよう合図した。ケンドールが家の奥に通じる廊下のドアのところにいるのにわたしは気づいた。彼女はわたしの携帯電話を手にしていた。

「ローナからよ」ケンドールは言った。

「捜索されているのはわかっている、と彼女に伝えてくれ」わたしは言った。「五分後にかけ直す、と」

わたしはいまリビングに立っている四人の法執行職員のほうを向いた。

「奥にホームオフィスがある」わたしは言った。「たぶんそこからはじめたいんだろう。だが、さきほど言ったように、ここには請求書の控えを置いていない。ローナがそういったものを全部扱っているんだ」

ドラッカーはひるまなかった。

「案内してくれるのなら」彼は言った。「できるだけ、めんどうを起こさないようにするよ」

彼らはわたしのあとから廊下を通った。ケンドールが寝室に引き下がり、ドアを閉めるのを見た。通りすぎる際にわたしはそのドアをノックして、彼女の注意を惹いた。

「ケンドール、おれはこの連中のそばを離れられない」わたしは言った。「靴下と靴を持ってきてくれないか？」

わたしは廊下の最後のドアに行き着いた。そこはわたしがオフィスに改造した寝室につながっていた。書類とファイルに埋もれている机がある。

「ここにあるのは、あんたらが見てはならない秘匿特権に守られている情報を含んでいる事件ファイルだ」わたしは言った。

わたしは手を下に伸ばして、デスクの引き出しをあけはじめた。大半が空であることを彼らに見せようとする。

「好きに調べてくれ。だが、見てわかるとおり、請求書の控えはない」わたしは言った。「そっちの時間とわたしの時間の無駄だ」

わたしは机の奥から手前に戻り、捜索者たちのためにスペースを空けた。そのオフィスにはカウチが一脚あり、ときおりわたしはそこで寝ていた。ケンドールがきれいな靴下とフェロ・アルドの黒い編み上げブーツを持って入ってくると、わたしはカウチに腰を下ろした。彼女はわたしの携帯電話も手渡してくれた。

「あなたたちは信じがたいわ」ケンドールが言った。「どうして彼を放っておいてくれないの？」

「かまわない、ケンドール」わたしは言った。「彼らは間違っているが、たんに自分たちの仕事をしているだけだ。その仕事をさせるのが早ければ早いほど、彼らはここから早く出ていく」

ケンドールは憤然として部屋を出ていった。わたしはローナに折り返しの電話をかけた。

「ミッキー、あいつらあたしの記録を捜索しているの」電話に出るとすぐローナは話しはじめた。

「わかってる」わたしは言った。「連中は請求書を見ることができる。特権で守られている資料を連中が見ないようにだけ注意してくれ」

「近づけさせやしないわ。だけど、知ってるでしょうけど、サム・スケールズ関係の資料はここにはないのよ」

「ドラッカー刑事がここにいる。おれはそれをあの男に伝えたが、連中はやりたいことをするつもりでいる」

ローナは声を潜めて次の質問をした。

「それってどういう意味なの、ミッキー？　あいつらはなにをさがしているの？」

それらの質問について考える時間がほとんど持てなかった。わたしはローナに電話をかけ直すと言って、切った。それからカウチに座ったまま動かずにドラッカーと名乗らない刑事がわたしの机の引き出しを調べている様子を眺めた。制服警官たちが廊下に集まっていた。彼らはもし抵抗があった場合に捜索の強制執行をするためここにいるのだ。だが、わたしが協力したことから、彼らにはなにもすることがなく、装備ベルトに手を置いて立っているだけだった。

デスロウ・ダナが自分の論証を補強しようとしているのはわかっていた。この捜索は売掛金勘定と動機に関するものだろう。サム・スケールズがわたしに弁護料支払いを拒んだ書類をさがしているのだ。それを証明するわたしの側の記録を欲しており、金銭的利得のための殺人容疑はまだ残っているのだとわかった。

数分後、ドラッカーは机のすべての引き出しを閉じて、わたしを見た。

「車庫を確かめてみよう」ドラッカーは言った。

「車庫にはなにもない」わたしは言った。「カリフォルニア州法曹協会は、依頼人記録が安全対策の取られていない場所に保管されていることにいい顔をしないんだ。こういうのを全部スキップして、うちの倉庫にいけばいい。そっちがなにをさがしているのかわかっているし、もしわたしがそれを持っているなら、そこにある」

「あんたの倉庫はどこだ？」

「丘を越えたところだ。スタジオ・シティにある」

「車庫を調べてから、そこへいこう」

「好きにするがいいさ」

ビショップを来させるには早すぎる時間だ。車庫の捜索が終わったあと――殺人事件以来、はじめてわたしはそこに入った――わたしはリンカーンを自分で運転した。ロウレル・キャニオンを通って北上しながら、自分はいったい何度、自由を奪い去るために働いている連中に協力してはならないと依頼人をたしなめたんだろうと考えた。**連中に丁寧に応対して協力すれば、自分がやっていないとわかってもらえると思っているかい？　その可能性はゼロだ。あいつらはきみからすべてを奪い取りたがっている――きみの家族、きみの家、きみの自由を。あいつらに協力するんじゃない！**

それなのにわたしはここにいて、自分の弁護活動と生計手段の記録を保管している場所へ向かうパトカーのパレードを先導している。このとき、わたしは依頼人として愚か者なのではないか、と思った。ひょっとしたら、ドラッカーに、失せろと告げ、自分で倉庫を見つけさせ、錠を切断し、どこにファイルがあるのか突き止めさせるべきだったかもしれない。

携帯電話が鳴った。またローナからだった。

「折り返しかけてくれるんじゃなかったのかしら」

「すまん、忘れてた」

「まあ、あいつらは帰った。倉庫に向かうと言ってるのが聞こえた」

「ああ、おれがいまそちらに向かっている」

「ミッキー、あいつらが捜索を終えたら、新しい容疑であなたを逮捕する可能性はある？」

「おれもそれを考えたが、連中はおれに自分の車を運転させ、先導させている。もしポケットのなかに逮捕状を入れていたら、ドラッカーはそんなことをさせるはずがない」

「あなたの考えが正しいことを祈るわ」

「きょうはまだジェニファーから連絡はないのか？」

「まだない」

「わかった、おれから彼女に連絡して、なにが起こっているのか伝える。くじけないでくれ、ローナ」

「あたしはただこれが済むのを願っているだけ」

「おれもそうだ」

わたしは警察の隊列にランカーシム大通りを上らせ、わたしが記録を保管している自動温度調節器付き倉庫に案内した。そこには男と女のマネキンや、長年にわたって裁判で用いたほかの小道具も保管していた。また、法廷で依頼人に着せるために保管しているさまざまなサイズのスーツがかかっている二本のラックと、三台あるリンカーン・タウンカーの三台目も置かれていた。提供した弁護サービスと引き換えに手に入れた火器を収めるためのアップライト式ＡＭＳＥＣ銃保管庫もあった。保釈の条件として、わたしは火器を所持できず、この件が終結するまで、銃類はシスコに彼がローナと共有している家に持っていってもらっていた。

倉庫にはロールアップ式ドアがついており、わたしはそれを捜索者たちのためにあけた。それから倉庫内の鍵のかかった保管室に案内した。そのなかの依頼人記録を安全に保管するためのカリフォルニア州法曹協会のガイドラインを完全に遵守した鍵つきファイル・キャビネットに過去の記録を保存していた。わたしは鍵を使って最初の四段キャビネットを解錠した。

「どうぞ、みなさん」わたしは言った。「この列には、二〇〇五年に遡る仕事の記録が入っている。収支報告書と納税申告書、あらゆる会計記録が見つかるだろう。それが捜索令状の適用範囲であなたたちが見る権利があるものだ。ほかの引き出しには事件ファイルが入っており、それは手出し無用だ――サム・スケールズのファイルでも」

その部屋はグループ全員が入るには狭すぎた。いまではそこにドラッカーのパートナーであるロペスも含まれていた。わたしは部屋から制服警官が立っている場所まで後退し、戸口でうろうろした。そこから捜索の様子を監視できた。

ファイル保管室には、古い事件を調べなければならないときに使う折り畳み式テーブルがあった。刑事たちは立ったままでいたが、興味を示したファイルをテーブルの上で広げた。持っていきたいものがあったときは、脇へどけていた。

三人が作業にあたり、捜索は迅速におこなわれ、彼らが終わるころには、捜索令状の権能で押収するための四種類の書類を彼らは脇へどけていた。わたしはそれらを見せてくれと頼んだ。

「われわれが押収するものをあなたと共有するようにという指示は、令状には書かれていない」ドラッカーが言った。

「あんたに協力するようにという指示も令状には書かれていないじゃないか」わたしは言った。「だけど、わたしは協力したぞ。なにを持っていこうと、いずれ開示資料としてわたしに戻ってくるんだ、刑事。だから、なぜこのことでいやなやつになる？」

「わかってるだろ、ハラー、あんたは自分がいやなやつになって、公衆の面前でおれを咎《とが》める必要なんかなかったんだ」

「なんだって？　こないだの法廷の話をしているのか？　あれがだれかを咎めることだと考えているのなら、陪審員のまえで証言するまで待て。大人用おむつをかならず穿いておくがいい、刑事」

ドラッカーはユーモアの欠片《かけら》もない笑みをわたしに向けた。

「よい一日を」ドラッカーは言った。

ドラッカーはこちらにチラリとも見えないように書類を胸に押しつけてわたしのそばを通りすぎた。ロペスと、名乗らない刑事がドラッカーを追って出ていった。それから刑事と制服を着たエスコート隊員たちの一団は倉庫をあとにした。わたしは自分が再逮捕されなかったことをローナに知らせるメッセージを打った。いまのところはまだ。

29

一月十七日金曜日

　カタリナ・エクスプレス号は太平洋の暗い水面をすばやく移動した。太陽は前方に横たわる島の向こうに沈みはじめていた。風が刺すように冷たかったが、ケンドールとわたしは、おたがいの体に腕をまわした格好で、オープン・デッキにいて風を浴びていた。金曜日の午後であり、チーム・ハラーには、祝日の週末は姿を消している、と伝えていた。わたしの保釈制限は、判事の許可なくロサンジェルス郡を離れることを禁じていたため、そのルールを破らずにできるだけ遠くへいける場所を選択した。

　フェリーは午後四時にアヴァロン港の桟橋に着き、ゼーン・グレイ・プエブロの運転手付きゴルフカートがわれわれを待ち受けていた。カートはわれわれと一個のバッグを乗せて丘を越え、運転手は最近リノベーションが完了したばかりの歴史的ホテルに関するささやかな逸話を語ってくれた。そこはかつてはホテルの名前の由来である作家の自宅であり、西部開拓地を題材にした何冊もの小説を執筆した場所だった。

「作家がここに住んでいたのは、釣りが好きだったからです」運転手は言った。「釣りができるので書いている、といつも言ってたんです——それがどういう意味かはともかく」

わたしはただうなずいて、ケンドールを見た。彼女はほほ笑んだ。

「作家が歯医者でもあったと知ってますか？」運転手が訊いた。

「なんて名前だい？」わたしは訊いた。

「ゼーン・グレイです」運転手は言った。「でも、ほんとのファーストネームはそれじゃなかったんです。本名は、パールでした——女性の名前みたいな。ゼーンで通したのも不思議じゃないですね。実際には彼のミドルネームだったんです」

「面白い」ケンドールが言った。

オフシーズンで、ホテルはほとんど客がいなかった。われわれはいくつかの部屋を自由に選べた。どの部屋も作家の人気小説にちなんだ名前が付いていた。われわれは『ユタの流れ者』スイートを選んだ。その本のことを知っていたからではなく、港が見え、稼働している暖炉があったからだ。わたしはその部屋に以前に泊まったことがあった。何度も、何年もまえに。まだ結婚していたときにマギー・マクファースンといっしょに。

われわれの計画は、週末の大半をここで過ごし、おたがいに楽しもうというものだった。電話もなく、コンピュータもなく、邪魔する者もいない。しかしながら、町のレストランや食料品店に出かけるちょっとした移動のため、ホテルでゴルフカートを借りた。

準備はすばらしかったが、この旅行にはなにかしら悲しいものがわたしにはあった。憂鬱な気分がして、それを拭えなかった。ケンドールとわたしは暖炉のまえで、語り合い、昔話をし、将来の計画を練って時間を過ごした。そして、最初の二晩と日曜日の朝、愛を交わした。だが、月曜日になると、われわれは重要な話はなにもしなくなり、わたしはフラットスクリーンTVのまえでほぼ一日じゅう座って、進行中の弾劾裁判や中国の謎のウイルスに関するCNNの報道を見ていた。疾病対策センターは、武漢からのフライトに対応するためロサンジェルス国際空港に医療スタッフを派遣し、乗客の発熱やその他の病状をチェックすると発表していた。発症したと判断された乗客は隔離されることになるだろう。

ニュースは気晴らしだった。なにも気にしないふりをして、携帯電話の電源を切り、週末のあいだずっとスーツケースから取りださずにいた。だが、ほかのいろんなことが気になってしかたがなかった。このあとに待ち受けているものの重さと、賭けられた賭け金の大きさがひたひたと押し寄せてきた。

ケンドールとわたしはいっしょに最後の日々を過ごしているという虫の知らせがあった。彼女のＬＡへの帰還とわれわれの恋愛関係にふたたび火を灯そうとする試みは、究極のところ失敗に終わる実験になるだろう。なぜそうなるかという正確な理由を突き止めることはできなかった。だが、マギーと、われわれの失われた家族を一瞬結びつけたＵＳＣでの出会いのことで、さまざまな思いが去来した。それにあのキス。あんなにさりげなく、すばやく、思いがけないことが、いまある関係の脆《もろ》い基礎を揺るがしうるとは、驚きだった。

（下巻につづく）

|著者| マイクル・コナリー　1956年、フィラデルフィア生まれ。フロリダ大学を卒業し、新聞社でジャーナリストとして働く。手がけた記事がピュリッツァー賞の最終選考まで残り、ロサンジェルス・タイムズ紙に引き抜かれる。著書は『暗く聖なる夜』『天使と罪の街』『終決者たち』『リンカーン弁護士』『エコー・パーク』『死角　オーバールック』『真鍮の評決　リンカーン弁護士』『判決破棄　リンカーン弁護士』『証言拒否　リンカーン弁護士』『転落の街』『ブラックボックス』『罪責の神々　リンカーン弁護士』『燃える部屋』『贖罪の街』『訣別』『レイトショー』『汚名』『素晴らしき世界』『鬼火』『警告』など。
|訳者| 古沢嘉通　1958年、北海道生まれ。大阪外国語大学デンマーク語科卒業。コナリー邦訳作品の大半を翻訳しているほか、プリースト『双生児』『夢幻諸島から』『隣接界』、リュウ『宇宙の春』『Arc アーク』（以上、早川書房）など翻訳書多数。

潔白《けつぱく》の法則《ほうそく》　リンカーン弁護士《べんごし》（上）
マイクル・コナリー｜古沢嘉通《ふるさわよしみち》 訳

講談社文庫
定価はカバーに
表示してあります

2022年7月15日第1刷発行

KODANSHA

発行者──鈴木章一
発行所──株式会社　講談社
東京都文京区音羽2-12-21　〒112-8001
電話 出版（03）5395-3510
　　 販売（03）5395-5817
　　 業務（03）5395-3615

デザイン─菊地信義
本文データ制作─講談社デジタル製作
印刷───大日本印刷株式会社
製本───大日本印刷株式会社

Printed in Japan

ISBN978-4-06-524988-8

講談社文庫刊行の辞

二十一世紀の到来を目睫に望みながら、われわれはいま、人類史上かつて例を見ない巨大な転換期をむかえようとしている。

世界も、日本も、激動の予兆に対する期待とおののきを内に蔵して、未知の時代に歩み入ろうとしている。このときにあたり、創業の人野間清治の「ナショナル・エデュケイター」への志を現代に甦らせようと意図して、われわれはここに古今の文芸作品はいうまでもなく、ひろく人文・社会・自然の諸科学から東西の名著を網羅する、新しい綜合文庫の発刊を決意した。

激動の転換期はまた断絶の時代である。われわれは戦後二十五年間の出版文化のありかたへの深い反省をこめて、この断絶の時代にあえて人間的な持続を求めようとする。いたずらに浮薄な商業主義のあだ花を追い求めることなく、長期にわたって良書に生命をあたえようとつとめるところにしか、今後の出版文化の真の繁栄はあり得ないと信じるからである。

同時にわれわれはこの綜合文庫の刊行を通じて、人文・社会・自然の諸科学が、結局人間の学にほかならないことを立証しようと願っている。かつて知識とは、「汝自身を知る」ことにつきていた。現代社会の瑣末な情報の氾濫のなかから、力強い知識の源泉を掘り起し、技術文明のただなかに、生きた人間の姿を復活させること。それこそわれわれの切なる希求である。

われわれは権威に盲従せず、俗流に媚びることなく、渾然一体となって日本の「草の根」をかたちづくる若く新しい世代の人々に、心をこめてこの新しい綜合文庫をおくり届けたい。それは知識の泉であるとともに感受性のふるさとであり、もっとも有機的に組織され、社会に開かれた万人のための大学をめざしている。大方の支援と協力を衷心より切望してやまない。

一九七一年七月

野間省一

講談社文庫 最新刊

水木しげる
総員玉砕せよ!〈新装完全版〉
太平洋戦争従軍の著者が実体験を元に描いた戦記漫画。没後発見の構想ノートの一部を収録。

藤井邦夫
野暮天〈大江戸閻魔帳(七)〉
腕は立っても色恋は苦手な麟太郎が、男女の事件に首を突っ込んだが!? 〈文庫書下ろし〉

伊兼源太郎
金庫番の娘
商社を辞めて政治の世界に飛び込んだ花織《かおり》が永田町で大奮闘! 傑作「政治×お仕事」エンタメ!

ごとうしのぶ
いばらの冠〈ブラス・セッション・ラヴァーズ〉
シリーズ累計500万部突破!《タクミくんシリーズ》につながる祠堂《しどう》吹奏楽LOVE。

矢野 隆
川中島の戦い〈戦《いくさ》百景〉
武田信玄と上杉謙信の有名な戦いの流れがリアルタイムでわかり、真の勝者が明かされる!

福澤徹三
糸《し》柳《やな》寿《とし》昭《あき》
忌《い》み地 惨〈怪談社奇聞録〉
実話ほど恐ろしいものはない。誰しもの日常とともにある実録怪談集。〈文庫書下ろし〉

手塚マキと歌舞伎町ホスト80人from Smappa! Group
俵万智・野口あや子・小佐野彈・編
ホスト万葉集〈文庫スペシャル〉
いま届けたい。俺たちの五・七・五・七・七!「歌舞伎町の光源氏」が紡ぐ感動の短歌集。

乗《のり》代《しろ》雄《ゆう》介《すけ》
本物の読書家
大叔父には川端康成からの手紙を持っているという噂があった——。乗代雄介の挑戦作。

マイクル・コナリー
古沢嘉通 訳
潔白の法則 (上)(下)〈リンカーン弁護士〉
ネットフリックス・シリーズ「リンカーン弁護士」原案。ミッキー・ハラーに殺人容疑が。

講談社タイガ

井《い》坂《さか》暁《あきら》
世界の愛し方を教えて
媚《こ》びて愛されなきゃ生きていけないこの世界が、大嫌いだ。世界を好きになるボーイミーツガール。

講談社文庫　海外作品

ノンフィクション

- M・セリグマン　山村宜子 訳　オプティミストはなぜ成功するか
- ダニエル・タメット　古屋美登里 訳　ぼくには数字が風景に見える

児童文学

- エーリッヒ・ケストナー　山口四郎 訳　飛ぶ教室
- ディック・ブルーナ　講談社 編　ミッフィーからの贈り物（ブルーナさんがはじめて語る人生と作品のひみつ）
- ディック・ブルーナ　講談社 編　miffy Notepad Red
- ディック・ブルーナ　講談社 編　miffy Notepad White
- ディック・ブルーナ　講談社 編　BLACK BEAR Notepad
- トーベ・ヤンソン　下村隆一 訳　新装版 ムーミン谷の彗星
- トーベ・ヤンソン　山室静 訳　新装版 たのしいムーミン一家
- トーベ・ヤンソン　小野寺百合子 訳　新装版 ムーミンパパの思い出
- トーベ・ヤンソン　下村隆一 訳　新装版 ムーミン谷の夏まつり
- トーベ・ヤンソン　山室静 訳　新装版 ムーミン谷の冬
- トーベ・ヤンソン　山室静 訳　新装版 ムーミン谷の仲間たち
- トーベ・ヤンソン　小野寺百合子 訳　新装版 ムーミンパパ海へいく
- トーベ・ヤンソン　鈴木徹郎 訳　新装版 ムーミン谷の十一月
- トーベ・ヤンソン　冨原眞弓 訳　小さなトロールと大きな洪水
- ヤンソン（文・絵）　パルッキネン（編）　渡部翠（訳）　ムーミン谷の名言集
- ヤンソン（絵）　ニョロニョロ　ノート
- ヤンソン（絵）　ムーミンママ　ノート
- ヤンソン（絵）　ムーミン　ノート
- ヤンソン（絵）　ムーミンパパ　ノート
- ヤンソン（絵）　ムーミン谷　春のノート
- ヤンソン（絵）　ムーミン谷　夏のノート
- ヤンソン（絵）　ムーミン谷　秋のノート
- ヤンソン（絵）　ムーミン谷　冬のノート
- ヤンソン（絵）　ムーミン100冊読書ノート
- ヤンソン（絵）　リトルミイ　ノート
- ヤンソン（絵）　スナフキン　ノート
- ヤンソン（絵）　リトルミイ 100冊読書ノート
- ヤンソン（絵）　ムーミン　ぬりえダイアリー
- L・ワイルダー　こだま・渡辺 訳　大きな森の小さな家
- L・ワイルダー　こだま・渡辺 訳　大草原の小さな家
- L・ワイルダー　こだま・渡辺 訳　プラム川の土手で
- L・ワイルダー　こだま・渡辺 訳　シルバー湖のほとりで
- L・ワイルダー　こだま・渡辺 訳　農場の少年
- L・ワイルダー　こだま・渡辺 訳　大草原の小さな町
- L・ワイルダー　こだま・渡辺 訳　この輝かしい日々
- ルイス・サッカー　幸田敦子 訳　穴〈HOLES〉

芥川龍之介　藪の中
有吉佐和子　新装版 和宮様御留
阿刀田　高　ナポレオン狂
阿刀田　高　新装版 ブラック・ジョーク大全
安房直子　春の窓〈安房直子ファンタジー〉
相沢忠洋　「岩宿」の発見〈幻の旧石器を求めて〉
赤川次郎　偶像崇拝殺人事件
赤川次郎　人間消失殺人事件
赤川次郎　三姉妹探偵団
赤川次郎　三姉妹探偵団2〈キャンパス篇〉
赤川次郎　三姉妹探偵団3〈珠美・初恋篇〉
赤川次郎　三姉妹探偵団4〈怪奇篇〉
赤川次郎　三姉妹探偵団5〈復讐篇〉
赤川次郎　三姉妹探偵団6〈危機一髪篇〉
赤川次郎　三姉妹探偵団7〈駈け落ち篇〉
赤川次郎　三姉妹探偵団8〈人質篇〉
赤川次郎　三姉妹探偵団9〈青ひげ篇〉
赤川次郎　三姉妹探偵団10〈父恋し篇〉
赤川次郎　死が小径をやってくる〈三姉妹探偵団11〉

赤川次郎　死神のお気に入り〈三姉妹探偵団12〉
赤川次郎　次女と野獣〈三姉妹探偵団13〉
赤川次郎　心地よい悪夢〈三姉妹探偵団14〉
赤川次郎　ふるえて眠れ、三姉妹〈三姉妹探偵団15〉
赤川次郎　三姉妹、呪いの道行〈三姉妹探偵団16〉
赤川次郎　三姉妹、初めてのおつかい〈三姉妹探偵団17〉
赤川次郎　恋の花咲く三姉妹〈三姉妹探偵団18〉
赤川次郎　月もおぼろに三姉妹〈三姉妹探偵団19〉
赤川次郎　三姉妹、ふしぎな旅日記〈三姉妹探偵団20〉
赤川次郎　三姉妹、清く貧しく美しく〈三姉妹探偵団21〉
赤川次郎　三姉妹と忘れじの面影〈三姉妹探偵団22〉
赤川次郎　三姉妹、舞踏会への招待〈三姉妹探偵団23〉
赤川次郎　三人姉妹殺人事件〈三姉妹探偵団24〉
赤川次郎　三姉妹、さびしい入江の歌〈三姉妹探偵団25〉
赤川次郎　三姉妹、恋と罪の峡谷〈三姉妹探偵団26〉
赤川次郎　静かな町の夕暮に
赤川次郎　キネマの天使〈レンズの奥の殺人者〉
新井素子　グリーン・レクイエム〈新装版〉
安能務 訳　封神演義　全三冊

安西水丸　東京美女散歩
綾辻行人　殺人方程式〈切断された死体の問題〉
綾辻行人　鳴風荘事件 殺人方程式Ⅱ
綾辻行人　十角館の殺人〈新装改訂版〉
綾辻行人　水車館の殺人〈新装改訂版〉
綾辻行人　迷路館の殺人〈新装改訂版〉
綾辻行人　人形館の殺人〈新装改訂版〉
綾辻行人　時計館の殺人〈新装改訂版〉
綾辻行人　黒猫館の殺人〈新装改訂版〉
綾辻行人　暗黒館の殺人　全四冊
綾辻行人　びっくり館の殺人
綾辻行人　奇面館の殺人(上)(下)
綾辻行人　どんどん橋、落ちた〈新装改訂版〉
綾辻行人　緋色の囁き〈新装改訂版〉
綾辻行人　暗闇の囁き〈新装改訂版〉
綾辻行人　黄昏の囁き〈新装改訂版〉
綾辻行人ほか　7人の名探偵
我孫子武丸　探偵映画
我孫子武丸　新装版 8の殺人

講談社文庫　目録

我孫子武丸　眠り姫とバンパイア
我孫子武丸　狼と兎のゲーム
我孫子武丸　新装版 殺戮にいたる病
有栖川有栖　ロシア紅茶の謎
有栖川有栖　スウェーデン館の謎
有栖川有栖　ブラジル蝶の謎
有栖川有栖　英国庭園の謎
有栖川有栖　ペルシャ猫の謎
有栖川有栖　幻想運河
有栖川有栖　マレー鉄道の謎
有栖川有栖　スイス時計の謎
有栖川有栖　モロッコ水晶の謎
有栖川有栖　インド倶楽部の謎
有栖川有栖　カナダ金貨の謎
有栖川有栖　新装版 マジックミラー
有栖川有栖　新装版 46番目の密室
有栖川有栖　虹果て村の秘密
有栖川有栖　闇の喇《らっ》叭《ぱ》
有栖川有栖　真夜中の探偵

有栖川有栖　論理爆弾
有栖川有栖　名探偵傑作短篇集 火村英生篇
浅田次郎　勇気凜凜ルリの色
浅田次郎　霞町物語
浅田次郎　ひとは情熱がなければ生きていけない〈勇気凜凜ルリの色〉
浅田次郎　シェエラザード(上)(下)
浅田次郎　歩兵の本領
浅田次郎　蒼穹の昴 全四巻
浅田次郎　珍妃の井戸
浅田次郎　中原の虹 全四巻
浅田次郎　マンチュリアン・リポート
浅田次郎　天《てん》子《し》蒙《もう》塵《じん》 全四巻
浅田次郎　天国までの百マイル
浅田次郎　地下鉄《メトロ》に乗って〈新装版〉
浅田次郎　おもかげ
浅田次郎　日輪の遺産〈新装版〉
青木玉　小石川の家
天樹征丸 画・さとうふみや　金田一少年の事件簿 小説版〈オペラ座館・新たなる殺人〉
天樹征丸 画・さとうふみや　金田一少年の事件簿 小説版〈雷祭《いかずちまつり》殺人事件〉

阿部和重　アメリカの夜
阿部和重　グランド・フィナーレ
阿部和重　ABC〈阿部和重初期作品集〉
阿部和重　ミステリアスセッティング
阿部和重　IP/NN 阿部和重傑作集
阿部和重　シンセミア(上)(下)
阿部和重　ピストルズ(上)(下)
甘糟りり子　産む、産まない、産めない
甘糟りり子　産まなくても、産めなくても
赤井三尋　翳《かげ》りゆく夏
あさのあつこ　NO.6〔ナンバーシックス〕#1
あさのあつこ　NO.6〔ナンバーシックス〕#2
あさのあつこ　NO.6〔ナンバーシックス〕#3
あさのあつこ　NO.6〔ナンバーシックス〕#4
あさのあつこ　NO.6〔ナンバーシックス〕#5
あさのあつこ　NO.6〔ナンバーシックス〕#6
あさのあつこ　NO.6〔ナンバーシックス〕#7
あさのあつこ　NO.6〔ナンバーシックス〕#8
あさのあつこ　NO.6〔ナンバーシックス〕#9

講談社文庫　目録

麻見和史　天空の鏡〈警視庁殺人分析班〉
麻見和史　深紅の断片〈警防課救命チーム〉
麻見和史　邪神の天秤〈警視庁公安分析班〉
麻見和史　偽神の審判〈警視庁公安分析班〉
有川　浩　三匹のおっさん
有川　浩　三匹のおっさん ふたたび
有川　浩　ヒア・カムズ・ザ・サン
有川　浩　旅猫リポート
有川ひろ　アンマーとぼくら
有川ひろほか　ニャンニャンにゃんそろじー
荒崎一海　門前仲町〈九頭竜覚山 浮世綴㈠〉
荒崎一海　蓬莱橋雨景〈九頭竜覚山 浮世綴㈡〉
荒崎一海　寺町哀感〈九頭竜覚山 浮世綴㈢〉
荒崎一海　小《お》名《な》木《き》川《がわ》〈九頭竜覚山 浮世綴㈣〉
荒崎一海　一色町雪花〈九頭竜覚山 浮世綴㈤〉
朱野帰《かえる》子《こ》　駅物語
朱野帰子　対岸の家事
東　浩紀　一般意志2・0〈ルソー、フロイト、グーグル〉
朝倉宏景　白球アフロ
朝倉宏景　野球部ひとり
朝倉宏景　つよく結べ、ポニーテール
朝倉宏景　あめつちのうた
朝井リョウ　スペードの3
朝井リョウ　世にも奇妙な君物語
有沢ゆう希　末次由紀 原作　〈小説〉ちはやふる 上の句
有沢ゆう希　末次由紀 原作　〈小説〉ちはやふる 下の句
有沢ゆう希　末次由紀 原作　〈小説〉ちはやふる 結び
有沢ゆう希　小説 パーフェクトワールド〈君といる奇跡〉
有沢ゆう希　原作：金田一蓮十郎　脚本：徳永友一　小説 ライアー×ライアー
秋川滝美　幸《こう》腹《ふく》な百貨店
秋川滝美　幸腹な百貨店〈デパ地下おにぎり騒動〉
秋川滝美　幸腹な百貨店〈催事場で蕎麦屋呑み〉
秋川滝美　マチのお気楽料理教室
秋川滝美　ヒソップ亭〈湯けむり食事処〉
赤神　諒　神遊の城
赤神　諒　大友二階崩れ
赤神　諒　大友落月記
赤神　諒　酔象の流儀 朝倉盛衰記
赤神　諒　空《うつせ》貝《がい》〈村上水軍の神姫《しんき》〉
彩瀬まる　やがて海へと届く
浅生　鴨　伴走者
天野純希　有楽斎の戦
天野純希　雑《さい》賀《か》のいくさ姫《ひめ》
青木祐子　コーチ！〈はげまし屋・立花ことりのクライアントファイル〉
秋《あき》保《う》水《すい》菓《か》　コンビニなしでは生きられない
相沢沙呼　medium《メディウム》 霊媒探偵城塚《じょうづか》翡翠《ひすい》
新井見枝香　本屋の新井
碧野　圭　凛として弓を引く
赤松利市　東京棄民
五木寛之　ソフィアの秋
五木寛之　狼のブルース
五木寛之　海峡物語
五木寛之　風花のひと
五木寛之　鳥の歌(上)(下)
五木寛之　燃える秋
五木寛之　真夜中の望遠鏡〈流されゆく日々'78〉
五木寛之　ナホトカ青春航路〈流されゆく日々'79〉

講談社文庫　目録

講談社文庫 目録

石田衣良 逆島断雄〈進駐官養成高校の決闘編2〉
石田衣良 逆島断雄〈本土最終防衛決戦編1〉
石田衣良 逆島断雄〈本土最終防衛決戦編2〉
石田衣良 初めて彼を買った日
井上荒野 ひどい感じ―父・井上光晴
稲葉稔 椋鳥の影〈八丁堀手控え帖〉
伊坂幸太郎 チルドレン
伊坂幸太郎 魔王
伊坂幸太郎 モダンタイムス(上)(下)
伊坂幸太郎 PK
伊坂幸太郎 サブマリン
絲山秋子 袋小路の男
石黒耀 死都日本
石黒耀 忠臣蔵異聞〈家老 大野九郎兵衛の長い仇討ち〉
犬飼六岐 筋違い半介
犬飼六岐 吉岡清三郎貸腕帳
石川大我 ボクの彼氏はどこにいる?
石松宏章 マジでガチなボランティア
伊東潤 国を蹴った男
伊東潤 峠越え
伊東潤 黎明に起《た》つ
伊東潤 池田屋乱刃
石飛幸三 「平穏死」のすすめ〈口から食べられなくなったらどうしますか〉
伊藤理佐 女のはしょり道
伊藤理佐 また! 女のはしょり道
伊藤理佐 みたび! 女のはしょり道
石黒正数 外《げ》天《てん》楼《ろう》
伊与原新 ルカの方舟《はこぶね》
伊与原新 コンタミ 科学汚染
稲葉圭昭《よしあき》 恥さらし〈北海道警 悪徳刑事の告白〉
稲葉博一《ひろいち》 忍者烈伝
稲葉博一 忍者烈伝ノ続
稲葉博一 忍者烈伝ノ乱〈天之巻〉〈地之巻〉
伊岡瞬 桜の花が散る前に
石川智健 エウレカの確率〈経済学捜査と殺人の効用〉
石川智健 60《ロクジュウ》〈誤判対策室〉
石川智健 20《ニジュウ》〈誤判対策室〉
石川智健 第三者隠蔽機関
石川智健 いたずらにモテる刑事の捜査報告書
井上真偽《まぎ》 その可能性はすでに考えた
井上真偽 聖女の毒杯〈その可能性はすでに考えた〉
井上真偽 恋と禁忌の述語論理《プレディケット》
泉ゆたか お師匠さま、整いました!
伊兼源太郎 地検のS
伊兼源太郎 巨悪
逸木裕 電気じかけのクジラは歌う
今村翔吾 イクサガミ 天
入月英一 信長と征《ゆ》く 1・2〈転生商人の天下取り〉
磯田道史 歴史とは靴である
石原慎太郎 湘南夫人
内田康夫 シーラカンス殺人事件
内田康夫 パソコン探偵の名推理
内田康夫 「横山大観」殺人事件
内田康夫 江田島殺人事件
内田康夫 琵琶湖周航殺人歌
内田康夫 夏泊殺人岬
内田康夫 「信濃の国」殺人事件